W0335551

Lajouanie

Direction artistique : Caroline Lainé
Relecture : Charles Caye
Photos de couverture :
AdobeStock : sorapop ; FurryFritz ; Vladimir Voronin/
Cosmo/D.R.

Dépôt légal : juillet 2023
N° Éditeur : 978-2-37047
N° Imprimeur : 23060202

Imprimé en France par Corlet Imprimeur

© Éditions Lajouanie 2023
www.editionslajouanie.com

Daniel Martinange, qui vit dans les monts du Forez, se consacre à l'écriture. Son premier roman, *L'Ouragan,* a été réédité chez Pocket. Il est également l'auteur d'un thriller remarqué, *C'est moi qu'il veut !* dont l'action se déroule aussi dans la région stéphanoise. (Éditions Lajouanie).

Daniel Martinange

LES MALFAISANTS

LaJouanie

AVERTISSEMENT

Ce roman est une fiction. L'auteur a pris de grandes libertés avec les noms de lieux et la géographie. Toute ressemblance avec des personnages existants ou ayant existé ne saurait être que coïncidence fortuite.

1

Mercredi 17 juillet 2019, 00 h 50.
Saint-Étienne.

— On vous revoit bientôt, monsieur Tariel ? s'enquiert onctueusement le croupier.

Monsieur Tariel s'apprête à partir. Il a été le premier à quitter la table de poker. Il glisse dans son pantalon un pan récalcitrant de sa chemise et engloutit un verre de scotch. Il fait claquer sa langue, saisit son veston fripé sur le dossier de son fauteuil, et l'enfile. Puis il tourne son visage râpeux vers le pitbull humanoïde qui depuis plusieurs heures patiente derrière lui, et dont la veste trahit un renflement vers l'aisselle gauche.

Le croupier rajuste son gilet bleu marine, sa chemise grise boutonnée jusqu'au cou, et adresse un signe discret à la blonde hôtesse. Robe ultra-mini, hauts talons, plantureuse poitrine débordant d'un chemisier symbolique, lèvres vermillon, elle propose du champagne à chacun des quatre joueurs. L'employé du casino range cartes et jetons. Il surveille l'homme au regard glacé et son garde du corps.

Le type descend cul sec sa flûte, puis opine en direction du trentenaire qui quêtait son attention. Malgré la chaleur, celui-ci, costume Armani anthracite et chemise blanche Valentino, n'a jamais quitté son veston ni desserré sa cravate. Il ignore le chauve en jean râpé, blouson de cuir tabac, tee-shirt noir, doigts chargés de bagouses, qui lutine l'hôtesse. Il n'a désormais d'yeux que pour le grand perdant de la soirée : la soixantaine, taille moyenne, aux courts cheveux châtains, costume classique en velours lisse et satin Yves Saint-Laurent, polo The Gift of Kings. Le loser décline l'offre de la jeune femme, tripotant son Smartphone. Ce ne sont pas seulement son aspect débraillé et son garde du corps qui le rebutent chez ce Tariel, mais aussi le fait qu'en début de partie celui-ci l'ait félicité dans un français chaotique pour son élégance, avant de l'accabler de sourires hypocrites.

Le chauve descend une seconde flûte en entreprenant la jeune femme. Le trentenaire s'étonne. En arrivant vers 21 heures sur le parking de la résidence, il a eu la surprise de voir la nouvelle hôtesse descendre de la même BMW aux vitres teintées que le gorille et son maître. À en croire son accent, il pourrait s'agir d'une de ces Moldaves en provenance de Bruxelles. Il en a combien, Tariel ?

Le trentenaire rejoint le malchanceux qui traverse la salle précédé par le croupier. Celui-ci s'arrête devant une porte, frappe trois coups, et fait demitour. Le battant est ouvert par un grand sec à gueule de cheval grêlée, qui laisse entrer les deux hommes dans le vaste corridor, referme derrière eux, et gagne une autre porte visiblement blindée. Un Taser dans sa main droite, il l'ouvre précautionneusement, s'avance dans le jardin privatif, scrute autour de lui, puis au-dessus, et fait enfin signe de sortir.

La petite et luxueuse résidence, dans un quartier tranquille, dispose à l'arrière d'un parking clos de murs. L'un derrière l'autre, les deux hommes contournent l'immeuble. Le plus âgé marche en tête. Il atteint sa Jaguar lorsque le plus jeune se précipite sur lui et le plaque contre l'auto.

— Je te dois plus rien, proteste l'autre en cherchant à lui échapper.

Un bras tordu dans le dos, repoussé contre la berline, il balbutie :

— J'ai payé ce que je te devais.

— Non, pas tout. Mais il ne s'agit pas de ça. Et même pas de ce que tu me dois pour le passé. Et pour ça, tu paieras jamais assez. Non, il s'agit de ce qu'on attend de toi.

— C'est qui, on ? souffle l'autre qui ne cherche plus à se dégager. Doumaschvili ? Il a eu le culot de se présenter. Encore un Géorgien ?

— J'ignore de quoi tu parles.

— Et Shefqet Mulaj. Je l'ai déjà vu ici deux ou trois fois. Un Albanais. Vous semblez bien vous connaître. Un ami à toi… ? Une pute des Balkans, un caïd de la blanche, je vais changer de crémerie, moi.

— Tu peux pas. C'est moi qui décide, et je te l'interdis. Concernant Mulaj, tu délires.

— À Saint-Étienne, tout le trafic de l'héroïne est contrôlé par la mafia albanaise. Je t'apprends rien, non ?

— Ta gueule. Fais seulement ce qu'on attend de toi, sinon…

— Tu oserais tout de même pas t'attaquer à moi, maintenant que tu sais qui je suis. Parce que tu as compris qui je suis, hein ?

L'homme le relâche. L'autre en profite pour s'éloigner de quelques pas.

— Tu vois, tu hésiterais à t'en prendre à moi. Mais on m'enverrait peut-être quelqu'un d'autre. Ce serait un mauvais calcul. Dis-le à tes patrons. En plus, tu sais que je sais.

— Tu sais quoi ?

— Où tu te trouvais avant, combien de temps tu y es resté, ce que tu faisais, et avec qui. Tu m'en as dit un minimum, mais j'ai pu apprendre le reste. Et si je parle…

— À qui tu parlerais… ? Et personne ne te croira.

— Je sais pour qui tu travailles.

— Tu risques bien. Moi-même je le sais à peine. Tu parleras jamais. Tu as bien trop peur.

— Parce que toi, devant les Géorgiens, tu chies pas dans ton froc ? Pourquoi t'es à plat ventre devant celui-ci ?

— Occupe-toi de ton cul, Paluel.

— Tu m'appelles Paluel, en plus.

— Comment veux-tu que je t'appelle ?

— Tu le sais très bien… Si je refuse ce que tu veux, tu me feras quoi, maintenant que tu sais qui je suis ? Et tu oserais ?

— Tout ce que je veux, c'est que tu fasses ce qu'on attend de toi.

Il se rue sur lui, le déséquilibre et le jette au sol. L'autre a juste le temps de se protéger la tête, avant le déluge de coups de pied dans les côtes et le dos.

— T'as pigé ? Fais ce qu'on attend de toi. Et vite.

Paluel à plat ventre, dos et côtes en feu, est seul sur le parking. Péniblement, il se hisse dans sa Jaguar, s'installe au volant en susurrant : *La crapule… il sait qui je suis, et ça l'empêche pas de…*

Le portail automatique du parking commence à se refermer derrière lui. Le rétroviseur intérieur reflète le bout incandescent d'un cigarillo qui troue la nuit. Et dans le clair de lune, l'énorme masse humanoïde suivie de son maître.

Ils sont là depuis quand ?

2

Lundi 22 juillet, 7 h 45.
Bourg de Montareilles, Haut-Forez.

Chantal Paluel est dans sa chambre, à l'étage de l'imposante maison en pierre de taille trônant au cœur d'un parc de trois hectares. À genoux, mains jointes, devant le grand Christ en croix qui semble tenir le mur, des poutres vernies jusqu'au sol de moquette. Sa chemise de nuit victorienne grise à manches longues enveloppe jusqu'aux chevilles son corps chétif. D'une voix éraillée par un mauvais sommeil :

— Jésus, je ne suis que mes péchés…

La porte-fenêtre est ouverte. Au-delà du balcon, l'extérieur vibre des petits bruits du matin. Le paysagiste est déjà à la tâche, pour l'entretien des massifs. Elle entend sa grosse voix :

— Elle est neuve, votre Jaguar. Elle développe combien ?

La brise étouffe la réponse de son mari.

C'est terrible, l'amour. Elle n'a jamais aimé un autre homme que Simon. Elle l'a aimé à la folie. Elle aurait donné sa vie pour lui.

Voilà une heure, alors qu'elle était réveillée depuis longtemps, elle l'a entendu sortir de sa chambre, ses pas sur des lames grinçantes du couloir, puis le chuintement de la porte. Sans un mot, il s'est glissé dans son lit. Elle lui tournait le dos, inerte, muette. Il a soulevé sa chemise de nuit, baissé sa culotte. D'une main fébrile il a écarté son sexe, et s'est brutalement enfoncé en elle. Il s'est acharné en soufflant. Elle s'est dit que, malgré tout ce qui lui arrive, malgré la catastrophe qu'elle pressent, d'une certaine manière elle était obligée de le laisser faire.

En silence il est sorti du lit, a regagné sa couche. Elle est allée dans sa salle de bains, a ôté sa chemise de nuit, s'est débarrassée de sa culotte et l'a jetée. Elle a rempli d'eau froide la baignoire, et s'y est totalement immergée. Elle s'est libérée de ce que son époux devant Dieu a abandonné en elle. Ce sacrifice est nécessaire.

Elle s'est séchée, avant d'aller s'agenouiller nue face au grand Christ.

— Seigneur, j'ai eu 43 ans ce matin, et je ne suis pas certaine de pouvoir faire face. Aide-moi.

Samedi, au conseil d'administration d'Industic elle devra se prononcer sur les modalités d'exploitation du brevet déposé dans plus de cent pays concernant le composant électronique révolutionnaire mis au point par Simon.

— Seigneur, j'y connais rien, mais sans moi Industic n'existerait plus. Aide-moi, Seigneur, à tenir mon rang.

Effluves du cigare de son mari. Léger ronronnement de la Jaguar qui démarre. Les saules et les ifs du parc froissés par le vent. Le jardinier relance le moteur de son engin.

Chantal se relève et se tourne vers sa psyché. Visage pâle, courts cheveux grisonnants, seins minuscules, torse maigre, cuisses frêles, mollets squelettiques. S'aime-t-elle ? Elle ne se pose plus la question. Pas plus que de savoir pendant combien de temps encore tout cela va durer.

Elle ouvre son armoire, écarte les vêtements, se penche. Elle soulève le couvercle d'un coffre, empoigne une brassée de ronces et une autre de chardons.

Debout, nue face à la croix :

— Jésus, je ne te mérite pas.

À grands coups de ronces et de chardons elle se fouette. Les épines se plantent dans la chair maigre et blanche de son torse et de ses seins, et lui arrachent des plaintes. Les plantes laissent de longues boursoufflures rougeâtres sur son corps.

— Jésus, je ne te mérite pas.

Elle se frappe de plus en plus fort, se rapproche du Christ. Elle s'assoit sur la moquette, se renverse sur le dos. Les yeux plantés dans ceux du Christ, à coups de chardons elle se flagelle violemment les cuisses, puis le sexe.

— Mon Dieu, je ne te mérite pas… Mon Dieu, je ne te mérite pas…

Les larmes aux yeux elle se relève. Elle abandonne sur la moquette ronces et chardons, rouvre l'armoire puis le coffre, et en extrait une boîte métallique. Elle en sort une petite aiguille, saisit le briquet sur la commode, soumet la pointe à la flamme et la plante dans sa cuisse droite, une main sur sa bouche pour étouffer son cri. C'est maintenant le tour de l'autre cuisse. Elle se retient de hurler quand elle la plante dans les lèvres de son sexe. La douleur, cette fois, la rend muette. Ses larmes ruissellent. D'une voix douce elle chantonne la berceuse que sa mère lui chantait chaque soir.

Chantal Paluel est apaisée. Elle a vaincu sa fureur. Ses cuisses, son sexe gouttent du sang du Christ. Dans quelques minutes, pour éviter toute infection, elle se badigeonnera avec de l'alcool.

Au-delà de la porte-fenêtre et du balcon, le parc est silencieux. Son mari, à son bureau, travaille à la croissance d'Industic, qui lui doit tant, à elle.

Grâce à cette flagellation, elle supporte mieux ce qui a failli l'anéantir. Elle jette un œil dehors. Au-dessus du massif d'hortensias elle aperçoit un visage. Une tête qu'elle pensait ne plus jamais revoir. Tellement enfouie dans les tréfonds de ses souvenirs qu'elle n'imaginait pas qu'elle en sortirait un jour, et pour réapparaître ici, dans le parc…

Elle se rue dans sa salle de bains, et du jet froid de la douche elle s'asperge longuement.

Survivre !

3

Lundi 22 juillet, 22 h 30.
Bourg de Montareilles, Haut-Forez.

Décidée à aller jusqu'au bout quoi qu'il en coûte, la jeune femme qui marche à grands pas dans la nuit est enfin parvenue à son but. Soudain elle s'accroupit, et tendue à l'extrême elle se fige. Elle ne respire plus. Aux aguets. Une main à plat sur la terre, l'autre serrant une pierre, prête à frapper. Consciente que dans ce cas elle ne pourra pas s'arrêter.

Les rayons de lune ont brièvement éclairé des yeux. Et une forme qui devait avancer à quatre pattes. *Qui est-ce ?*

Dans la nuit, à une cinquantaine de mètres, elle distingue les contours de la maison. La silhouette dont les yeux brillaient ne réapparaît pas. La jeune femme sent pourtant sa présence, tout près. Elle scrute autour d'elle, pivotant sur ses talons. La forme brusquement saute la palissade.

Conne... ! Un chevreuil...

Le Domaine Paluel est à la périphérie du bourg, juste avant les prairies et la forêt de sapins.

Elle se relève et progresse vers la maison. Elle est tentée de faire demi-tour, de rejoindre sa voiture et de s'enfuir.

Venir ici... Je suis cinglée.

Elle distingue maintenant l'ensemble de la demeure. Massive. Imposante. Impressionnante. Elle a chaussé ses hautes bottes noires en cuir à talons plat. Elle sera peut-être obligée de courir. Pourquoi a-t-elle enfilé cette minijupe jaune citron ? Elle est repérable. Elle aurait dû enfiler un jean. Et aussi attacher en queue-de-cheval sa chevelure blonde qui bat ses épaules. Mais elle était si pressée de venir.

Elle passe le bout de son index sur le rouge crémeux de ses lèvres. Elle est arrivée devant la façade. Dans le clair de lune, elle voit un balcon, et une porte-fenêtre ouverte sur une pièce nimbée d'un halo de lumière. Une veilleuse ?

N'importe qui arrivant par le chemin goudronné desservant la maison pourrait la surprendre. *Par où je m'en irais ?* Elle aperçoit au fond de la pièce une silhouette qui passe devant un grand miroir. Elle distingue un visage de femme très pâle aux cheveux courts.

La jeune femme ne respire plus. Sa main serre la pierre à meurtrir sa paume.

Dans la psyché apparaissent des épaules frêles, un buste marqué de traînées rouges, un sein lardé de striures.

Bouleversée par ce qu'elle voit, la rôdeuse n'a pas conscience de s'être redressée. Elle est debout, le regard rivé sur cette femme nue. Elle recule de quelques pas, le regard toujours fixé sur ce corps maculé de fines traînées de sang. Elle recule et vomit. Puis elle s'enfuit. À quelques mètres du mur de clôture elle s'arrête.

Des éclairs de chaleur cassent l'obscurité. Elle a un vertige, grelotte, claque des dents dans la nuit chaude, parce que c'est la nuit, et que la nuit, seule et dehors elle a, depuis longtemps, toujours froid.

Ce malaise passé, saisie par une énergie nouvelle elle se ravise, et retourne vers la maison. Elle est sous le balcon. Son envie l'emporte. Elle saute, s'agrippe à la balustrade, tire sur ses bras… se rétablit. Elle regrette d'avoir abandonné le gros caillou.

Alertée par un bruit inhabituel, Chantal Paluel, une touffe de chardons à la main, nue, traverse sa chambre. Ses yeux capturent la longue chevelure blonde irisée par le clair de lune, puis le visage au regard fixé sur elle, la minijupe jaune citron, les hautes bottes en cuir noir. Elle hurle :

— Non ! Non ! Non !

Et ferme brutalement la porte-fenêtre.

Sur le balcon, la silhouette fait volte-face et saute. Chantal Paluel, effondrée sur le canapé, hagarde, tremble de la tête aux pieds.

4

Mardi 23 juillet, 13 h 30.
Bourg de Montareilles.

Simon Paluel a horreur de perdre son temps. *Pour un industriel de sa trempe,* pense-t-il, *c'est la qualité première*. Quand il pratique sa passion en des lieux discrets, c'est pour mieux appréhender l'importance de son temps. Le temps des autres doit servir le sien, car la vie d'autrui dépend de son génie. À 66 ans, il a une certitude : l'important est d'être riche et en bonne santé, et de produire des idées aptes à consolider ce précepte.

Il est dans son salon. Il vient de déjeuner, seul. Depuis longtemps, Chantal son épouse se contente de grignoter, entre deux prières.

L'industriel se cale dans son Chesterfield. Sur son palais demeure le goût du homard cuit en cocotte. Clara s'est surpassée et lui a dégotté un vin blanc exceptionnel.

Il allume son cigare. Il n'a pas encore osé prendre connaissance du courriel reçu avant de quitter l'usine. Il l'a imprimé. Angoissé. Clara entre. Chemisier blanc boutonné jusqu'au cou, jupe noire stricte, chaussures plates. Brune d'une beauté froide aux cheveux frisés, elle ne fait pas ses 45 ans. Deux parties hebdomadaires de squash lui épargnent la flétrissure physique et morale menaçant toute employée de maison orpheline dénuée de vie sentimentale et sexuelle. Elle espère aujourd'hui encore que la main de son patron se glissera sous sa jupe.

— Clara, le homard, splendide, la félicite Paluel tout en parcourant la Une des *Echos*.

— Merci, susurre-t-elle, refoulant son fantasme.

Elle saisit, sur la desserte, une bouteille et le sert.

Bouffées de Cohiba Esplendidos. Islay tourbé Caol Ila 18 ans d'âge. Le grand patron exulte. Cet alcool et ce tabac sont des péchés. Mais ce qu'il réussit pour la collectivité lui donne le droit d'y succomber.

La domestique reste plantée près de lui.

— Vous désirez me dire quelque chose ? fait-il d'une voix absente en feuilletant son journal.

— Je veux prendre deux jours de congé.

— Vous avez vu avec mon épouse ?

— Je préférerais recevoir votre accord.

— Vous l'avez.

Elle s'en va, déçue.

Le titre de l'article enchante l'industriel : *Moins d'armes nucléaires... mais plus sophistiquées... Le nombre d'ogives nucléaires dans le monde a encore baissé durant l'année écoulée, mais les pays détenant l'arme atomique lui donnent une importance accrue et modernisent leur arsenal, selon un rapport publié lundi...*

Obtenir absolument ce rapport ! Finalement, il se décide. De sa serviette posée à ses pieds, il tire le mail de la Direction générale de l'armement. Il le lit. Très vite, l'angoisse cède à l'excitation.

Il finit par douter de ce qu'il a sous les yeux. Il revient en arrière, parcourt les premières lignes, les dernières, revient au début… Oui, il a bien lu. Les propositions sont exceptionnelles. Il ricane. Il se reprend, tousse, ricane encore.

Chantal ce matin dans son lit était si peu empressée, comme d'habitude, à résorber son angoisse. Acheter les services d'une jeune Moldave en provenance de Bruxelles ? Il n'a jamais eu recours à un tel exutoire. Ces filles sont-elles en bonne santé ? Ne risque-t-on pas, à les fréquenter, de contracter une maladie, un virus ? Respectent-elles le secret professionnel ? Qu'une telle collaboration s'apprenne serait un désastre. Et est-ce rentable ? L'objectif est de vaincre l'angoisse pour atteindre ses capacités optimales. Ne devrait-il pas plutôt s'assurer la collaboration, hors de son service normal, et avec une rémunération spécifique si elle le désire, de Clara ? Elle n'attend que ça. Elle, au moins, il pourrait la contrôler sur le plan sanitaire.

Honteux de son érection, il poursuit sa lecture en ricanant, et à mi-voix lâche :

— S'ils savaient… S'ils savaient, répète-t-il.

Il a bien fait de déposer un brevet pour… combien de pays ? Il fait la moue. Il déteste ne pas se souvenir d'un élément essentiel de son travail.

Une ombre ? Là-bas, au fond du salon, une ombre basse s'est faufilée entre le mur et la desserte. La forme est maintenant de l'autre côté.

— D'où tu sors, toi ? Fous le camp… ! Comment es-tu entré ? Chantal ! C'est toi qui as laissé entrer un chat ? Tu sais bien que j'ai horreur de ces sales bêtes ! Et celui-ci est énorme ! Débarrasse-moi de cette saloperie !

Le félin s'avance vers lui, les oreilles incroyablement droites.

— Mais fous le camp, bon sang !

Il décoche un coup de pied dans la tête du chat qui lui saute dessus et griffe sa main gauche.

— Saloperie !

Paluel s'est levé pour courir après le fauve mais celui-ci a disparu. Il saisit un mouchoir en papier, y fait couler quelques gouttes d'une carafe d'eau, essuie le point rouge sur sa main. Il se rassied, reprend la lecture de son journal et grimace.

Quelque chose cloche. Il s'inquiète, se force à grimacer plusieurs fois, et en même temps il touche sa bouche, palpe la pulpe de ses lèvres, se tripote les joues.

Cette impression : il a grimacé, mais sa bouche, ses lèvres, ses joues n'ont pas bougé. Impossible. Il a dû seulement imaginer grimacer. Imaginer.

Où est Clara ? Il va tourner la tête. Mais il est figé. Dans sa nuque, une raideur de plomb. Son cou est inerte. Les muscles de sa nuque ne répondent plus.

Il se tourne sur son fauteuil. Il s'efforce de se tourner, force encore pour pivoter. Mais il bouge à peine d'un millimètre. Ses épaules sont comme bloquées dans une chape de béton.

Il souffle, bave, respire par à-coups, crachote. Il parvient à se lever de son fauteuil, le visage, la nuque et les épaules raides. Ses bras – même ses bras ! – sont paralysés.

Les jambes flageolantes, qui commencent à se raidir, il se meut avec difficulté. La porte est ouverte. Il la vise. Penché, il réussit à la passer. L'escalier. Il pose un pied sur la première marche, parvient très difficilement à poser l'autre.

Il souffle, tente de respirer à pleins poumons et aspire quelques goulées d'air. Seule sa jambe droite lui obéit. L'autre reste désespérément raide. Parvenu à l'étage, à cloche-pied, il se jette contre la porte entrouverte de la chambre, et réussit à crier :

— Chantal ! Clara !

Lorsque les deux femmes arrivent en courant, il n'est plus capable de respirer.

L'épouse est toute droite près du lit, tétanisée, les yeux braqués sur son mari, immobile. Elle saisit délicatement sa tête et la tourne vers elle. Ses yeux blancs sont révulsés. Elle pose une main sur son cou, cherche son pouls. Elle hurle :

— Il est mort !

5

Mardi 23 juillet, 15 heures.
Montareilles, lieu-dit Trébize, Haut-Forez.

Au sortir du virage elle passe sèchement la vitesse supérieure et enfonce la pédale d'accélérateur, guettant le rugissement des 300 chevaux de son cabriolet Porsche. Mais non ! Aujourd'hui elle a une Clio de location ! Elle s'esclaffe. Les deux doigts de sa main gauche peinent à serrer le volant. Elle ne s'y est jamais habituée. Si cette main était entière, tout aurait été différent. Elle accélère. La Renault ne se traîne pas, mais… *Bien la peine d'avoir une Porsche, putain !*

Un panneau fléché : Trébize. Elle tourne, prend le chemin goudronné trop vite. Elle rattrape *in extremis* l'auto avant l'embardée. *Arrête de déconner, c'est pas le moment.*

Elle se gare derrière un bosquet de peupliers en bordure du chemin et poursuit à pied. Appareil photo en main, elle approche d'une ancienne ferme, en piteux état.

Elle mitraille. Multiplier les vues, sous tous les angles, la rassure. On ne sait jamais, quelqu'un peut sortir de là, et dans ce cas…

Au-delà du fossé, au bord de ce qui fut voilà peu de temps encore un champ de blé, brille au soleil une pierre magnifique, toute en vert, jaune, rose. Un feldspath. Elle le ramasse, le glisse dans un sac en plastique. Plus loin, elle cueille un silex brun-rose. Sur une souche, une grosse sauterelle verte. Lestement elle la capture et la glisse dans un autre sac.

Le soleil est tiède. L'air calme et tiède. Tout est calme et tiède. Il n'y a qu'elle pour bouillir, prête à exploser. Pourquoi avoir pris cette minijupe rouge vif ? On peut la voir de loin, et si elle est obligée de fuir… Mais pourquoi serait-elle obligée de fuir ? Logiquement, la maison est inhabitée.

Sur une fougère, la petite tête ovale et le fin corps vert d'une mante religieuse. Elle tend sa main droite vers l'insecte, l'enserre entre ses cinq doigts, et le glisse dans un autre sachet.

Elle marche sur une bouse. Ça gicle sur le haut de ses bottes. Elle les essuie dans l'herbe. Ces merveilles sur mesure lui ont coûté une petite fortune à Florence, lors des dernières vacances passées avec son mari, peu avant que son cancer l'emporte.

Elle observe alentour. Dans le pré, derrière les bâtiments, une clôture électrique et une dizaine de génisses. Elle traverse le chemin, enjambe le fossé, et s'assied sur une pierre. Dans sa prison transparente, la mante religieuse s'agite. La jeune femme ouvre le sachet, saisit l'insecte entre le pouce et l'index, et lui arrache une patte. Le petit corps vert se raidit. Elle lui arrache une autre patte. La bestiole tente de s'échapper. Torsion sur les deux membres restants, la bestiole se contorsionne dans la paume qui se referme sur elle, et la broie.

La femme déplie ses doigts, et longuement contemple la pâte gluante d'où coule un jus blanchâtre. Puis elle la jette dans le pré. *J'aurais dû depuis toujours agir comme ça.*

Elle est près de la maison d'habitation et des deux petits bâtiments de pierres et de mauvaises briques.

— Y a quelqu'un ?

C'est pour la forme qu'elle appelle. La cour est toute d'herbes folles et de chardons. La porte, fendue de haut en bas, est ouverte. Le liseron et les ronces ont envahi le corridor. Les fougères grignotent les fenêtres aux carreaux cassés. Elle insiste :

— Oh ! Y a quelqu'un ?

Les ronces risquent d'abîmer ses bottes. L'intérieur de la maison n'a plus de portes. La pièce principale est vide. Dans l'épaisse poussière se lisent les traces de meubles disparus : une table, des chaises, un buffet. Au mur pend le tuyau en caoutchouc blanc qui devait relier une cuisinière à sa bouteille de gaz. Plus loin, de longues traînées. Une couverture ? Dans un coin, deux préservatifs usagés.

Elle sort de la salle, son pied bute sur un caillou qui va cogner le galandage. Une chambre face à elle. Elle y pénètre. Du lit, restent le sommier et le matelas de mousse en grande partie rongé. Dans la lumière rasante, luisent quatre petits yeux. Les rats s'enfuient, un trou les avale.

L'armoire : de simples planches. Ses portes s'ouvrent sur des rayonnages crasseux, où subsiste un vieil Opinel au manche à demi brûlé.

La jeune femme, les yeux au plafond, soupire. Elle se frotte le visage, avant d'étudier sa main gauche : un pouce et un index seulement. Soudain elle se précipite sur le grand meuble et le frappe du pied. Elle cogne encore, et encore, l'armoire tremble, craque, ses portes se détachent. Quelques ultimes coups, et le bahut s'écroule.

— Les pourris… gronde-t-elle, les pourris…

Elle se tait, les mains crispées sur sa cage thoracique, la respiration sifflante. Courbée, elle se traîne, plus qu'elle ne marche, jusque dans le couloir. La respiration chuintante, elle sort de la maison. Sur le seuil, elle lève la tête, et cherche le soleil, comme s'il pouvait effacer ses difficultés à trouver l'air.

Elle avance sur le chemin goudronné, pliée par une douleur qui cisaille ses poumons et l'empêche de respirer normalement. À bout de forces, étouffant, elle atteint enfin la Clio. Elle ouvre la portière. Puis le vide-poches. D'une main tremblante, elle le fouille. *La Ventoline*… Elle ne trouve pas, vacille, recule, tombe. Elle parvient à se mettre à quatre pattes, contourne l'auto, suffoque. Elle se couche dans l'herbe, ouvre désespérément la bouche pour tenter d'aspirer quelques bribes d'air. Allongée sur le dos, les bras le long du corps, elle ferme les yeux. Elle s'efforce de se calmer, de remplir ses poumons de l'air qui la fuit, de retrouver une respiration normale.

À travers un souffle :

— Les pourris… Les pourris…

6

Mercredi 24 juillet, 9 heures.

Loire.

La départementale escalade les contreforts du Haut-Forez, entre vertes prairies et forêts de résineux. Sous le ciel bleu-gris, une bruine fine affronte le soleil.

La lieutenant Chrystèle Mop est énervée, sa main droite serre la poignée de maintien de la Mégane. Elle ramène sa tresse rousse sur sa poitrine :

— Route tortueuse, OK. Mais on se traîne, là, on se traîne. Pouvez pas accélérer ? On est tout juste à 120…

Le commandant Bertrand Tréboul lève le pied en grommelant. Elle ajoute :

— Grand, blond, trente-trois ans, vos costumes, vos chemises à jabot, vous faites très comme il faut, mais au volant, vous êtes frappadingue. Si un jour je suis gravement blessée en bagnole à cause de vous, une fois remise je vous casse la gueule. Comme ça, vous aurez un aperçu de mon niveau en boxe thaï.

— On menace son supérieur… ? Étonnant qu'une rockeuse comme vous, libérée, badgée ACDC sur son blouson…

Elle le coupe :

— Ça va, ça va.

— Qu'une gonzesse comme vous…

— Une gonzesse ! l'interrompt-elle.

— Si j'appuie, vous avez la trouille. Ça me scie. Remarquez, tous les deux, on pourrait se déplacer à vélo, en tandem. Pour notre boulot de flics, ce serait pas très rapide, encore moins dans des côtes comme aujourd'hui, mais ça vous rassurerait… Vous savez que j'ai fait des rallyes ?

— J'ignorais. On vous connaît mal, en dehors de votre passion des chemises à fanfreluches, des éventails et des sushis… L'industriel de Montareilles, en quoi ça nous concerne ? Ce serait peut-être bien que je le sache. Je suis lieutenant de police, pas bonniche en vadrouille.

— Simon Paluel, 66 ans, marié, sans enfants, PDG d'Industic, 200 salariés, dans les technologies de pointe. La boîte intéresse beaucoup l'industrie de l'armement. Vu la personnalité du bonhomme, et les renseignements le concernant, le procureur considère sa mort comme suspecte. Voilà quelque temps, Paluel a contacté la gendarmerie car il avait reçu des menaces anonymes. Il voulait porter plainte, mais il s'est ravisé. Le proc a donc ouvert une enquête et ordonné une autopsie. S'il a retiré l'affaire aux pandores pour la confier à notre groupe, c'est suite aux analyses des prélèvements réalisés, et aux révélations du médecin légiste. Je récapitule. Paluel est mort empoisonné par une sorte de curare, très rare. Sur son corps, aucune piqûre. Le poison lui aurait été administré par de la nourriture ou une boisson. Ensuite, il avait des traces de coke dans le sang et les cheveux. Il semblerait qu'il en prenait depuis plusieurs mois. Il avait aussi de gros hématomes à la poitrine et dans le dos, antérieurs au décès. Sans doute des coups de pied.

— Activités intéressant l'industrie de l'armement, cocaïnomane, menacé anonymement, passé à tabac, empoisonné au curare, ça fait beaucoup.

— J'ai vu le cadavre à l'Institut médico-légal, mais pas le légiste. Cette affaire l'a bouleversé, à tel point qu'il a pris, à l'impromptu, une semaine de vacances. Le procureur a eu beaucoup de peine à croire ses révélations, mais comme il a toute confiance en lui…

— C'est quoi, ces révélations ?

— On le saura bientôt. On a rendez-vous avec ce toubib. Il habite la même commune que la victime.

Sur les hauteurs de Montareilles, la villa des années 50 est proche de la collégiale gothique. L'épouse du légiste, grise et effacée, introduit Tréboul et Mop dans un salon meublé essentiellement de vastes sièges en cuir. Un massacre impressionnant trône au-dessus de la cheminée.

Un grand échalas à la mine pâle s'avance vers les policiers et les invite à s'asseoir. Il se cale au fond d'un siège, croise les bras.

— Avec cette affaire, des souvenirs me sont remontés en mémoire. J'ai ressenti le besoin de prendre un peu de distance.

— Nous vous écoutons, fait Tréboul.

— Simon Paluel est mort par empoisonnement au curare. Le poison, c'est typique, a créé un arrêt respiratoire.

Un instant, le médecin pose un regard dubitatif sur les déchirures du jean du lieutenant, puis il poursuit :

— Mais le curare trouvé dans son sang est extrêmement rare. C'est de la tubocurarine. En raison de sa toxicité et de son potentiel allergisant, ce n'est plus utilisé en anesthésie depuis plusieurs décennies. Je serais très étonné qu'on puisse s'en procurer de manière légale. Par contre, on l'emploie aujourd'hui aux États-Unis pour des exécutions capitales, par injection.

— Cette substance viendrait de là-bas ? lâche Mop.

— Ce sera à vous de le découvrir, comme l'identité de l'agresseur qui l'a frappé au torse et dans le dos. Ses hématomes ont été probablement causés par des coups de pied et de très bonnes chaussures. Notre homme était aussi accro à la cocaïne. Comme quoi, même à la campagne… Mais j'en viens à l'objet de mon second rapport au parquet. Je vous en donnerai copie… Voilà trente-trois ans – je vous trouverai la date – ici même à Montareilles, un homme est décédé dans des conditions suspectes, et le parquet a ordonné une autopsie. C'est moi, fraîchement débarqué à l'Institut médico-légal de Saint-Étienne, qui en ait été chargé. D'après les analyses, l'homme avait été empoisonné par… de la tubocurarine. Eh oui, comme Paluel.

— Ah, jette Tréboul. Je suppose que son corps ne portait aucune trace de piqûre, et que la substance lui aurait été administrée dans de la nourriture ou une boisson.

— Oui. Et dans ce cas-là, il en faut un volume infiniment plus important que par injection. Certains scientifiques affirment même que du curare ingéré avec une boisson ou de la nourriture n'a guère d'effet, sinon aucun effet.

— La similitude entre ce dossier très ancien et celui d'aujourd'hui vous a alerté.

— Exactement. Fernand Buisson, la victime, était agriculteur, au lieu-dit Trébize. Je me souviens bien de l'affaire, ma femme et moi venions de nous installer ici. Les gendarmes chargés de l'enquête soupçonnèrent aussitôt l'épouse, Catherine. Le mari était devenu au fil du temps complètement alcoolique, et, d'après des bruits apparemment fondés, il la battait. Mais voilà, Catherine Buisson a disparu le jour de la mort de son mari, avant même que les gendarmes puissent l'interroger. Ils ont lancé un avis de recherche, mais en pure perte. On ne l'a jamais revue, et nul ne sait ce qu'elle est devenue. Et au bout d'un certain temps l'enquête a été abandonnée.

— On ignore donc toujours qui a empoisonné l'agriculteur.

— Oui. Et il y a autre chose. J'hésitais à vous en parler, mais… Catherine Buisson, né Patoune, avait deux surnoms : *La Catoune* et *La Sorcière*. On la disait guérisseuse. Elle donnait des consultations. Pour quels résultats ? Était-ce du charlatanisme ? Je l'ignore. Dans le coin, pour certains, ses dons étaient réels. Je n'y ai bien entendu jamais accordé le moindre crédit, je suis médecin.

Le légiste s'interrompt. Avec un clin d'œil appuyé à Tréboul il ajoute :

— Et elle avait aussi la jambe leste.

— C'est-à-dire ?

— À l'époque, je l'ai vue plusieurs dimanches matins à la messe à la collégiale, avec son mari. C'était une belle femme, et lui un type très grossier. C'était un pochetron, ça sautait aux yeux. Et un individu violent. Le couple n'était pas du tout accordé. Je m'étais demandé ce qu'ils faisaient ensemble. D'autant qu'à chaque fois que j'ai vu Catherine Buisson à la messe elle avait l'air boudeur mais ne se gênait pas pour regarder en douce d'autres hommes.

— Certains la prenaient pour une sorcière, intervient Mop. Qu'est-ce que vous entendez par là ?

— Je vous rapporte seulement sa réputation. Je ne crois absolument pas en ce genre de choses. Guérisseuse, pourquoi pas, mais sorcière, non… Par contre, vu sa réputation, je me suis demandé si…

Le légiste se racle la gorge et poursuit :

— On ignore ce qu'elle est devenue. Si vraiment elle a des pratiques étranges, et si elle a empoisonné son mari voilà trente-trois ans, on peut aussi imaginer…

Sa phrase reste en suspens.

— Imaginer quoi ? jette Tréboul.

— Elle est peut-être revenue pour empoisonner Simon Paluel.

— Elle serait de retour pour assassiner cet industriel ? Mais pourquoi ?

— Quelque chose vous chiffonne ? s'enquiert quelques instants plus tard Tréboul à la gendarmerie face au major qui a débuté l'enquête.

— On nous retire le dossier, à part ça…

— Nous aurons besoin de vous, ne vous en faites pas… Ce matin, après que je vous ai informé au téléphone des résultats des analyses du labo, vous avez fait ce que j'ai demandé ?

— On a enfermé dans une annexe de la propriété, sous scellés, toutes les réserves de nourriture, de boissons, d'alcool et de vins pour que vos collègues de la Scientifique puissent les inspecter. Cette histoire de curare, c'est fou.

— Paluel vous avait-il donné des précisions sur les menaces reçues ?

— Non. J'ai cherché à savoir, mais il n'a pas voulu en dire plus. Il avait l'intention de porter plainte, et il ne l'a pas fait.

— Quand était-ce ?

— Voilà trois mois… Il faut savoir qu'Industic est une société florissante. Elle a déposé des brevets pour un produit électronique révolutionnaire. C'est Paluel qui l'a conçu. Dans son domaine, c'était un crack. Il avait obtenu très jeune et haut la main son diplôme d'Ingénieur des Arts et Métiers, et il s'était formé lui-même à l'informatique et à l'électronique de haut niveau. Je l'avais rencontré à la fête patronale. Il était sympathique, et très abordable. On avait discuté de nos métiers, et de son invention. Elle pourrait avoir des applications militaires. Il était en contact avec la Défense, et il avait des clients potentiels à l'étranger. Il s'intéressait beaucoup aux guerres qu'il y a dans le monde. Ça m'avait étonné. L'Opération Barkhane au Sahel, notre armée en Afghanistan et en Irak, ce qui se passe du côté de l'Ukraine, il en connaissait un rayon et il avait ses entrées dans des ministères. Et pas qu'à la Défense. Il ne s'en cachait pas.

— Il a été tabassé quelques jours avant sa mort, et il était cocaïnomane, vous le saviez ?

— La coke, ça m'a beaucoup surpris. Mais il était débordé de travail. Ce ne serait pas le premier à prendre cette merde pour se booster. Quant aux coups… Son fournisseur le menace de tout révéler, il le fait chanter, Paluel résiste à son chantage, l'autre le passe à tabac. Ça, c'est possible. Avec les dealers, il faut s'attendre à tout.

Les deux flics remontent en voiture lorsque Tréboul reçoit un appel de son adjoint, le capitaine Martinod.

— J'ai eu les fadettes de Paluel. Ça nous ouvre des perspectives plutôt rock'n'roll. Ces derniers mois, il y a eu beaucoup d'échanges téléphoniques entre lui et un Lyonnais. Et parfois très tard dans la nuit, 2 heures, 3 heures du matin… Étrange, pour un PDG, de discuter au téléphone à ces heures-là. En plus, quand je dis : un Lyonnais, il vaudrait mieux dire : un type installé à Lyon. Parce que le gaillard, en fait, on sait pas trop où il crèche vraiment. Ce client-là, c'est pas de la rigolade. Deux de nos services l'ont à l'œil. Le Renseignement territorial et les Stups. Et, si j'ai bien compris, au départ, pour des raisons radicalement différentes. Alors je les ai travaillés au corps l'un après l'autre.

— Vos contacts perso ?

— Ouais. Ils ont d'abord fait les mystérieux. Ensuite, ils m'ont lâché des trucs au compte-gouttes. Petit à petit les uns et les autres en sont arrivés à me parler à peu près de la même chose. J'en croyais pas mes oreilles. Je vous le dis, c'est énorme.

— C'est pas une histoire de terrorisme, au moins ?

— Ben… Disons… De Russie.

— De Russie ?

— Ouais. De Russie. J'ai appelé mes contacts à la Sécurité intérieure.

— Vous avez aussi des potes à la DGSI ? Vous me l'aviez caché.

— Ils ont d'abord fait les sourds. Et puis, comme j'insistais, ils ont fini par cracher quelques infos. Et là, vu les activités de notre industriel, c'est du costaud de chez costaud. C'est du super explosif.

— On vous retrouve au bureau, vous nous expliquerez. Mais avant, nous allons voir la veuve.

7

Mercredi 24 juillet, 10 heures.
Bar de l'Hôtel-restaurant Le Dolmen.
Bourg de Montareilles, Haut-Forez.

Elle est mal assise, sur cette chaise. Elle change souvent de position, se contorsionne, se penche en avant. Son café, devant elle, refroidit. Elle ne l'a même pas goûté, elle a trop mal dans le dos.

C'est hier après-midi, vers l'ancienne ferme, qu'elle s'est blessée. Quand elle a commencé à s'étouffer, elle a paniqué. Elle s'est allongée près de l'auto sur le chemin, un caillou lui a entaillé l'omoplate.

Un type, au bar, la mate depuis un moment. C'est le seul client. Il a perché sa cinquantaine grise et flasque, au regard lourd, sur un tabouret, devant un demi. Hier soir, au même endroit, il a déjà essayé d'engager la conversation. Elle ne lui a pas répondu, elle est montée dans sa chambre.

Il recommence son manège. Il dit quelques mots au patron qui essuie des verres derrière le bar, il boit une gorgée, tourne la tête vers elle. À chaque fois, son regard remonte le long de ses bottes, et s'appesantit sur ses cuisses. Elle sent son regard lubrique glisser sous sa minijupe.

Elle sait qu'elle ne devrait pas réagir ainsi, mais c'est plus fort qu'elle. Elle tire sur le tissu, comme pour en couvrir ses genoux. S'il continue son manège, si elle est incapable de l'ignorer, bien que ce soit encore le matin elle n'aura plus qu'à monter dans sa chambre, à avaler un somnifère, et à tenter de dormir jusqu'en fin d'après-midi. Comme ça, puisqu'elle a retrouvé sa Ventoline, elle pourra retourner là-bas la nuit tombée.

— Vous êtes ici pour longtemps ? demande le type d'une voix aiguë.

Elle ne répond pas. *Et mon poing sur ta gueule, il y sera pour longtemps ?* Elle tente de se contrôler, adopte un air désinvolte, consulte sa montre et attrape le quotidien régional sur la table voisine.

— Vous êtes en vacances ?

Quelques secondes s'écoulent. Elle ne bronche pas.

— Vous êtes ici pour chercher du travail ? C'est vrai qu'à la zone y a des boîtes qui embauchent.

Elle tourne lentement les pages du journal.

— À la fabrique d'escaliers, y a une nouvelle secrétaire de direction, c'est vous ?

Je t'arracherais bien la tête, et je la donnerais à des chiens.

Dans les pages *Faits divers*, un compte-rendu d'audience correctionnelle. Elle s'y attarde.

— C'est incroyable, ça. Vous répondez jamais quand on vous parle. C'est pas sympa.

Sans lever les yeux du journal, elle lance :

— Vous savez pourquoi je réponds pas ? Je comprends le français, mais pas le lourdaud !

Elle se lève et, d'un pas nonchalant, traverse la salle, puis monte à l'étage. Le gars roule des yeux ronds.

— Pour qui elle se prend ? Elle pourrait répondre. Tu la connais ?

Le patron pose le verre qu'il a fait briller.

— Tu me feras chier tant que je te l'aurai pas dit… Elle s'appelle Myriam. Tu pouvais pas lui foutre la paix ?

— Tu sais ce qu'elle est venue faire ici ?

— Tout ce qui m'intéresse, c'est qu'elle me paie.

— Et Paluel qui a clamsé ! Hier, les gendarmes étaient chez lui, et ils sont restés un sacré moment. Sa mort, c'est louche. Tout à l'heure, tu sais qui il y avait à la gendarmerie ? Deux flics de la Police judiciaire. Un homme et une femme. Et après, ils devaient aller à la maison Paluel.

— Comment tu sais tout ça ?

— Par mon fils. Il est très copain avec un des gendarmes. Ils font la bringue ensemble. La mort de Paluel sent mauvais. Alors, cette femme, là, que personne connaît, et qui débarque ici…

— Non mais, tu disjonctes ! Elle est en vacances. Je lui ai demandé sa carte de crédit et sa carte d'identité, elle me les a montrées alors qu'elle était pas obligée, donc elle est réglo.

— Elle est ici pour combien de temps ?

— Elle sait pas. Elle me préviendra de son départ deux jours avant.

— T'as vu sa main gauche ?

— Qu'est-ce qu'elle a sa main gauche ?

— Je l'ai remarqué quand elle tournait les pages du canard. Il lui manque des doigts… J'ai vu un reportage à la télé. Je sais plus où, y a des maquereaux, quand une pute veut plus turbiner pour eux, ils lui coupent des doigts. Ta pensionnaire, t'as vu comme elle se sape ? Toujours en mini. Ça serait pas une pute ?

Le tenancier grimace. La jeune femme vient de déboucher de l'escalier, elle a troqué minijupe et bottes pour un jean et des baskets. Elle passe devant le client accoudé au bar, il la retient par le bras.

— C'est la première fois qu'on me traite de lourdaud, ça me plaît pas !

Elle se tourne vers lui, et brutalement, le repousse. L'homme tombe de son tabouret et s'affale.

Le temps qu'il se relève, elle est au volant et s'éloigne.

8

Mercredi 24 juillet, 10 heures.
Bourg de Montareilles.

Mop et Tréboul sont impressionnés par la magnifique villa en pierre de taille et par ses bow-windows ornés de vitraux représentant des scènes de nature. Le parc, *Trois hectares* a précisé un gendarme, est parfaitement entretenu. Des allées sinuent entre les massifs de fleurs, les arbustes et des arbres rares. Un chemin central court de son monumental portail d'entrée jusqu'à l'épaisse porte principale de la maison artistiquement ouvragée.

Chantal Paluel semble en équilibre instable sur son fauteuil Voltaire en velours vert. Elle n'en a pas bougé depuis que son employée de maison a introduit les deux officiers de police dans ce salon.

— Mon mari Simon était si intelligent. Il avait tellement de compétences… tellement de talents…

Elle sanglote, une main devant la bouche, puis balbutie :

— Depuis que Simon est mort, je ne comprends plus rien.

— Vous avez compris que votre mari est décédé d'un empoisonnement au curare ? demande Tréboul.

— Oui. Mais c'est le reste que je ne comprends pas.

— C'est-à-dire ?

— Qui a bien pu l'empoisonner ? Et pourquoi ?

Tréboul est frappé par la sécheresse physique de la veuve, par sa maigreur, la pâleur de son visage, ses cheveux grisonnants coiffés à la va-vite. Et par ses tics. Elle passe ses mains sur le haut de sa très stricte robe grise, comme pour vérifier qu'elle est boutonnée jusqu'au cou, puis sur les pans qui tombent à mi-mollets. Elle serre ses pieds l'un contre l'autre. En parlant, elle met parfois ses mains en coupe à hauteur de sa poitrine, comme pour une offrande. Elle se lève, souffle :

— Venez voir.

Elle gagne la porte-fenêtre. D'une main tremblante, elle montre le parc :

— Tout ça, c'est Simon. Il a dessiné les massifs, les parterres de fleurs, tout. Le paysagiste lui a obéi, il a reconnu qu'il avait d'excellentes idées.

Elle se retourne, et d'un geste ample désigne la bâtisse.

— C'est aussi mon mari qui a dessiné les plans de notre maison. Il savait tout faire. Il était si doué. Mais il n'avait pas le temps de s'occuper de tout. Il avait tellement de travail.

D'une démarche hésitante elle revient s'asseoir, les policiers regagnent le canapé.

— Les mauvaises langues, les jaloux, vous expliqueront que lui et moi étions très différents. Il était très attaché aux biens matériels, aux richesses terrestres, tandis que moi…

Elle tousse.

— Vous voyez bien, on meurt comme ça, pffuittt… Et les biens terrestres… Je n'ai pas à le cacher : on faisait chambre à part depuis longtemps. Simon travaillait souvent tard à l'usine, ou bien il dînait avec des clients à Lyon, Saint-Étienne, Clermont-Ferrand ou Grenoble, et il nc voulait pas me réveiller en rentrant. Je l'aimais profondément. J'ai perdu l'amour de ma vie.

D'une poche, elle sort un mouchoir brodé, s'en tamponne les narines, toussote :

— Si Dieu voulait rappeler à lui Simon, j'accepte que l'amour de ma vie soit parti. Mais je souffre comme je n'avais encore jamais souffert. J'accepte la volonté de Dieu, mais je veux savoir quelles sont les mains qui ont fait partir Simon. Et je veux que la justice des hommes passe, parce que c'est aussi la volonté de Dieu.

— Votre mari avait vingt-quatre ans de plus que vous, dit Tréboul.

— Ça a aussi fait le miel des jaloux.

— Après l'autopsie, il y a un élément très important que les gendarmes ne vous ont pas révélé. Dans le sang et les cheveux de votre mari, on a trouvé des traces de cocaïne.

La veuve fixe le commandant la bouche en O, tout son corps se contracte. Ses mains serrent si fort les accotoirs qu'on voit saillir les veines.

— Vous saviez que votre mari se droguait ?

— Non, pas lui.

— Les analyses sont formelles et prouvent qu'il en prenait depuis pas mal de temps.

Elle observe le grand lustre de cristal, puis cache son visage dans ses mains et se cale au fond de son fauteuil. Elle reste une bonne minute ainsi, jusqu'à ce que Mop lui demande si ces derniers temps elle avait remarqué des comportements étranges chez son époux.

— Non.

— Et dans votre quotidien ?

— Que voulez-vous qu'il y ait d'étranges dans notre quotidien ? Simon travaillait d'arrache-pied pour assurer les emplois de son entreprise, et je l'aidais.

— Vous l'aidiez comment ?

— En le soutenant moralement. Et je priais pour lui.

— Je vois, fait Mop.

— Non, vous ne pouvez pas voir, répond la veuve, un œil méprisant sur le jean déchiré de la lieutenant. Vous êtes bien officier de police ?

— Elle l'est, intervient Tréboul. Ah, voilà nos collègues de la Scientifique.

La cameriste vient d'introduire quatre techniciens en combinaisons blanches.

— Ils vont effectuer des prélèvements dans toute la maison, et ils étudieront les réserves alimentaires et les boissons que la gendarmerie a placées sous scellés. La lieutenant et moi fouillerons certaines pièces. Vous êtes d'accord ?

Chantal Paluel opine.

— Nous devrons aussi interroger votre domestique. C'est elle qui a préparé vos repas le jour du décès de votre époux ?

— Non c'est Clara, mais elle est en congé aujourd'hui. Celle que vous avez vue est là à temps partiel.

— Nous devrons les entendre toutes les deux.

— Pourquoi on ne perquisitionne pas vraiment ? demande Mop dans la vaste bibliothèque.

Tréboul s'assure que l'employée s'est éloignée et referme la porte derrière lui.

— Ça signifierait qu'on pense que Paluel a été empoisonné par quelqu'un d'ici.

— C'est pas le cas ?

— Pas pour le proc.

— Et pour vous ?

— Gants.

— Quoi ?

— Enfilez vos gants.

Un meuble vitré en acajou court sur deux côtés de la pièce. Sur les étagères, des livres anciens reliés en cuir, des biographies de personnages historiques et d'hommes politiques, des essais de polémistes et d'économistes libéraux contemporains. Proches des fenêtres, un bureau Empire et un fauteuil en acajou ornés d'éléments en bronze incontestablement d'époque.

Ils fouillent les tiroirs. Dans l'un d'eux, ils dénichent une feuille A4 à l'en-tête d'Industic, la photocopie d'une note de service manuscrite :

Nous devons à présent passer à une vitesse supérieure en Recherche et Développement, seul moyen pour s'imposer à l'international.

SP.

L'écriture, visiblement, est du défunt.

Dans le bureau sont rangés une ramette de feuilles, des factures concernant l'entretien de la propriété, du parc et des voitures, et des notes d'épiceries fines et de supermarchés livrant à domicile. Les listes de produits sont méticuleusement pointées, avec quelques annotations : *Commander le double le mois prochain,*

Un peu cher, ou Qualité supérieure, vraiment ?

— C'était lui qui s'occupait de l'intendance de la maison, remarque Tréboul, y compris pour la cuisine. Pas elle. Étonnant !

Dans les autres tiroirs : Paracétamol, cartes postales envoyées par la famille ou des amis, des lunettes d'approche et un télescope monoculaire, quelques revues d'une association de protection des oiseaux.

— Ça devait pas le passionner, dit Mop, montrant plusieurs numéros encore sous leur enveloppe plastique. Ici, il n'y a rien d'intéressant. S'il y venait pour travailler, il devait tout laisser sur un ordinateur, et il faut le trouver.

Tréboul porte soudain son Smartphone à l'oreille.

— Oui… ? Comment… ? Vous avez regardé partout… ? Ah oui… Quel con…

Puis il raccroche.

— Krava. Il est avec Arty chez Industic. Ils ont fouillé le bureau de Paluel. Rien de spécial. La secrétaire de direction leur a indiqué un ordinateur comme étant le sien. Ils ont pu y entrer sans problème, il n'y avait pas de mot de passe. Bizarre, pour l'ordi d'un PDG. Dedans, rien de particulier à première vue. On l'auscultera. Par contre, le directeur général n'a pas apprécié d'avoir affaire à deux jeunes lieutenants. Il s'attendait à un commissaire. Arty a failli s'énerver.

— Là ! jette Mop.

Elle désigne une étagère chargée d'ouvrages anciens et la tire vers elle.

— J'avais l'impression que ces bouquins étaient manipulés beaucoup plus souvent que les autres. Et voilà.

Le rayon pivote. Derrière, apparaît un coffre-fort.

— Il reste à trouver la combinaison.

Elle passe la paume sur la façade, puis sur les arêtes.

— Une porte trois points, annonce-t-elle.

— Comment le savez-vous ?

— À mes débuts dans la boxe thaï, je m'entraînais souvent avec un type… Il connaissait bien les coffres-forts, les anciens et les contemporains. Je ne lui demandais rien, mais chaque fois qu'on se voyait chez lui, il tenait à m'apprendre comment… même avec une serrure électronique… Pour ça, il avait gardé du matos.

— Gardé du matos ? Quel matos ?

— Deux coffres-forts, un ancien, et un avec une serrure électronique, et tout ce qu'il faut pour les ouvrir. Mais il avait payé sa dette à la société, hein, cinq ans de centrale à Poissy, rassurez-vous.

— Ouf, maintenant que vous me le dîtes, je me sens mieux.

— Non mais ça n'a pas duré entre nous. On se voit plus depuis une éternité, j'ai rompu.

— Ah bon ? C'est dommage. Vous auriez pu prolonger. Il vous aurait fait faire des travaux pratiques, pour vérifier que vous aviez bien compris ses leçons.

— Mais non, enfin, c'était compliqué entre nous.

— Ah bon ? C'est vraiment étonnant. Vous auriez pu y mettre du vôtre, quand même…

La flic est penaude.

— Je rêve, dit Tréboul. Vous étiez chez nous, à l'époque ?

— Je venais juste de réussir le concours de lieutenant, et j'étais amoureuse.

— Ça change tout.

— Non mais le prenez pas mal, Commandant.

— Fermez votre gueule, Mop, fermez-la !

— Vous énervez pas…

— Vous étiez barge, non ? Vous veniez de réussir le concours de lieutenant…

La flic regarde ses pieds.

— Comment faire pour la combinaison ? dit-il.

Elle murmure :

— Sa date de naissance, peut-être.

— Sa date de naissance. Vous avez vraiment tendance à prendre les autres pour des cons. Vous croyez qu'un industriel de haut niveau…

— Essayez quand même.

Il hausse les épaules, puis il feuillette le grand cahier qui ne le quitte jamais, et dans lequel il a déjà pris beaucoup de notes.

— On peut essayer. Pianotez. 12.12.1953.

— Vous avez entendu ? jette-t-elle.

— Entendu quoi ?

Elle tourne la poignée en façade jusqu'à l'horizontale, et la porte s'ouvre. À l'intérieur du coffre-fort, trois rayons, un seul d'occupé.

— Un Mac portable.

Elle s'en empare, l'apporte jusqu'au bureau Empire, et l'allume.

— C'est pas comme l'ordi qui se trouve dans son bureau de PDG chez Industic. Celui-ci, pour y entrer, il faut un mot de passe.

Les policiers ont parcouru toutes les pièces, dont les chambres du défunt et de son épouse, et sont restés en expectative devant le Christ surplombant le lit de la veuve.

— Madame Paluel, dit Tréboul, revenu au salon, savez-vous que votre mari avait un coffre-fort dans son bureau-bibliothèque ?

— Un cof…

— Derrière une rangée de livres. À l'intérieur, il y avait un ordinateur portable. Connaissez-vous le mot de passe ?

— Non.

— Pouvons-nous interroger l'employée présente aujourd'hui ?

— Elle ne vous apprendra pas grand-chose. Elle nous a été envoyée voilà un an par une association, ou je ne sais trop quoi, et elle fait vraiment le minimum. Il ne faut pas trop lui en demander, à Ivana.

— Ivana ? Ivana comment ?

— Irinovsky. Une Russe.

9

Mercredi 24 juillet, 10 h 30.
Montareilles.

Quelle idée d'entrer ici… ! Elle en ressortirait bien, mais le patron vient de lui apporter son chocolat. Elle l'a commandé sans réfléchir pour ne pas avaler un autre café. Elle est déjà assez énervée par l'autre abruti au Dolmen qu'elle a failli cogner. Après, elle voulait aller se calmer dans la nature, s'était même changée. Mais une fois au volant, hors d'elle, elle a mis le pied au plancher, pour, à la sortie du bourg, piler sans raison devant ce bar.

Au comptoir, quatre vieux. Elle ne boira pas son chocolat – elle n'en boit jamais, elle déteste – et se sent conne.

— Qui est-ce qui va diriger la boîte, maintenant que Paluel est mort ? lance un client. Faudrait pas que ce soit un branquignol. Et dire qu'à 66 ans il se portait comme un charme.

— Comment tu le sais ?

— Je le connaissais. On a fait toute l'école primaire ici dans la même classe. Alors, quand on arrivait à se croiser, comme voilà quinze jours, on discutait deux minutes. Pas plus. Il avait jamais le temps. Jeune, c'était pareil, sauf pour sauter des gonzesses. Là, il avait toujours le temps. Et quand il est revenu des Arts et Métiers, je te dis pas, y avait pas le sida…

Eh, vous autres, vous vous souvenez de La Catoune de Trébize ?

— La Sorcière ? répond le plus vieux.

— Oui, si tu veux, La Sorcière, La Catoune, Catherine Buisson. Elle, il se l'est fifrée longtemps. Il était devenu accro, il voyait plus qu'elle, le père Paluel en était malade de le savoir.

— La Catoune, une sorcière ? fait un autre client.

— Je m'étais ébouillanté un bras dans ma cuisine. J'y croyais pas, mais je me suis dit : *Tu risques quoi ?* Je suis allé la voir, elle a approché ses mains de mes brûlures, elle a récité des *abracadabras*. Trois jours après, mon bras était normal, plus de trace de brûlures, plus de douleur.

— T'as rêvé…

— Tu me crois perché ?

— Et comment tu sais que Paluel s'est longtemps fifré La Catoune ?

— T'habitais pas encore là, tu peux pas savoir. Tout le monde savait que le fils Paluel était accro à la femme de Buisson. Sauf le premier intéressé, le cocu, Fernand Buisson. Comment il l'aurait su avec tout ce qu'il picolait ? Y a des jours, il était tellement bourré que ses vaches étaient obligées de se traire toutes seules. En tout cas, Fernand Buisson est mort empoisonné, c'est officiel, et le même jour sa femme, La Catoune, a disparu. Pour les gendarmes, c'est elle qui a fait le coup. Mais voilà, La Catoune s'est envolée. On n'a jamais su ce qu'elle est devenue. Simon Paluel, paraît que ça lui avait fait un choc qu'elle disparaisse. Son père était aux anges. Il en avait marre de voir son fils frayer avec une paysanne sans le sou. Il pensait déjà laisser sa place de PDG à son fiston.

Son bol en mains, elle boit ce qu'elle entend. Elle a involontairement trempé ses lèvres dans le chocolat bouillant, sans rien ressentir. Dans son crâne et son ventre, un goût écrase tout le reste. Elle hoquette, serre fort dans sa poche son aérosol de Ventoline, et retrouve enfin sa respiration.

Avec l'air elle a aspiré la boisson bouillante, son œsophage et ses poumons brûlent, elle tousse, se lève, manque renverser sa chaise, file aux toilettes et vomit.

Au volant elle se souvient vaguement avoir laissé un billet de dix euros sur la table. Elle peste contre cette bagnole qui se traîne, contre les virages, contre les gravillons de la départementale. Huit kilomètres jusqu'à ce village dont elle n'a pas vu le nom. Elle ne va pas rouler comme ça au hasard toute la journée. Elle passe devant le monument aux morts et s'arrête au bar-tabac-presse.

Assise au fond de la salle près du flipper – troisième bistrot ce matin ! – elle demande un demi. Ses poumons la brûlent toujours autant, mais ce n'est pas à cause du chocolat chaud.

Elle l'écoute à peine. Quand elle est entrée, il était au comptoir à rigoler avec une dizaine d'autres. Elle regarde la table, ou la salle, de temps à autre elle lève les yeux sur le jeunot venu s'asseoir en face d'elle, sans demander la permission. Tout juste vingt ans. Quand elle le regarde, il plante ses yeux dans les siens. Comme s'il n'avait jamais vu d'aussi près une belle et grande blonde aux yeux bleus, la chevelure en désordre. Grand, mignon, des éclairs dans ses yeux verts, un rire franc.

Elle manque se pincer. Il vient bien de lui proposer de lui payer un verre. Elle accepte. Pour elle ce sera une Suze. Pour lui aussi. Il lui demande de le ramener chez lui :

— Je vous ai vu arriver en voiture, la mienne est tombée en panne juste sur la place, je dois rentrer chez moi, cet aprèm je bosse, mais j'ai tout mon temps…

— Où est-ce ? demande-t-elle.

— Tagord. C'est un hameau de Montareilles.

— On y va ?

Dans la montée qui mène à Montareilles, elle quitte la départementale pour un chemin goudronné.

— C'est pas la direction…

— Je sais.

Il ne moufte pas. Un paquet de ronces griffe la carrosserie. Elle stoppe l'auto dans une clairière au milieu d'un bois de pins, et coupe le contact. Commence à tomber une bruine.

Elle se penche vers lui, saisit son menton, le tourne vers elle, et l'embrasse sur la bouche. Il semble pétrifié. Puis il lui rend son baiser. Il lui tripote les seins par-dessus son sweat-shirt, puis passe sa main dessous, l'immisce dans son soutien-gorge.

Elle renverse le siège passager, baisse son jean et sa culotte, le jeunot se déshabille, elle prend un préservatif dans le vide-poche, et le lui tend.

Elle finit par le lui mettre elle-même. C'est en s'empalant sur le garçon qu'elle prend conscience.

Elle n'a pas d'âge. Depuis des millénaires, elle attend.

J'ai joui, t'as joui, c'est bien, à présent basta.

Depuis des millénaires, elle espère, elle ne sait quoi, mais, oh non, elle n'a pas d'âge.

Rhabillée, elle a repris place au volant.

— Qu'est-ce qui t'es arrivé ? demande le type encore essoufflé.

Il a saisi sa main gauche et l'étudie ainsi que les boursoufflures à la naissance des doigts manquants. Il répète :

— Qu'est-ce qui t'es arrivé ?

Elle observe la bruine coloniser la forêt. Elle dit :

— Casse-toi.

— Qu'est-ce qui…

— Casse-toi !

— Tu me…

Elle hurle :

— J'ai dit casse-toi ! Alors tu te casses !

Elle se tourne, ouvre la portière, le pousse brutalement et le fait tomber hors de l'auto. Elle met le contact, enclenche la première, et démarre en trombe.

Il court derrière la Clio. Elle ralentit et par la vitre ouverte, hurle :

— T'es monté comme un canari ! Je cours pas les piafs !

Elle accélère. *Les pourris… Les pourris…*

10

Mercredi 24 juillet, 14 heures.
Saint-Étienne, antenne de la Police judiciaire.

Tréboul est passé chez lui pour se doucher et changer de chemise. Chez lui : une chambre d'hôtel dans laquelle il campe depuis sa nomination comme commandant, et chef de groupe, à la PJ de Saint-Étienne. Au dernier étage sur cour, et sur le silence, qu'il affectionne, coupé seulement parfois par des roucoulements de pigeons.

De retour à son bureau, il se cale dans son fauteuil. Un instant, il observe Mop, belle rousse au look presque grunge, et son adjoint le presque sexagénaire et très catholique fumeur de Gitanes sans filtre, le capitaine Martinod, vêtu d'un polo violet à bandes jaune canari.

Mop, mutine :

— Cette liquette noire, je l'avais jamais vue, je la trouve super.

Tréboul caresse instinctivement le jabot de sa chemise.

Elle ajoute :

— Un peu punk, un peu pirate, un tantinet médiévale. Vous êtes très multiculturel, Commandant.

— Multiculturel, moi ! Et mon cul, il est multiculturel ?

— Opf ! fait Mop. Première fois qu'on vous entend parler aussi mal.

— Si vous sortez d'autres conneries de ce genre, ce sera pas la dernière… Et Arty et Krava ? reprend-il. Toujours en retard, ces deux-là.

— Faut bien que jeunesse se passe, glisse Martinod hilare.

— Des chemises à jabot, vous en avez combien ? insiste Mop. Vous ne portez que ça.

— J'en ai suffisamment pour faire parler les curieuses… Martinod, reprend Tréboul, alors qu'arrivent les deux lieutenants, où en est la Scientifique ?

— Chercher des traces de curare dans les réserves de victuailles et de boissons des Paluel va prendre du temps. Pour ce qui est des empreintes digitales et de l'ADN, tous les prélèvements effectués dans la maison renvoient à l'épouse, Chantal Paluel, et aux deux employées.

— Et celle qui a préparé le repas de l'industriel juste avant son décès ?

— Injoignable, répond Krava. Absente de chez elle, personne ne sait où elle est. On a laissé des messages sur sa boîte vocale. Le proc se fait tirer l'oreille pour perquisitionner son domicile.

— Je vais le secouer… Alors Martinod, la découverte dont vous refusiez de parler au téléphone, de quoi s'agit-il ?

— Une bombe. On a envoyé une réquisition à l'opérateur téléphonique de Paluel. Dans les relevés de ces derniers mois, un numéro revient régulièrement. Celui d'un certain Christophe Robion. Il dirige une société de sécurité à Lyon, qu'il a fondée, et son pedigree est rock'n'roll. Sur le bonhomme, c'est la DGSI qui m'en a le plus lâché. Son CV. 16 ans : entrée à l'École des Mousses de la Marine Nationale, à Brest. Ensuite, fusilier marin. 25 ans : interruption de son contrat. La Royale l'a poussé dehors. Vous savez pourquoi ? Sous l'uniforme, il aurait bruyamment fêté la naissance d'Hitler, et vanté les idées nazies.

— Le citoyen idéal, ironise Arty.

— Ensuite la DGSI, qui l'a dans le collimateur, le localise au Donbass, dans l'est de l'Ukraine. Jusqu'à ses 28 ans, Robion fait la guerre en tant que volontaire au sein d'une milice pro-russe, avec d'autres volontaires français. Puis retour en France et rencontre avec des émissaires du Groupe Wagner. Vous connaissez tous cette société militaire privée russe, elle intervient en Ukraine.

— Quel rapport avec notre affaire ? demande Arty sans cesser de mâchouiller un Carambar.

— Paluel était le PDG d'Industic. Selon les professionnels que j'ai eu le temps de consulter, la dernière invention de la boîte a un intérêt extraordinaire, notamment pour les industries de l'armement et du nucléaire. Elle peut donc être très juteuse. Christophe Robion serait prêt à tout pour un max de fric, c'est un dur de dur, et il a pas froid aux yeux.

— Si je comprends bien ce que vous insinuez, dit Tréboul, il se pourrait que la Russie soit fortement intéressée par l'invention de Paluel, pour des applications militaires ou civiles, et elle aimerait se l'approprier et l'exploiter seule. Et Robion, via ses relations chez Wagner, aurait été chargé de convaincre Paluel de céder son invention à Moscou.

— Ses commanditaires veulent s'approprier l'invention moyennant finances, à bas prix bien sûr, Paluel refuse, ou bien il est trop gourmand, et ils le font éliminer. Pour faire un exemple, à l'intention de ceux qui voudraient eux aussi jouer aux fiers-à-bras, c'est une hypothèse.

— Ça me semble très gros. Mais souvent, plus c'est gros…

— Et Ivana, dit Mop, la seconde employée de maison des Paluel, elle est Russe…

— Justement, renseignez-vous sur elle. Pour l'instant, il faut mettre la main sur ce Robion.

11

Mercredi 24 juillet, 15 h 10.
Saint-Étienne, antenne de la PJ.

— Vous en êtes sûr, Docteur ? demande Tréboul, seul dans son bureau.

— Absolument certain.

— Au lieu de m'appeler maintenant, pourquoi ne pas m'en avoir parlé ce matin lorsqu'on vous a rendu visite ?

— Je voulais m'en tenir aux faits. J'hésitais à montrer du doigt quelqu'un qui peut être parfaitement étranger à ce qui nous occupe.

— Je vous résume. Ces derniers temps, à Montareilles, lieu-dit Trébize, des gens ont vu à plusieurs reprises une femme, toujours la même, vers l'ancienne ferme de Buisson, le paysan qui est mort, empoisonné au curare, voilà trente-trois ans… Et vous, cette femme, l'avez-vous vue rôder là-bas ?

— Depuis que j'ai autopsié Paluel, je suis obsédé par cette histoire. Elle me tracasse. Ce matin, après votre départ, j'ai ressenti le besoin d'aller à Trébize, c'était plus fort que moi. J'y suis arrivée vers 11 h 30. J'ai aperçu une femme que je ne connaissais pas devant l'ancienne maison d'habitation. Une Clio était garée près du portail. Je ne sais pas pourquoi, je me suis méfié. J'ai laissé ma voiture au bord du chemin, et je me suis caché. D'après ce qu'avait entendu mon épouse à la boulangerie, une inconnue avait été vue ici plusieurs fois, une blonde, assez jeune, très moderne. Celle que je voyais à une cinquantaine de mètres correspondait. Elle se livrait à un curieux manège. Elle rejoignait la maison à grands pas, ensuite elle faisait demi-tour jusqu'à sa voiture, elle ouvrait la portière, elle la refermait, et elle retournait à la maison. Elle était très excitée. Tout à coup elle est retournée à sa voiture, elle a regardé la maison, elle a frappé très fort du plat de la main le toit de sa voiture, elle y est entrée et a démarré sur les chapeaux de roues.

— Savez-vous qui est cette curieuse personne ?

— Ma femme, en discutant avec la commerçante, a appris qu'elle séjourne à Montareilles, au Dolmen.

12

Mercredi 24 juillet, 20 heures.
Bourg de Montareilles, Haut-Forez.

Tréboul et Mop sont attablés devant un pot de thé et un demi. Une dizaine d'hommes discute au comptoir.

— Vous croyez vraiment qu'on était obligé de revenir aussi vite pour ça ? fait la lieutenant, agacée. On n'a pas d'autres urgences ? On poireaute comme des cons depuis deux heures. Les gendarmes auraient très bien pu interroger cette femme, on aurait gagné du temps, et après, en fonction de ses réponses, on aurait avisé.

— Je vous ai déjà répondu.

Tréboul remplit sa tasse de thé, et pour la millième fois consulte sa montre. Suivant les indications du légiste, il a décrit au patron l'inconnue aperçue vers l'ancienne ferme Buisson. Celui-ci a immédiatement reconnu la Parisienne. Mais il a refusé de lui donner son identité : *J'y suis pas tenu par la loi. Vous lui demanderez vous-même.*

Le patron pose sur leur table une théière pleine, et un deuxième demi que Mop entame aussitôt.

— Avant de partir, elle ne m'a rien précisé de spécial. Donc, elle dînera ici ce soir. Il faudrait pas qu'elle tarde, la cuisine ferme dans une demi-heure. Dites, si la police se déplace, ça doit être pour quelque chose de grave, non ?

— C'est pour un cambriolage à Paris, dit Tréboul. Elle pourrait en avoir été témoin.

— Il s'en passe tellement dans les villes. C'est pas comme ici. À la campagne, c'est tranquille, y a pas toutes ces bandes de voyous.

Le tenancier retourne derrière son comptoir.

— Vous mentez super, souffle Mop. Vous ne buvez jamais rien d'autre que du thé ?

— En service, non.

— Et en dehors ?

— Du thé au jasmin.

— Alors là, ça change tout, c'est la grosse bamboula. Mais du thé au jasmin qui cogne bien, au moins ?

Tréboul murmure :

— Écoutez, ils parlent d'elle.

Dans le brouhaha du bar les policiers saisissent des bribes de conversations :

Tu sais qui c'est ?... Elle m'a donné son nom quand elle a réservé ... Elle vient de Paris ... Je ne te parle pas de là où elle crèche, mais qui elle est ... Qu'est-ce que tu veux savoir ? J'ai peut-être compris pourquoi elle est là ... Il suffit de savoir où elle va se balader ... Et comment tu le sais où elle va se balader ? ... Y a pas que moi qui le sait. On l'a vue plusieurs fois à Trébize ... D'après toi, c'est qui, cette nana ? Et pourquoi elle est venue ici ? ... Ça, je le garde pour moi. J'ai pas envie qu'on se foute de ma gueule ... Mais depuis quelques jours, eh ben, ça gamberge dans ma tronche. J'ai l'impression que l'ancienne ferme de Fernand Buisson l'intéresse beaucoup...

Tréboul fait signe à Mop de rester silencieuse.

— Et alors ? poursuit le patron.
— Elle l'intéresse beaucoup trop.
— Et ?
— Eh ben, de déductions en déductions...
— Continue...
— Non, j'ai pas envie de passer pour un gogol.
Tréboul vide sa tasse, se lève, gagne le comptoir, et demande :
— Et d'après vous, c'est qui, cette Parisienne ?
L'homme le toise, méfiant :
— J'ai entendu que vous êtes flic, raison de plus pour garder ça pour moi. Notez, j'ai rien contre la police.
— Vous ne pouvez rien me confier au sujet de cette femme ?
— Ben... si. Quelque chose qui me fait tirer souci. Ce que je vais vous dire, ça sera... préventif. Voilà. Préventif. Ce matin, elle a eu avec mon petit-fils un comportement qu'elle n'aurait pas dû avoir. Enfin, surtout pas avec lui. Ça se voit qu'elle le connaît pas. C'est la preuve qu'elle est peut-être pas la crème des femmes, si vous voyez ce que je veux dire.
— Pas vraiment.
— Mon petit-fils habite avec moi. Ses parents sont décédés dans un accident de voiture. Il travaille, il est sérieux, mais c'est un tombeur... Il en a eu, des filles. Et y en a qui lui courent après, oh oui. Alors, je vous ferai pas un dessin avec ce qu'il m'a raconté. Mais ce que cette Parisienne a fait hier avec lui, elle n'aurait pas dû. Ils se sont rencontrés dans un bistrot, à une dizaine de bornes d'ici. Il était en panne de bagnole. Il lui a demandé si elle pouvait le ramener avec sa caisse à elle. Elle lui a dit oui.

C'est dans sa bagnole à elle que… Vous voyez ?
— Là, oui.
— Et après leur petite affaire, elle l'a très mal traité. Elle l'a humilié. Et pas qu'un peu. Ça, elle n'aurait pas dû. Pas mon petit-fils. De sa vie, il me raconte tout. Il sait que je le comprends, et on est en confiance, lui et moi. Et je le connais mon gars, si on se moque de lui, il est pas finaud-finaud. Et là, elle l'a rabaissé plus bas que terre, vous pouvez me croire. M'est avis que cette femme, c'est une sacrée salope. Quand il est rentré, avant de partir bosser avec ma vieille bagnole que je lui avais prêtée, il était furieux, les yeux lui sortaient de la tête… J'ai peur. Il va peut-être avoir envie de se venger. S'il la chope, cette salope… Et après ça lui retombera dessus. Et il traînera ça toute sa vie.
— Vous ne voulez toujours pas me dire ce que vous savez sur elle ?
— C'est peut-être quelqu'un qui n'est pas tout à fait une inconnue.
— Vous pouvez préciser ?
— Vous voyez, y a des choses qui arrivent, dans la vie, des drames, pendant des années on y pense plus. On les oublie. Et puis un jour, ça revient, comme ça, et là, on se dit, merde, mais oui, c'est ça.
— Vous pourriez être plus clair ?
— Eh ben, la Parisienne, c'est ça, quoi.
— Je ne comprends pas.
— Attendez, le flic, c'est pas moi, c'est vous.
L'homme met sur le comptoir quelques pièces de monnaie.
— Allez, c'est pas le tout, faut que je rentre. Salut la compagnie !

13

Mercredi 24 juillet, 20 heures.
Montareilles, lieu-dit Trébize, Haut-Forez.

Peu avant la pancarte indiquant *Trébize*, elle stoppe à la hauteur du chemin. Elle est sur les nerfs. Elle redémarre. Au bout d'un kilomètre, elle se gare en bordure d'une clairière. Et elle continue à pied.

Pourquoi je reviens ici ? Je me suis encore laissée emporter.

La campagne, elle n'aime pas. Elle l'exècre, même. Alors, depuis quelques jours, elle se force. C'est un exercice. Un pensum. Pour voir ce dont elle est capable quand elle est à bout. Et elle est à bout ! Elle peut craquer et exploser d'une minute à l'autre.

Ce qu'elle aime, ce sont les villes. Les grandes villes où on peut s'y perdre. On peut se perdre au sein de la multitude, à l'abri de la foule. On peut aussi s'y cacher. De quoi ? Elle ne le sait pas vraiment, mais, oui, elle s'y cache. Alors, se repointer ici, à Trébize…

Après tout, y a peut-être ici des choses que je peux récupérer pour chez moi. Ça m'évitera de chiner à Clignancourt ou à Saint-Ouen… Je vais fouiller. Je ne serais pas revenue pour rien.

La nuit tombe en paillettes sur les prairies, les terres labourées, les haies, les arbres. Des pointes de jour résistent, à la cime des peupliers, aux branches des frênes. Une corneille croasse. La nuit non plus, elle n'aime pas. Elle pourrait s'en servir de refuge, mais non. La nuit est trop dangereuse. Elle préfère des endroits clairs, où elle peut se cacher aussi bien que certains le font dans la nuit noire, et sans crainte aucune. Elle a peur de la nuit et du froid. Comme des forêts. La nuit, dehors, elle a toujours froid. Même les nuits chaudes d'été, dehors elle a froid. Quand il fait froid dans sa tête, il y fait toujours nuit. Le froid des salauds, la nuit des ordures. Les ordures et les salauds auxquels, dans le froid de la nuit et des forêts, elle mettrait avec plaisir une balle en pleine tête.

Elle s'est changée. Ce n'est pas son accoutrement habituel, ni celui qu'elle préfère, mais aujourd'hui il lui convient. Même si, sur le fond, elle s'en fout. Comme de sa Porsche. Mais rouler en 911 est jouissif, parce que ça en fait chier pas mal. Certains jours, rouler avec ce bolide lui électrise le vagin, et elle s'envole.

Faire chier, elle aime bien. C'est son truc. Ça lui évite de cogner. Et ce n'est pas interdit. Et comme elle ressent très souvent l'envie de cogner…

La nuit s'émiette sur la campagne. Deux hiboux hululent et se répondent. La lueur de la lune baigne la cour. Elle pousse le portail rouillé qui s'ouvre en grinçant. Elle se faufile, s'avance dans la cour, et… un choc sur sa nuque !

Elle se jette sur le côté… Un autre coup ! On la frappe dans le dos ! On la cogne !

La respiration coupée, sonnée, elle tombe. Elle n'a vu personne, n'a rien entendu, pas le moindre bruit de pas. Seulement les coups et les douleurs.

Elle est par terre, une pierre a déchiré son jean et lui a entaillé un genou. Elle tente de se frotter la nuque, parvient à peine à se toucher. *D'abord, retrouver sa respiration.*

Devant elle, soudain c'est sombre, il n'y a plus de clair de lune. On la gifle !

— Arrête… ! Arrête… ! lâche-t-elle, tentant de se protéger la tête de ses bras.

On la gifle encore ! Elle balbutie :

— Arrête… Ce matin, je déconnais… quand je t'ai dit… Arrête… Arrête… Ce matin je déconnais…

Ce goût de sang dans la bouche. Elle crache.

— Je croyais pas ce que je t'ai dit, c'était pour déconn…

Une autre claque ! Puis la silhouette s'écarte.

— Mais…

C'est pas le jeune mec de ce matin !

— Qui tu es ?

Elle ignore si elle respire ou si elle s'étouffe, mais si elle parvient à se relever et à l'agripper, elle lui plantera l'index dans un œil et elle le crèvera !

Elle en est certaine, son agresseur n'est pas le jeune mec dont elle s'est servie le matin. Elle aime ça : utiliser un gars – c'est mieux qu'un gode ! – et après, le balancer ! En de telles circonstances elle a souvent pensé : *Quand on en aura fini, je te la coupe !* Elle ne l'a encore jamais fait. Ça pourrait venir.

Elle est à genoux, la tête levée vers la forme qui vient de la cogner. Elle ne croit pas à ce qu'elle voit. Elle pleure des mots.

— Ah mais, c'est toi… ? Qu'est-ce que tu fais là… ?

Elle glapit des larmes. Elle bredouille des glapissements :

— D'où tu sors… ? Pourquoi t'es là ?

La silhouette se penche sur elle, à la toucher. Remettre de l'ordre dans son cerveau en bouillie lui prend du temps. *Alors c'est lui ? C'est elle ? C'est lui ? C'est elle ?* Elle se remet sur ses jambes, recule. Ils sont à un mètre l'un de l'autre.

C'est lui ! C'est elle !

Elle le croyait… Elle la croyait… Où le croyait-elle… ? Où la croyait-elle ? Il est là ! Elle est là !

On la saisit par les cheveux, on lui fait baisser la tête. Elle est bâillonnée, les cheveux tirés en arrière, comme pour lui tordre la nuque, renverser sa tête dans son dos. Son cou va se briser, sa gorge va éclater.

Sur sa gorge, le froid, le glacé. Le plat de la lame passe et repasse sur son cou, appuie sur sa glotte. Le bâillon étouffe ses cris. Le tranchant de la lame près de sa tête, près de son front, le tranchant de la lame sur ses yeux. Le tranchant de la lame sur sa gorge.

14

Jeudi 25 juillet, 8 heures.
Bourg de Montareilles.

Chrystèle s'assied face à Tréboul pour le petit déjeuner et, minaudant, détache les syllabes :

— On-ré-si-de-donc-à-l'Hô-tel-res-tau-rant-des-Voya-geurs. Original, comme nom. Jamais vu ailleurs.

— Vous avez mal dormi ? répond-il en beurrant une tartine.

— Non. Très bien. Mais redescendre à Saint-Étienne hier soir pour aller chercher nos effets personnels, et remonter dans la nuit s'installer ici, j'ai pas saisi.

— Hier après-midi, les deux hôtels, Le Dolmen et Les Voyageurs, étaient complets. C'est l'été, il y a des touristes. Il nous fallait quatre chambres, pour vous, Martinod, moi, et une pour Arty et Krava. La patronne m'a appelé hier soir pour m'informer que finalement elle avait de la place, dans une annexe qu'elle ouvrait pour nous.

— Les Français aiment la police.

— Je n'en ai jamais douté. Et je voulais qu'on soit à pied d'œuvre tôt ce matin. Si vous aviez entendu, à 7 heures, les récriminations de Martinod… Depuis quarante ans qu'il est flic, c'est la première fois qu'il a dû boucler sa valise en urgence et qu'il va s'éloigner plusieurs jours de sa Justine. Il s'est demandé à voix haute au téléphone s'il avait suffisamment de slips.

— Elle baisse, sa Justine, elle baisse.

— Vous êtes jalouse d'elle ? Vous êtes en panne de mec en ce moment ?

— Oh non, j'ignore cette maladie.

— J'en suis sûr. Si j'ai bien saisi votre nature, pour vous en prémunir, vous suivez un traitement préventif permanent. C'est ça ?

— Exactement ! s'exclame la flic en ricanant. Pour ce qui est de Justine Martinod, j'ai dit : Elle baisse, pas elle baise ! Au fait, Commandant, puisque vous êtes nouveau parmi nous, sachez-le, devant votre adjoint deux choses sont à éviter : se moquer du pape ou de l'Église catholique, et plaisanter avec le sexe.

— Même celui des anges ?

— Tentez le coup, vous verrez.

— Sa Justine, je ne la connais pas. À quoi elle ressemble ?

— Je l'ai rencontrée trois fois, par hasard, alors qu'elle était avec lui. À chaque fois elle m'a décortiquée du regard comme si j'étais l'incarnation de Satan.

— Et vous ne l'êtes pas ?

— Jamais pendant le service.

— Et en dehors ?

— Je déteste la dynamique corporatiste.

— Ça veut dire quoi ?

— Je ne copule jamais avec des collègues, répond Chrystèle.

— Mais il n'était pas dans mon intention…

— Intention ou pas, quand je copule, c'est parce que je le décide, et c'est toujours moi qui choisis mon partenaire.

— C'est noté. À part ça, une question philosophique de la plus haute importance me taraude : avez-vous des positions préférées ?

En éclatant de rire, Mop se barbouille le menton du chocolat de son petit pain. Elle s'essuie, et :

— Pour notre premier matin ici, et en pleine enquête criminelle, je trouve que vous y allez fort. Ah oui, une chose me déplaît souverainement dans l'annexe où on est installé : la salle d'eau est commune aux quatre chambres.

— Vous redoutez des irruptions intempestives ?

— Je ne cohabite pas contre mon gré sous la douche.

— Vous faites bien de me le dire, j'allais proposer aux collègues de prendre une douche tous les quatre ensemble le matin pour gagner du temps et resserrer les liens du groupe.

— Même pas en rêve… ! Et le matin je prends mon temps.

— Je m'en suis rendu compte.

15

Jeudi 25 juillet, 9 h 10.
Montareilles, hameau de Tardivaux.

Des nuages effilés cassent l'azur du ciel en dérivant vers le nord. La brise charrie des senteurs de foin et de chèvrefeuille. On entend beugler des vaches, et, au loin, la plainte assourdie d'une tronçonneuse.

Tardivaux, c'est une vingtaine de maisons et deux exploitations agricoles, à trois kilomètres du bourg. L'employée qui a préparé le dernier repas de Paluel y occupe un ancien atelier d'armurier réaménagé en habitation.

À l'arrivée de Mop et Tréboul, Martinod les attend, de mauvaise humeur.

— Ce proc, quelle tête de mule… Il a beau m'avoir à la bonne, j'ai mis une éternité pour le convaincre de nous autoriser à perquisitionner cette maison. J'ai cru que je serai obligé de lui faire la danse du ventre.

— Ça aurait valu le coup d'œil, lâche Mop. Si vous passez à l'acte un de ces jours, vous me prévenez ? Je vous amènerai un public : Martinod, l'artiste qui quitte l'ombre pour la lumière…

— Mouais… Et j'ai cherché cette donzelle dans tous les fichiers. Inconnue au bataillon.

Mop s'acharne sur la sonnette de la porte d'entrée. En vain. Puis elle appelle :

— Clara Morteuil ! Police nationale ! Ouvrez !

Par les fenêtres, au travers des tentures claires, ses collègues tentent de voir l'intérieur de la petite maison. Ils décident de la contourner, chacun par un côté. Ils reviennent quelques minutes plus tard.

— Derrière, dit Tréboul, il n'y a pas d'ouvertures. Un pré longe la propriété des voisins. Ils étaient chez eux. Ils n'ont pas vu leur voisine depuis deux ou trois jours, ils ne se souviennent pas exactement. Quand je leur ai dit qu'on a besoin d'eux comme témoins à la perquise, ils sont tombés des nues, ils ont demandé des explications, je leur ai dit qu'on n'avait pas à leur en fournir… Ils arrivent.

Le capitaine ausculte la porte :

— C'est un loquet à ressort. Ça devrait pas être compliqué. Laissez-moi faire.

Il se tourne vers le couple de témoins qui observent à distance, dubitatifs :

— Comme ça, pas besoin de serrurier, tout bénef pour les contribuables.

De son blouson, il sort une carte bancaire et la glisse entre la porte et le cadre, à hauteur du loquet. Après quelques manipulations, on entend un déclic, la porte s'ouvre.

— Votre carte est foutue, maintenant, dit Tréboul.

— Elle est désactivée depuis vingt ans. Je la garde juste pour ce genre de boulot.

— Dans ce cas…

Mop redonne de la voix :

— Clara Morteuil ! Si vous êtes là, sachez qu'on entre chez vous !

Ils tendent l'oreille. Personne. Mains gantées de latex, les enquêteurs visitent les trois pièces, les sanitaires, fouillent placards et armoires.

— Elle est vraiment absente. Et célibataire, c'est évident, conclut Martinod.

Dans la pièce commune, des vêtements de sport propres sur le canapé, des catalogues d'agences de voyages sur la table.

— Faudrait pas qu'elle se soit barrée, lance Mop.

Sur une desserte, quelques photos encadrées. Sur chacune, une belle femme à l'imposante chevelure brune en compagnie de plusieurs personnes.

— Je prends cette photo, elle est en gros plan, ce sera plus facile pour isoler son visage, prévient Mop.

Martinod pénètre dans la cuisine, et s'intéresse au buffet. Il déplace des pots de confitures non entamés, des sachets de pain de mie, des boîtes de conserve. Puis il avise le réfrigérateur : jus d'orange, bouteille de lait, beurre, jambon, friands sous vide, pot d'anchois. Derrière le bac à légumes, il attrape un sachet plastique. Dedans, une boîte avec le logo et les coordonnées d'un laboratoire pharmaceutique qui contient quatre ampoules. Il en retire une, l'inspecte, lit les inscriptions. À voix haute :

— Célocurine…

Il prend la notice puis rejoint ses collègues et leur montre sa trouvaille.

— Qu'est-ce que c'est ? demande Tréboul.

— Du chlorure de suxaméthonium. *Adjuvant de l'anesthésie générale permettant de provoquer un relâchement musculaire de brève durée pour notamment faciliter l'intubation endotrachéale.* Classe de ce médicament : *curare dépolarisant*… Bingo !

Tréboul réagit :

— Ça craint ! Il faut retrouver cette Clara Morteuil, et vite.

16

Jeudi 25 juillet, 9 h 15.
Bourg de Montareilles.

Arty et Krava ont été les premiers à s'installer à la gendarmerie de Montareilles, qui sera le quartier général du groupe.

Assise dans un coin, une beauté slave dans une robe d'été blanche. Visage harmonieux aux traits fins, yeux bleus, peau hâlée, longs cheveux blonds comme les blés. Ivana Irinovsky, 22 ans, née à Irkoutsk, est depuis un an employée de maison à temps partiel chez les Paluel.

Les officiers de police se sont présentés à 7 heures à son domicile, un studio qu'elle partage avec une caissière du supermarché. Elle a appelé sa patronne pour l'avertir de son retard, lui en a donné les raisons, et a suivi les flics sans rechigner.

Elle pianote nerveusement sur la table, le regard fuyant.

Krava rejoint son collègue, et à voix basse :

— Elle a peur.

Arty chuchote :

— Elle joue peut-être la comédie. La timide innocente qui tremble devant la police… Depuis qu'on l'interroge, on n'a rien appris d'intéressant. Et elle a tendance à répondre à côté. N'oublie pas : elle est Russe. On n'a pas fini d'entendre parler de son pays.

Installée dans l'Hexagone depuis quatre ans, la demoiselle parle correctement le français. C'est lorsqu'elle était étudiante à Lyon qu'une association l'a mise en contact avec Chantal Paluel. Elle cherchait un emploi pour obtenir une carte de séjour, et l'épouse de l'industriel voulait une employée de maison à temps partiel pour remplacer la titulaire du poste durant ses jours de repos et ses congés. À Irkoutsk, la jeune Russe partageait son temps entre la fac et un job d'étudiante, pénible, dans un abattoir, payé au lance-pierre et au noir.

Une heure et demie durant, elle a répondu aux policiers par des banalités et des approximations. Elle est restée très vague sur ses parents et ses fréquentations. Elle a affirmé n'avoir jamais entendu parler de l'invention de Paluel et n'aurait jamais eu aucun contact avec un service officiel de son pays.

Un des lieutenants, à voix basse :

— Elle n'a pas demandé si on l'auditionnait au titre de suspecte ou de témoin.

— Si elle ignore tout du droit…

— Tout à l'heure au téléphone, la veuve m'a stupéfié. Elle m'a fait d'elle un portrait accablant. Cuisinière médiocre, lingère nulle, à peine passable pour le service à table. Avant de l'embaucher, elle ne lui a même pas fait passer d'essai. Et l'association qui les a mises en contact n'existe plus…

— À deux reprises, on lui demande si elle est en contact avec l'Ambassade de Russie à Paris. En regardant ailleurs, elle répond non. Et sans demander la raison de cette question. Elle n'est pourtant pas anodine. Comme si elle s'attendait à ce qu'on la lui pose.

— Elle préparait une licence de lettres modernes, et elle plaque tout pour faire la bonne à temps partiel chez les Paluel avec la moitié du Smic, alors que, apparemment, elle n'a aucune prédisposition pour ça. On a autres choses sur elle ?

— Rien dans les fichiers. Selon Martinod, elle est inconnue de la Sécurité intérieure.

— Tu t'attendais à quoi ?

— Soupçonnée d'espionnage, ou d'être une indic du SVR. En France, les services secrets extérieurs russes sont très actifs et très organisés. Une informatrice du SVR placée chez un industriel qui a conçu un produit électronique révolutionnaire avec des applications militaires, c'est plausible, non ?

— Tu vas trop au cinéma. Cette fille crevait la dalle dans son pays, elle réussit à se barrer, elle saisit l'occasion d'avoir une carte de séjour chez nous où la vie est mille fois plus agréable. Il lui reste plus qu'à se marier avec un Français bien de sa personne et gagnant bien sa croûte pour rester ici jusqu'à la fin de ses jours. T'as plus de copine. Une chouette Sibérienne, ça te tente pas ?

— Comment tu sais que j'ai plus de copine ?

— Tu mates Mop.

— Ça va pas ? Sympa, Chrystèle, mais pour elle, un mec c'est comme un Malabar. On profite de la friandise, on suce, on fait des bulles…

— Alors, la Sibérienne ?

— Pour l'instant, en ce domaine, je suis en phase de repos végétatif. Et je suis ravi d'apprendre que les jeunes lieutenants de police comme toi et moi sont bien payés. T'es un véritable éveilleur de conscience…

Krava s'interrompt, et prend un appel sur son Smartphone. Peu après, il tourne le dos à la jeune Russe qui l'observait attentivement, et :

— Tréboul a eu la liste des appels entrants et sortants du téléphone de notre belle. Un numéro revient plusieurs fois. Celui de Christophe Robion.

17

Jeudi 25 juillet, 10 heures.
Bourg de Montareilles.

Non loin de la demeure des Paluel, dissimulé par des thuyas, un petit bâtiment sert de remise. C'est là que les réserves de nourriture et de boissons ont été placées sous scellés.

En arrivant au domaine, Mop va retrouver la veuve. Tréboul et Martinod rejoignent les techniciens de la PTS,[1] après avoir revêtu une combinaison blanche.

— C'est terminé, annonce leur chef, une trentenaire au regard sévère. On a fait des prélèvements dans le congélateur, sur les aliments et les diverses bouteilles qui étaient dans la cuisine, et dans le salon. Pas de trace de curare. Ce matin, on a vérifié ce qui a été apporté ici. Les boîtes, les sachets, les bouteilles, les sacs de congélation, tous les contenants sont intacts. Aucun n'a été forcé ou percé pour y introduire du curare, comme on aurait pu l'imaginer.

— Le poison est donc venu d'ailleurs, conclut Tréboul.

— Exactement.

— On vient de perquisitionner le domicile de Clara Morteuil, qui a préparé le repas de son patron. On a fait une belle prise dans son frigo.

---

[1] *Police technique et scientifique.*

Il tend à la technicienne le sac de scellés contenant la boîte d'ampoules.

— C'est de la Célocurine. Selon les analyses du labo, l'industriel a été empoisonné par de la tubocurarine. Ce sont deux curares tout à fait différents. Impossible de les confondre à l'analyse.

— On ne peut soupçonner Clara Morteuil d'avoir empoisonné son patron ?

— Non. Par contre, si elle les a mises au frigo c'est qu'elle avait l'intention de les conserver.

— Reste à savoir où elle se les est procurées, et ce qu'elle comptait en faire.

— C'est votre job. Nous, on s'en va.

— Vous auriez pu me le dire ! peste Chrystèle lorsque ses deux collègues la rejoignent.

— Vous dire quoi ? demande Tréboul.

— Que les gendarmes assurent une surveillance jour et nuit.

— Je préférais tenir ça secret. Seule la veuve était au courant.

— C'est donc ça un travail d'équipe resserré, ironise Martinod. Ce que vous vouliez à votre arrivée parmi nous.

— J'aurais dû vous en parler, oui.

— On n'est pas Parisien, c'est pas pour ça qu'on est con.

Mop, agacée :

— Et j'ai découvert ça en tombant nez à nez avec un gendarme qui récupérait le courrier auprès du facteur. Même lui s'est étonné que je ne sois pas au jus. Mais passons. La poste a livré un colis bizarre. Regardez.

Elle tient dans sa main un petit paquet adressé à Chantal Paluel.

— Il a été expédié de la poste de Clermont-Ferrand.

La veuve paraît perdue dans son immense salon. Elle est debout près de son fauteuil, un peu voûtée face aux trois policiers.

Elle prend le paquet enveloppé de papier Kraft. Vingt centimètres de long, cinq de large. Elle le tourne et le retourne entre ses mains, relit son prénom et son nom, son adresse, puis celle de l'expéditeur. Enfin :

— C'est une erreur. Je n'attendais aucun colis.

— Il vous est bien destiné, dit Tréboul : *Madame Chantal Paluel.*

— Je ne connais pas l'expéditeur, ce… Jean-Paul Bertin, à Saint-Anthème. Je n'ai jamais entendu parler de lui. Je ne vois pas du tout de quoi il peut s'agir.

Tréboul ne cesse d'observer son visage. Soudain, elle s'écrie :

— C'est peut-être un colis piégé.

Affolée, elle le pose par terre, et recule.

— Un colis piégé, dit Tréboul, je ne crois pas. Mais vu les circonstances, je comprends votre inquiétude. Si ça peut vous rassurer, et si vous nous y autorisez, nous l'ouvrirons nous-mêmes.

L'air pincé, elle souffle :

— Je préfère…

Tréboul sort son canif. Il découpe le papier Kraft sur un bord du colis, prenant garde d'épargner les adresses du destinataire et de l'expéditeur. Puis, il déroule plusieurs feuilles de papier brun, dévoilant une boîte grise en carton plastifié. Il en ôte le couvercle :

— Oh, s'exclame Martinod.

— C'est du... lâche Mop.

Il présente le colis ouvert à Chantal Paluel. Pendant quelques secondes celle-ci fixe l'intérieur, et reste figée. Puis son visage devient livide, ses yeux papillonnent, elle porte ses mains à sa bouche. Elle se met à grommeler, en se reculant elle heurte l'assise de son fauteuil et s'y affale, balbutiant :

— Pourquoi... Pourquoi ? C'est dégueulasse ! Dégueulasse !

Dans la boîte : trois morceaux de boudin aux extrémités parfaitement tranchées. La veuve a un teint cadavérique, elle tremble. Brusquement, elle se lève et donne un violent coup de poing dans la boîte, envoyant voltiger le contenu en criant :

— Dégueulasse ! Dégueulasse ! Dégueulasse !

Martinod les ramasse et les enveloppe dans des Kleenex. Chantal Paluel, debout, ne cesse de trembler. Tréboul la pousse doucement vers son fauteuil, et la contraint à se rasseoir.

— Pourquoi criez-vous ? Que se passe-t-il ?

Elle ne répond pas, continuant à s'agiter.

— Mop, occupez-vous d'elle. Martinod, venez.

Penchée sur la veuve, lui prenant les mains, la lieutenant tente de la calmer. Les deux hommes vont dans le hall.

— Vous avez entendu ? dit Tréboul. Elle est insensée non ?

— Qu'on puisse ne pas aimer le boudin, et trouver ça dégueulasse, je l'admets. Question de goût. Mais pourquoi crier ? Et à plusieurs reprises !

— Elle est devenue hystérique. J'ai failli appeler un toubib.

— Apparemment, Chrystèle a réussi à la calmer.

— Il faut retrouver l'expéditeur de ce colis de charcutaille.

18

Jeudi 25 juillet, 11 h 30.
Bourg de Montareilles.

Ivana Irinovsky est toujours dans un bureau. À ses subordonnés qui l'ont auditionnée, Tréboul demande :

— Elle est ici depuis 4 heures en tant que témoin, et elle n'a pas protesté ?

— Si, répond Krava. Vers 10 heures, elle a dit qu'elle en avait marre, elle s'est énervée et s'est levée pour partir. À ce moment, vous nous avez appelés au sujet de ses relevés téléphoniques. On lui a parlé de Robion. Et bizarrement, elle s'est calmée.

— Elle paraissait très inquiète, précise Arty. Elle ne nous regardait plus.

— Ça ne nous donne pas de quoi la placer en garde à vue, conclut Tréboul.

— Et une surveillance ?

— On verra. Que vous a-t-elle dit au sujet de Robion ?

— Elle l'a rencontré une fois à Montareilles, à l'hôtel des Voyageurs, il était avec l'industriel, et une autre fois à la station essence.

— S'il était au restau ici avec Paluel, c'est qu'ils se connaissaient bien. Mais… elle doit gagner la moitié du Smic, et elle y déjeunait ?

— Non, elle achetait des clopes. Paluel l'a vue, il est venu lui demander si elle serait bien là le week-end à venir, Robion l'a saluée. Quelques jours plus tard, à la station essence, ils ont discuté, et échangé leurs numéros.

— Pas farouche, la donzelle…

— Elle a l'habitude de donner son 06 à des gens susceptibles de lui trouver un job.

— Il l'a appelée par la suite plusieurs fois. Pour quelles raisons ?

— Pour prendre de ses nouvelles. Il la draguait. Il lui demandait si ça lui plaisait de faire la bonne chez les Paluel.

— Faire la bonne ?

— Il a utilisé cette expression. Elle en a déduit qu'il lui permettrait peut-être d'avoir un meilleur boulot. Il l'a invitée au restau, deux fois. Elle a décliné. Alors elle n'a plus eu de ses nouvelles, et elle affirme ne l'avoir jamais revu.

— On n'a aucune raison sérieuse de la retenir. Laissez-la partir, ordonne Tréboul. Mais dites-lui de ne pas quitter Montareilles. Ensuite, allez au Dolmen voir si notre mystérieuse Parisienne est revenue. Si c'est le cas, essayez de la rencontrer. Mais pour une simple conversation.

19

Jeudi 25 juillet, 12 h 30.
Montareilles, hameau de Tagord.

L'homme, en bleu de travail élimé et sale, est allongé sur le dos, dans un carré de laitues qu'il a écrasées en tombant. Ses yeux blancs exorbités sont braqués vers le ciel. Sa main gauche est crispée sur son veston à hauteur de sa poitrine, sa main droite serre sa gorge. Son pantalon est maculé de terre aux genoux, sa bouche est démesurément ouverte, comme s'il avait cherché en vain à respirer, et qu'il ait tenté dans d'ultimes convulsions d'absorber la plus infime particule d'air. Une expression d'effroi le défigure et le rend hideux.

Les gendarmes voient Tréboul et Martinod pénétrer dans le jardin. Leur chef dit :

— Les pompiers nous ont alertés parce que cet homme est mort avec une grimace inquiétante. Effectivement ça paraît louche. Mais ça ne concerne pas la PJ.

Le commandant s'est approché du cadavre, et a aussitôt reconnu l'homme qui, au bar du Dolmen, lui a parlé de la Parisienne en des termes ambigus.

— Si, ça nous concerne, dit Tréboul à l'adjudant-chef. Cet homme nous a fait des déclarations intéressantes pour notre enquête sur la mort de Paluel.

— Lui, Jacques Suzin, l'ancien électricien ?

— Oui. On veut donc savoir si son décès est naturel, ou pas. On a été prévenu de sa mort voilà quelques minutes par un de ses amis.

— Qui ?

— Je ne peux pas vous le dire. On va attendre avec vous le légiste, puisque vous l'avez appelé.

C'est le patron du Dolmen qui a prévenu Tréboul du décès, dès qu'il l'a appris par le facteur qui venait de découvrir le corps inanimé. L'hôtelier sait que la PJ s'intéresse à la Parisienne, et il se souvenait de ce que le retraité avait dit à son sujet.

Tréboul emmène son adjoint à l'écart.

— Le légiste va nous confirmer que la victime est morte par arrêt respiratoire. Curare, là aussi… ? Hier soir, au bar, Suzin m'a expliqué que la Parisienne, comme il l'appelait, n'était pas tout à fait une inconnue ici. Et aujourd'hui on le retrouve mort, terrifié.

20

Jeudi 25 juillet, 16 heures.
Bourg de Montareilles.

Sur le tableau blanc magnétisé : les photos et le pedigree des protagonistes de l'affaire. Le lieutenant Krava y porte des précisions sur la Parisienne. Chrystèle Mop le voit de profil. *26 ans et déjà du bide. Des exercices d'assouplissement avec lui, jamais !*

Elle dit toujours *Exercices d'assouplissement*, jamais *Faire l'amour*. Pour elle, cette expression n'a aucun sens. Encore moins *Baiser*. C'est grossier. *Exercices d'assouplissement*, c'est plus chic, plus sport. Elle aime le chic et le sport. Et les jeans de grande marque déchirés aux genoux ou sur les cuisses, les blousons délavés garnis de badges de groupes de hard-rock.

En cet instant, elle songe à ses derniers exercices d'assouplissement, voilà dix jours, à Saint-Étienne. Soixante ans, beau mâle, homme d'affaires, épouse versée dans le développement personnel, deux enfants cadres supérieurs. Elle dîne seul dans un restau chic. Il est à la table voisine. Il la dragouille. Comme à la pêche, elle laisse filer l'hameçon. Puis il attaque sans détour. Il s'avoue prêt à tout face à une belle rouquine. Et là, brusquement, à ses mots, ses expressions, ses regards, d'abord stupéfaite, puis follement amusée, tout près d'éclater de rire, elle réalise. Il la prend pour une pute de luxe ! Chuchotant, il l'invite à son hôtel, *Votre prix sera le mien*. Elle ne répond pas, et le suit.

Dans la chambre, elle le capote, et lui montre son savoir-faire. Tout y passe, elle craint qu'il trépasse, tout en soufflements, éructations, cris. Soudain, il tire violemment sur sa longue tresse rousse et tente de la retourner, de force : *Tu m'as toujours pas dit combien tu prends*. Elle résiste, le laisse encore manipuler sauvagement sa natte, il ne parvient pas à la retourner, il bave : *Dis-moi ton prix pour le tout, t'as compris ?*

Le premier coup de poing le percute au sternum, le second, fulgurant, à la gorge. Sous les chocs il bascule sur le dos, souffle coupé, elle se jette hors du lit, tire de son blouson sa carte barrée de tricolore et la lui montre. *Une pute ? Moi ? Où t'as vu ça ? T'es con ou quoi ? Je voulais me faire un beau bourge la bite en fleur. Je suis lieutenant de police. Recourir aux services d'une prostituée est un délit passible du tribunal correctionnel et d'une peine de prison. Ah mais, tu es peut-être très ami avec quelqu'un de haut placé ? C'est ça ?* Il a pris ses cliques et ses claques, et quitté précipitamment la chambre. Elle en pouffe encore.

— C'est de moi que tu ris ? lance Krava mi-figue mi-raisin.

— Mais non, je pensais à kek'chose.

Montrant ce qu'il vient d'écrire sur le tableau, il dit au groupe :

— La Parisienne : Myriam Lantier, 32 ans, domiciliée : 24, rue de Seine, Paris 6e. Sans profession. Inconnue de nos services. Mari décédé il y a un an d'un cancer, il était cadre supérieur dans un laboratoire pharmaceutique. Elle a été vue plusieurs fois au lieu-dit Trébize, près de l'ancienne ferme Buisson, elle est même entrée dans la maison abandonnée. Elle réside depuis quelques jours à l'hôtel Le Dolmen, mais on ne l'y a pas revue depuis mercredi matin.

Martinod :

— Est-ce que le labo du défunt mari fabrique ce genre de curare ?

— Non.

Krava reprend :

— Le patron de l'hôtel nous a donné accès à sa chambre. Il y a son sac de voyage, ses effets personnels, ses vêtements, et son nécessaire de toilette et de maquillage dans la salle d'eau. Quand elle a quitté l'hôtel, elle n'avait sûrement pas l'intention de passer la nuit ailleurs. On a lancé un avis de recherche.

Tréboul rebondit :

— Jacques Suzin, découvert mort ce matin dans son jardin, hameau de Tagord. La gendarmerie nous aide pour l'enquête. Il semblait avoir une opinion assez précise sur notre Parisienne, et la raison de sa présence ici. Le légiste et le labo ont fait fissa. Suzin est bien décédé dans son jardin, et d'un arrêt respiratoire suite à…

— Du curare ? l'interrompt Mop.

— Oui. De la tubocurarine. Comme Paluel, et comme Buisson. Et le légiste est formel : Suzin n'avait aucune trace de piqûre sur le corps. Or, il n'y a que par piqûre, par injection, que le curare fait effet.

Martinod ajoute :

— Vu son visage, Suzin est mort terrorisé. Avant de mourir, il a vu quelque chose qui lui a causé une terreur monstre.

Krava reprend :

— Le labo a aussi fait vite au sujet du paquet reçu par la veuve. Du boudin classique. Sur la boîte, aucune empreinte digitale ni trace ADN. Pour faire ce paquet, on a enfilé des gants. Sur le papier Kraft, beaucoup d'empreintes, et qui se mélangent. Impossible de les relever. Vu qu'on a pris des gants pour préparer la boîte, on peut penser que les empreintes sur l'emballage sont celles de tous ceux qui ont manipulé le paquet, du bureau de poste à la livraison. Concernant l'expéditeur, cette commune du Puy-de-Dôme, Saint-Anthème, existe, mais les infos : nom, prénom et adresse sont fictifs. L'individu n'est répertorié sur aucun fichier habituel, sécurité sociale, permis de conduire, etc. Apparemment, il n'existe pas. Le paquet a été expédié de la poste centrale de Clermont-Ferrand. On l'a contactée. Aucun des employés travaillant ce jour-là ne se souvient de l'individu qui l'a expédié, il y avait foule.

Martinod dit :

— Si Chantal Paluel a piqué une crise de nerfs, il y a une raison. Sur le coup, on a pensé qu'elle était encore sous le choc du meurtre de son mari. Mais, à la réflexion, cette explication ne me satisfait pas du tout.

— Moi non plus, renchérit Tréboul. Je pense qu'elle a délibérément refusé de nous répondre. Elle était tétanisée. Mais ce n'est pas parce qu'on est fragile psychologiquement et qu'on subit le drame du meurtre de son mari, qu'on va faire une crise de nerfs, et en hurlant, devant de simples morceaux de boudin. Elle nous cache quelque chose, et quelque chose de grave. Et pourquoi un expéditeur bidon, mentionnant une adresse bidon, lui a-t-il envoyé ces boudins ?

— Écoutez ! lance Arty, les yeux sur son ordinateur. On vient peut-être de recevoir un début d'explication. Notre labo a craqué l'ordinateur de Paluel et a réussi à retrouver de nombreux mails effacés. On y rencontre le mystérieux Robion. Paluel avait l'intention de le faire travailler. Il n'ignorait rien de son passé de combattant volontaire au Donbass en Ukraine, ni ses liens éventuels avec la Russie. Et… Oh là là… Vous savez quoi ? Chantal Paluel serait membre d'une secte religieuse très fermée, et très dure… Ah ben, décidément, l'industriel n'hésitait pas à faire des confidences à Robion. Voilà ce qu'il lui écrit en parlant de l'appartenance de son épouse à cette secte : *Je la laisse faire, comme ça, elle me fout une paix royale*. D'après un autre mail, cette secte pratiquerait la mortification, et rassemblerait un sacré lot d'illuminés. Le gourou serait un certain Moïse, qui aurait jusque-là échappé aux radars de nos collègues et de la Milivudes.[2]

Tréboul dit :

— Retrouvons au plus vite ce Moïse. Tout le monde s'y met. Quant à Robion, j'avais demandé à nos collègues lyonnais s'il était souvent au siège de sa société de sécurité, et…

---

[2] *Mission interministérielle de vigilance et de lutte contre les dérives sectaires.*

Martinod l'interrompt :

— De sa soi-disant société de sécurité.

— Peut-être, reprend Tréboul. Bref, selon nos collègues lyonnais, il y est chaque matin. Je leur demande de lui signifier que nous voulons le rencontrer. Chrystèle et moi partons à Lyon pour l'entendre.

21

Jeudi 25 juillet, 19 heures.
Lyon, Montée de la Grande-Côte.

L'homme n'a pas paru méfiant. Pour ce qu'en sait la PJ, il a 32 ans. Grand, brun, athlétique, l'air baroudeur, il a accueilli Tréboul et Mop avec le sourire et une poignée de main énergique. *Total Sécurité*, société qu'il a fondée et qu'il dirige, est installée dans la Montée de la Grande-Côte, un des secteurs emblématiques du Vieux Lyon, marqué dans les siècles passés par le développement de l'industrie du tissage et par les canuts. Locaux clairs, très peu de mobilier, premier étage sans ascenseur d'un immeuble ancien.

L'homme a précisé qu'à cette heure ses collaborateurs sont déjà partis, mais ils ne doivent pas être légion. Le bureau contigu au sien semble être celui d'une secrétaire. Les rayons de l'armoire de rangement ne sont pas encombrés par les dossiers.

Robion se cale au fond de son imposant fauteuil, et après un bref coup d'œil aux policiers assis face à lui, il fixe sa table de travail, et se raidit. Sa décontraction initiale paraît avoir du plomb dans l'aile.

Au bout de trente secondes, sans réponse, Tréboul répète :

— Simon Paluel, le PDG d'Industic, est décédé. Vous êtes au courant ?

Robion regarde Mop qui se balance sur son siège.

— Pour quelle raison serais-je au courant ?

— Nous savons que vous étiez en contact.

— Comment pouvez-vous le savoir ?

— Répondez à ma question, s'il vous plaît.

— Oui. Je suis au courant. Par des relations. C'est très triste. J'ignore comment il est mort, et de quoi. Mais pourquoi m'avoir contacté, moi ? Et pourquoi avez-vous voulu me voir en urgence ? Je ne saisis pas.

— Le PDG d'Industic est mort dans des circonstances très troubles. Au vu de ses activités industrielles, et du type de clientèle qu'elles peuvent intéresser, le procureur a décidé d'ouvrir une enquête.

— Des circonstances troubles ? C'est-à-dire ?

— J'y reviendrai… Dans les relevés téléphoniques de Simon Paluel, votre numéro revient souvent.

— Ah. Alors je suppose qu'il y a un gros problème.

— En effet.

— Et je ferais partie du problème ?

— J'y viendrai.

— Vous m'entendez en tant que témoin, c'est bien ça ?

— Tout à fait.

— Je n'ai rien à vous cacher.

— J'en suis sûr… Le Groupe Wagner, vous connaissez ?

L'autre ouvre grand ses yeux en fixant Tréboul. Enfin, il fait non de la tête.

— Vous ne connaissez pas ?

— Non.

— C'est une société qui intervient en plusieurs points du globe, pour défendre les intérêts de Vladimir Poutine.

Robion fait un geste d'impuissance.

— Je vois pas ce que je…

Il laisse sa phrase en suspens. Tréboul poursuit :

— À 16 ans, vous entrez à l'École des mousses de la Marine Nationale, à Brest, puis vous devenez fusilier marin. Quelques années plus tard, vous quittez la marine. J'ai juste ?

— Oui. Mais pourquoi vous…

Tréboul le coupe :

— Dans l'ordinateur de Simon Paluel, nous avons trouvé de nombreux échanges de courriers électroniques entre vous.

Il sort de sa poche une liasse de feuillets.

— Selon certains de vos mails, vous avez été pendant dix ans mercenaire en Afrique, et vous avez ainsi très bien gagné votre vie. Paluel voulait savoir pour qui vous avez travaillé. Sur ce mail, il vous demande : *Ça serait pas le Groupe Wagner ? On en parle beaucoup, ces temps-ci, dans l'actualité. Moi je m'intéresse à tout ça, eux, les Wagner, c'est pas des déballonnés.* Etc… etc… Dans un autre courriel, il vous confie qu'il aurait aimé connaître lui aussi la grande aventure. Dans vos réponses – je les ai sous les yeux, je peux vous les montrer – vous ne répondez jamais ni oui ni non. Vous laissez planer le doute. Par contre, vous avez été combattant volontaire au Donbass. Vous y avez combattu dans une milice pro-Poutine.

— Comment pouvez-vous dire ça ? Vous avez des preuves ?

— Vous faites partie de ces volontaires français qui ont été interrogés à leur retour en France par la Sécurité Intérieure.

L'autre reste muet. Il scrute le plafond. Et se tourne enfin vers la fenêtre. Tréboul reprend :

— Le PDG d'Industic a conçu un produit électronique révolutionnaire. Poutine cherche à moderniser son arsenal. Comme nous avons de la suite dans les idées, nous avons imaginé que, peut-être, lorsque vous étiez au Donbass, vous auriez pu être en contact avec la société de mercenaires Wagner, puisqu'elle est intervenue dans cette région. Vous auriez pu aussi entrer en contact avec elle en Afrique. On peut donc imaginer qu'un homme comme vous a peut-être été approché, selon l'expression consacrée, par des émissaires russes. Monsieur Robion, travaillez-vous en sous-main pour la Russie ?

Celui-ci reste bouche bée quelques secondes, puis il éclate de rire et s'exclame :

— Qu'est-ce que c'est que cette histoire ? C'est complètement délirant !

Il s'accoude à son bureau, regarde le flic dans les yeux pendant une bonne minute, et :

— D'abord, je n'ai jamais été mercenaire, ni en Afrique ni ailleurs.

— Ah bon ?

— Non, jamais. Je vous en donne ma parole d'homme. Et vous ne pourrez jamais prouver le contraire. Le Donbass, oui, j'y ai été, mais comme combattant volontaire.

— Pro-russe.

— Oui. C'était une erreur, ou, plutôt, un emportement de jeunesse. Là-bas, nourri, logé, blanchi, j'émargeais à 200 euros par mois.

— Admettons. Alors pourquoi vous vanter, auprès de l'industriel Paluel, que vous aviez été mercenaire en Afrique ?

— Pour l'épater. Pour lui en mettre plein la vue. Pour m'amuser.

— Pour vous amuser ? Ou parce que Paluel envisageait de vous confier la sécurité de son entreprise ?

— Vous en savez long.

— C'est notre boulot. Paluel est mort, et pas de mort naturelle…

Robion l'interrompt :

— Pas de mort naturelle ?

— Non. Il a été empoisonné. C'est un meurtre.

L'autre se frictionne le visage. Puis il s'accoude à nouveau à son bureau et déclare :

— Le meurtrier, c'est pas moi. Pourquoi je l'aurais tué ?

— Imaginons. Je dis bien : imaginons. Vous travaillez en sous-main pour des émissaires russes. Ils vous chargent de faire savoir à Paluel qu'ils désirent acheter son invention à des conditions financières très avantageuses. Paluel refuse. Vos commanditaires insistent par votre intermédiaire. Il refuse encore. Alors, en représailles, et comme ils ne font pas dans la dentelle, ils vous ordonnent de l'exécuter.

Robion se recule sur son siège, ironique.

— C'est du délire.

— Oublions ça pour l'instant. Faîtes comme si je n'avais rien dit, et…

L'autre le coupe :

— Ah oui, comme si vous n'aviez rien dit. Elle est bien bonne, celle-ci... Alors d'accord. Puisqu'à présent vous le savez : oui, Paluel m'avait demandé d'assurer la sécurité de sa boîte. Vous croyez que je trouve des clients facilement ? Et des clients prêts à payer rubis sur l'ongle ?

— Est-ce qu'il vous avait avoué avoir reçu des menaces ?

— Bien sûr. C'est même la principale raison pour laquelle il avait fait appel à ma société. L'autre raison est qu'il y pensait déjà depuis belle lurette.

— Dans ses mails, il voulait, je cite : *Du solide, du sûr.*

— Justement. La première fois que je l'ai rencontré, je me suis rendu compte que je devais l'amadouer, le rassurer, et le persuader que j'étais bien celui dont il avait besoin. Alors j'ai inventé une histoire : j'avais été longtemps mercenaire en Afrique, j'avais fait les quatre cents coups pour gagner beaucoup de pognon, bref, je savais ce que c'était que de sécuriser un site, et j'avais pas froid aux yeux, et pour cause. Vous voyez le topo ?

— Très bien. Mais il pouvait se renseigner sur votre compte et apprendre que vous n'aviez jamais été mercenaire.

— Oh, vous savez, ce genre de types plein aux as, qui passent leur vie à travailler et à accroître leur fortune ou leur empire, ils sont tellement plongés nuit et jour dans leurs rêves de grandeur qu'ils ne se rendent plus compte des réalités... Si vous le faites intelligemment, de manière diplomatique, et sympathique, vous pouvez leur mentir.

— Et ça passe ?

Robion a un sourire cynique.

— Ouais, ça passe.

Tréboul reprend :

— Dans le mail que j'ai sous les yeux, vous écrivez à Paluel : *J'attends toujours ce que tu sais ! Je l'attends de pied ferme ! Autrement, si ça vient pas, je déballe tout.* Qu'est-ce que vous attendiez de pied ferme ? Et qu'alliez-vous déballer ?

L'autre se met à souffler, l'air excédé.

— À cette période, il me gonflait. J'attendais qu'il me renvoie le contrat, signé, que je lui avais soumis, et qu'on avait mis au point ensemble. Mais il s'était mis sans raison à mégoter, il me faisait poireauter, j'en avais marre. J'avais besoin de ce contrat, d'autant que j'avais déjà beaucoup travaillé sur ce projet.

— Je comprends. Mais qu'est-ce que vous risquiez de déballer ?

— Des conneries.

— Quoi, exactement ?

— Quand on est dans les affaires, surtout dans le secteur de la sécurité, on en apprend parfois de bonnes. De source sûre, j'avais su que le bon chrétien Simon Paluel, eh ben, de temps en temps, il se payait les services d'une professionnelle. Et haut de gamme, en plus.

— Il allait aux putes ?

— Pfff… Les gens comme lui, de son niveau, ne vont pas aux putes… S'ils partent en voyage d'affaires à l'étranger, au premier hôtel multi-étoilé qu'ils ont réservé, ils y retrouvent une… accompagnatrice. Elle le rejoindra chaque soir, lui fera passer de très agréables soirées. Et le coût de ses prestations sera astucieusement incorporé dans les frais généraux de la boîte. Ce genre de prestations vaut toutes les séances de yoga et de méditation du monde.

— Vous semblez en savoir quelque chose…

— J'ai écouté quelques-uns de mes clients qui se déplacent souvent.

— Si Paluel ne se décidait pas à signer, vous l'aviez menacé de révéler ses frasques ? Et à qui ? À son épouse ?

— Je n'aurais rien révélé, et à personne. Dans ce mail, je me suis énervé, je n'aurais pas dû. D'ailleurs, je l'ai appelé dès le lendemain pour m'excuser. Je lui ai même dit que lorsque je lui ai envoyé ce mail j'avais trop bu, et je me suis excusé.

— Il l'a cru ?

— Il a accepté mes excuses. Il m'a dit : *Vu votre passé, je comprends que vous soyez parfois un peu trop brutal.*

— Naïf, pour un industriel.

— Eh oui.

— Et finalement, il l'a signé ce contrat ?

— Non.

Mop, restée muette jusque-là, dit tout de go :

— Est-ce que vous connaissez Ivana Irinovsky ?

Robion sursaute. Puis il se reprend dans un sourire :

— Ah d'accord. Ivana… Vous savez ça, aussi.

— Alors ?

— Oui, je connais, la belle Ivana, elle travaille chez les Paluel, oui, je l'ai draguée, je lui ai téléphoné, combien de fois, je sais pas, mais, pas de pot pour moi, elle est Russe ! Encore la Russie !

— C'est tout ?

— Oui. C'était un plan drague. Il a échoué.

Mop reprend :

— Paluel avait l'habitude de prendre de la cocaïne. C'est vous qui le fournissiez ?

Robion roule des yeux ronds. Puis il se fait charmeur en fixant la belle rousse qui ajoute :

— Il ne vous payait pas la coke que vous lui fournissiez, alors vous l'avez empoisonné ?

Robion tape du poing sur sa table.

— Ça suffit ! Ce n'est pas parce que vous êtes policiers que ça vous autorise à m'accuser de tout et de n'importe quoi ! Si vous avez d'autres questions à me poser, il faudra que ce soit en présence d'un avocat.

Il se lève, contourne son bureau, et montrant la porte :

— Je ne vous raccompagne pas. Bonne soirée.

22

Vendredi 26 juillet, 8 heures.
Bourg de Montareilles, Haut-Forez.

Tréboul dégustait son thé matinal dans la salle de restaurant lorsqu'il a été averti que la Parisienne était réapparue.

Arrivé devant Le Dolmen, il lève la tête vers la Collégiale sur les hauteurs du bourg. Sous le soleil dru et l'azur du ciel, son architecture gothique et ses pierres de taille en imposent.

— Vous croyez en Dieu ? glisse-t-il à Mop.

— Les jours pairs, oui, les jours impairs, non. Il y a aussi la météo qui entre en ligne de compte. Et le taux d'inflation. Et la santé de ma chatte.

— De votre…

— Ma chatte est noire, et je tiens absolument à ce qu'elle soit en super forme.

— Je les entendrai toutes… Décidément, avec vous on en revient toujours à ça.

— Oh là là, mais c'est pas vrai, je rêve… Oui, j'ai une chatte, un animal domestique, chez moi, elle est noire, j'ai baptisé ma chatte Lady Gaga.

— Au fait, je vous ai déjà demandé d'avoir une tenue plus conforme à…

Elle l'interrompt :

— Pas de jean déchiré aux genoux ? Celui que je porte est neuf, propre, et c'est un Ralph Lauren à 300 euros.

— D'ici à ce qu'on pense que dans la police on a des salaires mirobolants…

— Vous nous avez dit vous-même qu'en démocratie on a le droit de penser toute une flopée de conneries, et même de les faire, à condition qu'elles ne portent atteinte ni à la liberté et à l'intégrité physique d'autrui, ni à l'État de droit.

— Ça commence fort, ce matin.

— D'après Schopenhauer et Kierkegaard, on…

Il la coupe.

— La philosophie de haut vol, à 8 heures du matin, c'est comme quatre whiskies cul sec, ça me donne le vertige.

— J'aime mener une vie vertigineuse.

— Je sais.

— Vous ne devez pas en boire souvent du whisky.

— Oh, moi aussi j'ai mes zones d'ombre.

Ils entrent dans le hall de l'hôtel, et saluent le patron.

— Quand est-elle revenue ? demande Tréboul.

— J'en sais rien. La femme de ménage l'a vue entrer dans sa chambre tôt ce matin. Elle n'est pas descendue, je l'aurais vue, j'ai pas bougé d'ici.

— Accompagnez-nous, s'il vous plaît.

— Y aura personne à l'accueil…

— Et votre épouse ?

— Ça tombe bien, la voilà, d'habitude elle arrive plus tard.

— Parfait. On prend l'ascenseur.

Le patron demande à sa femme de le prévenir sur son portable au cas où la pensionnaire de la 12 descendrait. Pendant qu'il lui donne les consignes, Tréboul chuchote à Mop :

— Quand je vous ai tirée du lit, votre tronche m'a coupé le sifflet. C'est inédit, chez vous, des valoches pareilles sous les yeux, sur votre frimousse de belle fausse Irlandaise.

— Frimousse de belle fausse Irlandaise. Eh ben dis donc, n'en jetez plus. Merci quand même.

— C'est à cause de votre escapade d'hier soir ? Je vous ai entendu quitter votre chambre vers 22 heures, et, comme je dormais mal, j'ai vaguement perçu votre retour dans la nuit. C'était pas pour le boulot ?

— De quoi je me mêle ?

— De ce qui me regarde, je suis votre supérieur, nous sommes en mission, et c'est dans ce cadre que nous logeons à l'hôtel loin de notre base.

La flic hausse le ton :

— Notre mission aliène ma vie privée ?

— Pas si fort. Alors ?

— J'ai eu envie de prendre un verre quelque part, je suis allée dans un bar très sympa, le Couleur Café. Il y avait un super concert, le groupe John d'Œuf, du rock atomique transgressif.

— Du… quoi ?

— Rien. John d'Œuf sera bientôt une des têtes d'affiche du festival des *Poules à Crêtes*. J'espère bien y aller.

— Festival… quoi ?

— Laissez tomber. La salle était bondée, beaucoup de jeunes, bonne bière, ambiance super cool.

— Retour à quelle heure exactement ?

— Vous outrepassez vos droits. Mais je suis bonne fille. 2 heures.

— 2 heures du matin ?

— Non, de la nuit. Écoutez, absolument rien ne m'interdit de m'éclater en dehors du boulot, même quand on est en mission loin de notre base.

— Ce bistrot doit fermer beaucoup plus tôt, non ?

Chrystèle, excédée, murmure :

— Oui, à minuit. Mais j'y ai rencontré un type charmant qui m'a invitée chez lui. Il est prévenant, passionnant, la trentaine, célibataire, maîtrise de sociologie, comme moi, ex-champion de boxe thaï, comme moi. La différence avec moi, c'est qu'ensuite il est entré au séminaire.

— Donc à minuit vous avez poursuivi la bamboche chez un curé.

— Non, parce qu'après le séminaire, il a changé d'orientation. À présent, il est dans l'apiculture bio.

— Ah d'accord. Donc maintenant vous courez les abeilles.

— Pff… Dans les exercices d'assouplissement on ne s'en est pas arrêté au 69, on a innové. Mais comme il habite juste derrière la gendarmerie et que la fenêtre de sa chambre était ouverte, on a été tellement discret qu'on a dû réveiller une bonne partie de la caserne…

— Fermez-la, Mop, balbutie Tréboul à voix basse.

— On y va ? lance l'hôtelier qui attend au pied de l'escalier.

Chrystèle chuchote à l'oreille de son supérieur :

— Commandant, hier soir je n'étais plus en service. Dans ma vie privée, je fais de la gymnastique volontaire avec qui je veux, quand je veux, et j'ai toujours sur moi un petit lot de préservatifs. Vous voulez le voir… ?

Myriam Lantier a mis trois bonnes minutes avant d'ouvrir la porte. L'hôtelier, éberlué, fixe la tête de sa cliente. Il finit par lâcher :

— Oh ben alors ça…

Les cheveux très courts de la jeune femme jaillissent en tous sens en épis blonds rebelles, comme sous l'effet récent de coups de ciseaux furieux et désordonnés.

— Qu'y a-t-il ? demande Tréboul.

— Mademoiselle avait une chevelure blonde magnifique, elle lui tombait sur les épaules, ma femme disait : *Comme les actrices d'Hollywood.* Et maintenant…

— Vous pouvez nous laisser, s'il vous plaît ? intime le policier.

L'homme, en bougonnant, redescend. Myriam Lantier, les bras croisés, fait face aux enquêteurs. Sur une petite table derrière d'elle : une carte routière et un sac à dos. Elle porte un sweat-shirt et un jean maculés de terre, et des baskets noirs. Visiblement fatiguée, elle paraît beaucoup plus que ses trente-deux ans. Tréboul demande :

— Vous êtes bien Myriam Lantier ?

— Vous voulez mes papiers d'identité ?

— Non.

Les flics entrent dans la chambre. D'une voix peu assurée, la jeune femme demande :

— Que me vaut votre visite ?

— Ce ne sera pas long, dit Tréboul. Vous avez été vue à plusieurs reprises vers l'ancienne ferme de Buisson, assassiné voilà trente-trois ans. À l'époque, il a été établi qu'il s'agissait d'un empoisonnement.

Le coupable n'a jamais été retrouvé. Alors je me pose des questions.

Lantier pâlit. Un bref instant elle a décroisé les bras, le temps pour Tréboul de voir sa main gauche. Il reste quelques secondes perplexe, puis l'interroge :

— Que faisiez-vous là-bas ? Pourquoi y être allée plusieurs fois ? Et pourquoi être entrée dans la maison ?

La Parisienne se retourne, et d'une voix glaciale :

— Je suis en vacances. J'adore me balader. Surtout dans une belle région comme le Haut-Forez. Et j'adore visiter des petits villages. Ça m'arrive d'entrer dans des ruines ou des maisons désaffectées. Par curiosité, pour voir ce qu'il reste à l'intérieur, ou pour imaginer comment vivaient les gens qui habitaient là. Je sais, c'est illégal. Mais comme il n'y a plus personne, je ne fais aucun mal, non ?

Mop intervient :

— Vous avez quitté cet hôtel mercredi dans la matinée, donc avant-hier. La femme de ménage a été la première à vous y revoir ce vendredi très tôt. Vous êtes revenue ce matin ou pendant la nuit ?

Myriam Lantier reste silencieuse. Puis elle pivote lentement, et sourire aux lèvres :

— Vous enquêtez sur moi ? Pour quelle raison ?

— Non, répond Tréboul. Un homme est mort tout récemment à Montareilles, et il s'agit d'un homicide par empoisonnement.

Elle écarquille les yeux, et :

— Il y a un rapport avec ce paysan mort empoisonné ?

Les intonations de sa voix ont changé. Celle-ci est moins posée, tremblante. Tréboul y discerne une forte tension, une inquiétude manifeste. La jeune femme ne sourit plus. Son regard ne cesse d'aller de droite à gauche.

— Pourquoi portez-vous ce foulard ? demande Mop.

D'un gris délavé, le tissu s'effiloche.

— Vous avez mal à la gorge ?

La Parisienne offre à la lieutenant un sourire mutin. Tréboul enchaîne :

— Qu'est-il arrivé à votre main gauche, insiste-t-il. Vous n'avez plus que le pouce et l'index. C'est un accident ?

Elle relève la tête, le regarde durement, puis ses yeux se font fuyants, et elle finit par sourire :

— Me harceler de questions, comme ça, vous avez le droit ?

— On discute, c'est tout.

Mop reprend :

— Je ne peux pas m'empêcher de penser à ce qu'a dit le patron de l'hôtel. D'après lui, avant-hier encore, vous aviez une très belle et très longue chevelure, *comme les actrices d'Hollywood*, selon son épouse. C'est vrai ?

— Oh, elle exagère, mais… oui.

— Pourquoi avez-vous coupé cette magnifique crinière ? Ça vous fait des touffes de mèches sur la tête qui partent dans tous les sens. Moi, à votre place, j'aurais gardé mes longs cheveux.

— Ben… j'en avais marre. Ils étaient pas faciles à entretenir, vous devez le savoir, vous, avec la chevelure que vous avez. Vous en faites une tresse, mais elle est très longue, alors vous aussi vous devez en passer du temps pour l'entretenir.

— J'ai les cheveux très longs, c'est vrai, je passe beaucoup de temps à m'en occuper, mais c'est pas demain la veille que je les couperai.

— Je vous l'ai dit, j'en avais ras-le-bol. Et puis…

La jeune femme penche la tête sur un côté, elle ouvre sa main droite :

— Je devais le faire. C'était écrit.

— C'était écrit ?

— Oui… Vous voyez cette ligne, là ?

Elle montre sa paume, et une ligne courbée qui va du poignet jusqu'à la base de l'index.

— C'était écrit, répète-t-elle.

Cette ligne est rouge vif, comme tracée par la pointe d'un couteau. Tréboul la questionne :

— Qui vous a fait ça ?

— Mais… moi !

— Avec un couteau ?

— Oui, ça aide à lire plus clairement les lignes de la main, dit la jeune femme en émettant un rire strident.

Mop s'est rapprochée d'elle, et délicatement, en souriant, se saisit d'un bout de son foulard, et le défait. Sur une dizaine de centimètres, la gorge ainsi dévoilée porte des traces rougeâtres et une légère estafilade.

— Vous n'avez pas le droit, proteste la jeune femme en tentant de récupérer le tissu.

— C'est quoi, ces traces ? demande la lieutenant.

La jeune femme parvient à reprendre son foulard et, d'un geste, le noue autour de son cou.

— En prenant ma douche, j'ai glissé et je me suis blessée.

23

Vendredi 26 juillet, 11 heures.
Bourg de Montareilles.

— Elle s'est bien foutue de notre gueule, lâche le lieutenant Krava.

Martinod, questionne son subordonné :

— Vous ne l'avez pas ramenée ici… C'est une blague ?

— Elle était chez ses parents. En apprenant la perquise, elle était furieuse. Mais quand on lui a dit ce qu'on avait découvert dans son frigo, elle s'est calmée. Elle affirme avoir trouvé la fiole de Célocurine voilà un mois, à Saint-Étienne. Elle déjeunait d'un sandwich sur un banc public, et sous des feuilles mortes elle a vu ce flacon. Par curiosité, elle l'a emporté, et comme elle sait que les médicaments doivent être conservés au froid, elle l'a mis dans son frigo. Puis elle l'a oublié. Elle ne voulait rien en faire.

— Un peu tiré par les cheveux, non ? dit Tréboul.

— D'après les parents, depuis toute petite, elle a l'habitude de ramasser des trucs qui lui paraissent bizarres. Gamine, elle rapportait à la maison des galets, des bouts de bois biscornus, n'importe quoi. Elle disait que ça pourrait servir un jour. Elle a conservé cette manie.

— Et sa déposition ?

— Clara Morteuil a juré qu'elle viendrait demain. Pour l'instant, elle reste auprès de sa mère qui souffre de polyarthrite rhumatoïde.

— Krava, dit Tréboul, vous en pensez quoi ?

— Quand on a évoqué le nom de Paluel, elle a eu un sourire ironique, puis elle nous a dit : *Si vous croyez que c'est moi*... Comme si elle connaissait l'identité de l'assassin, ou qu'elle avait sa petite idée sur la question. On lui a précisé qu'on ne pense pas du tout qu'elle soit la meurtrière. On a eu tort ?

— Non. Martinod, sur ce fameux Moïse, le gourou de la secte, du neuf ?

— Pour que les collègues du Renseignement territorial me rencardent, j'ai cru que je devrais me foutre à poils et leur chanter en Javanais l'*Ave Maria* de Schubert.

— Si vous passez à l'acte, dit Krava, on fait une vidéo au profit des Orphelins de la Police, ça partira comme des petits pains, on remplira les caisses.

— Sauf si Justine s'y oppose, glisse Mop. Capitaine, on travaille ensemble depuis pas mal de temps, mais on ignore tout de votre chère et tendre…

— Ha ha… 58 ans, membre du conseil paroissial, elle anime la chorale Sainte-Geneviève, et elle dirige chaque semaine les prières du Rosaire en la cathédrale Saint-Charles.

— Et, comme vous, elle fume des Gitanes blanches sans filtre, et elle boit la Kro au goulot ?

— Jamais touché au tabac, toujours à l'eau et aux jus de fruits, et elle évolue dans une dimension totalement inconnue des diablesses tentatrices officiers de police à tignasse rousse.

Chrystèle rit sous cape.

— Ce Moïse, reprend Martinod, les collègues croisent régulièrement son nom ici et là. Mais ils ne l'ont jamais vu. Il n'existe aucune photo de lui. Il s'agirait d'un individu… très particulier. Il est le fondateur-gourou d'une secte religieuse très fermée, dont on ignore le nom. Faute de mieux, on l'appelle la secte de Moïse. Un intégriste. En plus des prières traditionnelles, il incite à pratiquer la mortification.

— Quèsaco ? lance Arty.

— S'infliger des souffrances physiques pour progresser dans le domaine de la spiritualité.

— Génial.

— Le type semble très charismatique, il est adulé par ses fidèles, triés sur le volet. Tous friqués, du genre à se lever le matin en se demandant ce qu'ils vont bien pouvoir faire de tout leur pognon. Bien sûr, Moïse fait appel à leur générosité. Je vous fais un dessin ?

— Un plume-gogos, dit Tréboul.

— Oui, selon les gars du Renseignement, ses adeptes le rencontrent rarement, et on ignore où. L'essentiel des contacts se fait par visioconférence…

— Un petit génie de l'escroquerie.

— Nos collègues pensent que ses fidèles sont plus ou moins givrés.

— Chantal Paluel en fait partie ?

— Ils l'ignorent.

— On lui demandera.

— Les adeptes habitent essentiellement le Massif central. Par contre, on est certain que dans un tout autre milieu Moïse est aussi connu sous l'identité d'Adel Benoite.

— Adèle Benoite ? s'étonne Mop. Une femme ?

— Non. Adel, sans « e », phonétiquement comme le prénom féminin. Mais que ce soit un homme, on n'en est pas sûr.

— C'est quoi, cette histoire ? s'exclame Krava.

— On n'a aucune certitude sur son sexe. On ignore aussi son année, son lieu de naissance, et sa nationalité. Ce prénom, Adel, viendrait du vieil allemand qui signifierait « noblesse ». Ou il aurait une origine arabe, et l'un de ses dérivés se rattacherait aux notions de justice et d'équité.

— Ça tombe pile-poil, pouffe Mop.

— On ignore donc tout de lui ? demande Tréboul.

— Non. Et là, on bascule dans le grandiose. L'individu mystère a d'autres activités. De gourou d'une secte, il passe allègrement au trafic international de drogues et aux salles de jeux. C'est dans ces milieux qu'il est connu sous le pseudo d'Adel Benoite.

— Effectivement, dit Arty, c'est pas commun, et ça demande une sacrée personnalité.

— Par hommes de paille interposés, il contrôlerait des tripots clandestins.

— Où ? demande Tréboul.

— À Lyon et Saint-Étienne. Mais on n'a aucune preuve tangible. Et, en plus, on ne doit pas perdre ça de vue, il serait Stéphanois d'origine. Ce serait d'ailleurs à Saint-Étienne qu'il aurait fait son apprentissage de voyou.

— Qu'est-ce qui permet de penser ça ?

— Des écoutes téléphoniques à l'occasion d'enquêtes judiciaires, des mots échappés par des suspects flapis en fin d'auditions, des tuyaux d'indics, des recoupements, un faisceau de présomptions.

Notre inconnu mystère, alias Adel Benoîte, alias Moïse, homme ou femme, n'a jamais, mais jamais, été vu nulle part. Le Renseignement s'est livré à des recoupements avec d'autres structures de la maison. Ce loustic serait un truand de haut vol. Pour le trafic d'héroïne, il négocierait même avec la mafia albanaise. Pour gérer ça, faut être un caïd, hein ? Et posséder une belle force de frappe. Il changerait régulièrement de domicile, s'il en a un, ce qui n'est pas certain, mais aussi d'apparence physique, et de mode de vie.

— Comment ça, de mode de vie ? s'étonne Mop.

— Trois mois en Espagne sur la Costa del Sol, dans une somptueuse villa de Marbella gardée par des cerbères armés jusqu'aux dents, à mener la grande vie – costumes de grands couturiers, caviar, homard, champagnes, putes de luxe, et j'en passe. À Marbella, y a pas mal de caïds européens. Il pourrait se trouver le mois suivant, méconnaissable, sale et dépenaillé, dans un squat de Lyon avec des accros au crack pour tâter lui-même le terrain en vue de nouveaux marchés. Et le mois d'après dans un loft d'Amsterdam pour affiner l'organisation de son réseau de dealers d'héroïne et de cocaïne.

— Un vrai caméléon, glisse Tréboul. Dans la région stéphanoise, il a un point de chute ?

— On le pense, dit Martinod. Pourtant, un truc me chiffonne. Je soupçonne mes contacts de connaître la véritable identité d'Adel Benoite-Moïse, mais de la garder secrète. Pourquoi ? Je m'en doute. Pas vous ?

Tréboul intervient :

— Ce qui m'intéresse, c'est de savoir si ce Moïse, ou Adel Benoîte, ou X, peut être impliqué dans le meurtre de Paluel. S'il est si fort que ça pour piquer du pognon aux adeptes de sa secte à la con, si c'est aussi un truand d'envergure internationale jamais arrêté ni condamné, et qui brasse des dizaines de millions d'euros, il a forcément à sa solde des hommes de main, des complices, et tout un réseau qui l'informe sur d'éventuelles affaires juteuses. Il peut donc avoir eu vent de la découverte révolutionnaire de Paluel, et s'y intéresser de près.

— Jusque-là, dit Martinod, je suis d'accord avec vous. Mais je gardais le meilleur, ou le pire, pour la fin. L'une des salles de jeux contrôlées par Adel Benoite a longtemps été fréquentée par un industriel. Celui-ci y a contracté au poker une dette maousse costaude. Son créancier serait un caïd de la pègre géorgienne. Avec ce genre de types, tu raques ou tu crèves. Et c'est pas tout. Ce Géorgien aurait des intérêts dans une société de sécurité lyonnaise dont le chiffre d'affaires déclaré n'est pas mirobolant. Vous me suivez ? ajoute Martinod en tordant la bouche.

— Pourquoi cette grimace ? s'étonne Tréboul.

— Là, je pense avoir perçu la mauvaise foi des collègues du Renseignement territorial à qui j'ai eu affaire. Je leur ai demandé s'il s'agissait de la société de Robion. Ils l'ignoraient, ils se souvenaient à peine qui était Robion, alors que ce sont eux qui m'avaient rencardé sur lui. J'ai voulu savoir s'ils trouvaient normal qu'un truand de l'acabit de ce Géorgien mette des billes dans une boîte qui vivote.

— Une société-leurre qui cache un trafic de drogues.

— Ouais. Enfin, j'ai émis le souhait qu'ils nous communiquent un max de renseignements sur ce que je viens de vous expliquer. Ils se sont refermés comme des huîtres.

— Alors ?

— Je pense qu'ils savent tout d'Adel Benoite-Moïse, y compris sa véritable identité. Mais c'est un énorme poisson, et ils se le gardent. Le gaillard, tout truand international qu'il est, ne serait, comme son réseau et ses complices, que le paravent d'une organisation encore plus puissante. Je crois que les collègues ne nous donneront plus rien sur notre gaillard. Et le meurtre de Paluel, ils s'en tapent le coquillard avec une plume de paon. À mon avis, ils ont infiltré des agents dans l'organisation d'Adel Benoite-Moïse, dans le cadre d'une affaire explosive d'envergure mondiale.

— Tout de même pas Secret-Défense, non ? s'exclame Tréboul.

— Pourquoi pas ? rétorque Martinod.

— On n'en saura pas plus. S'il y a des connexions entre Robion, le réseau de truands d'Adel Benoite-Moïse, ce caïd de la pègre de Géorgie, et la Russie, si tout ce beau monde a comploté, ensemble ou chacun dans son coin, pour s'approprier l'invention de Paluel, et si l'industriel a payé de sa vie de leur avoir résisté, cela signifie que pour connaître la vérité…

— On devra dorénavant se démerder tout seuls.

— Et vous oubliez une chose. Il ne serait pas impossible que le Renseignement territorial nous considère comme des gêneurs. Dans ce cas, il risque de nous mettre des bâtons dans les roues.

24

Vendredi 26 juillet, 14 heures.
Bourg de Montareilles.

À midi, alors qu'au restaurant Tréboul se délectait de sushis et de thé au jasmin, Martinod, Arty et Krava ronronnaient devant une entrecôte de Charolaise et une bouteille de Saint-Émilion, Chrystèle s'est changée. Autant pour satisfaire son chef que pour ne plus choquer celle qu'ils s'apprêtent à rencontrer, elle a remplacé son Ralph Lauren déchiré et son sweat doré par une robe noire couvrant ses mollets, digne de la garde-robe d'une Amish.

La veuve observe Tréboul d'un œil torve, comme s'il venait de lui annoncer qu'elle serait bientôt guillotinée.

— Nous aimerions que vous nous parliez de…

Il a failli dire *ce gourou*, mais il s'est repris :

— … du leader spirituel de votre mouvement religieux.

Silence lourd. La baie vitrée est ouverte, les policiers ont l'impression que les oiseaux dans le parc se sont brusquement tus. La femme qui leur fait face est sur la défensive. Elle a les yeux caverneux avec de gros cernes noirs, tel un maquillage clownesque.

— C'est un interrogatoire ? Dans ce cas, j'appelle l'avocat de la famille, lâche-t-elle.

— Madame, nous désirons seulement discuter avec vous de certains sujets pour progresser dans l'enquête sur le meurtre de votre époux. Pouvons-nous nous asseoir ?

Elle opine. Tréboul reprend :

— Vous êtes membre d'un groupe religieux dont le leader se nomme Moïse.

— Comment le savez-vous ? C'est ma vie privée.

— Dans l'ordinateur portable personnel de votre défunt mari, des mails en font état.

Elle sursaute, déglutit, ses mains s'agrippent telles des serres à son fauteuil.

— Des mails envoyés à qui ?

— C'est sans importance. Votre époux vous aimait. Il ne vous dénigrait pas, bien au contraire. Et il respectait profondément votre foi.

Tréboul réalise que s'il continue à lui parler de son mouvement religieux, elle ne dira plus rien. Il change de sujet. Courtoisement, il explique avoir été très étonné par sa réaction face au boudin.

— Vous l'avez envoyé valdinguer au fond de la pièce en hurlant ! Pourquoi cette réaction ?

— Je… Je n'aime pas le sang. Il y a tellement d'horreurs dans le monde. L'actualité est remplie de sang.

Les deux flics n'ont rien perdu de ses tremblements, qui s'estompent. Tréboul attend qu'ils cessent tout à fait pour demander :

— Vous n'avez aucune idée de la raison pour laquelle on vous a expédié ce boudin ?

— Non, aucune.

Le policier reprend d'une voix douce :

— Vous pouvez nous parler du chef de votre mouvement ?

Elle soupire et écarte les bras, les mains ouvertes.

— En quoi vous intéresse-t-il ?

— Nous respectons votre foi. N'est-ce pas, Lieutenant ?

— Bien sûr.

— De par sa fonction, votre guide spirituel pourrait peut-être nous éclairer sur, passez-moi le mot, les salopards qui ont empoisonné votre mari. On craint que ces individus cherchent à s'en prendre à votre mouvement.

— Pourquoi voudrait-on du mal à notre groupe ? Et pourquoi à moi ?

— Nous l'ignorons. Ce mouvement se réclame du christianisme, c'est bien ça ?

— Pas du tout. Il a été créé par notre guide, sur le principe du syncrétisme religieux. Moïse est un sage qui a vécu sur les cinq continents, avant de s'installer en Europe. Il a élaboré un enseignement qui fait la synthèse de tout ce qu'il y a de plus positif dans le christianisme, l'islam, le judaïsme, le bouddhisme, l'hindouisme. Selon son héritage religieux personnel, s'il en a un, chacun d'entre nous peut continuer à adorer son Dieu, ou ses dieux, mais en s'imprégnant d'une dynamique spirituelle trans-religions.

— C'est-à-dire ? intervient Mop.

Chantal Paluel croise ses mains et les observe.

— Moi qui suis de tradition catholique, il m'arrive de prier Allah, Yhavé, Vishnou, ou de méditer sur la doctrine de Bouddha. Le lien entre ces dynamiques spirituelles a été fixé par notre leader et il a défini de quelles manières nous pouvons exploiter au mieux leurs interférences. Car elles sont nombreuses.

Elle se tait, et d'une voix soudain cassante :

— Si j'ai bien compris, vous souhaiteriez rencontrer notre maître spirituel. C'est bien présomptueux de votre part. Il n'acceptera jamais.

Mop, doucereuse :

— Madame, je crois que mon collègue s'est mal exprimé. Nous avons parfaitement conscience que votre guide spirituel a autre chose à faire, et de plus important, que de rencontrer des gens comme nous.

— Et donc ?

— Vous apporteriez une collaboration décisive à notre enquête si vous pouviez, sans rien dévoiler d'important de votre vie privée, nous éclairer sur vos rapports avec Moïse et votre mouvement. Je suppose, poursuit le lieutenant, que vous devez lui offrir une aide, ou des aides très significatives. Car je pressens que votre mouvement incite à la générosité qui est, j'en suis sûr, la base de toute vie spirituelle nourrie de plénitude.

Où Mop a-t-elle bien pu dégotter un vocabulaire pareil ? se demande Tréboul.

La veuve lui jette un coup d'œil, avant de scruter l'énorme lustre en cristal. Elle soupire, puis, son corps se détendant visiblement sous l'effet d'un plaisir certain, dit :

— Oui, tous les membres contribuent à assurer à notre maître spirituel les meilleures conditions pour qu'il puisse nous guider dans cette jungle qu'est notre monde.

Mop reprend :

— Je ne veux pas interférer dans votre vie privée. Elle ne me regarde pas. Mais… pouvez-vous préciser, s'il vous plaît ?

— Comme les autres… Je lui assure de quoi vivre décemment, afin qu'il puisse poursuivre ses réflexions et continuer à nous… guider.

En disant cela, le regard de Chantal Paluel, de franc, presque dur, s'est progressivement dilué.

— Donc, dit Tréboul, vous lui donnez de l'argent.

— Oui, mais cela profite au mouvement.

— J'entends bien. Comment se nomme votre mouvement ?

La veuve a un haut-le-corps, et :

— C'est un secret. Nous sommes les seuls à connaître son nom.

— Vivre une spiritualité comme la vôtre doit être passionnant, relance Mop.

— Oui.

— Particulièrement pendant les cérémonies. Car je suppose que vous participez à des rituels.

— Très rarement. Depuis que je suis une fidèle, cela fait plusieurs années, je n'ai participé qu'à deux cérémonies. La première, c'était pour mon baptême. Mais je ne peux rien vous dire à ce sujet. Cela a eu lieu dans la campagne de la région lyonnaise, dans une grande salle mise à notre disposition par l'un d'entre nous. Cette cérémonie m'a beaucoup impressionnée. Nous étions une centaine, et j'ai été vraiment subjugué par la présence de Moïse.

— C'est-à-dire ?

— Il était tout au fond de la salle, avec sa tenue cérémonielle, il était entouré par les membres du conseil spirituel. Nous étions pénétrés par ses paroles.

Nous avions tous notre tenue qui nous recouvre la tête, et ne laisse voir que nos yeux. Ce soir-là, j'ai compris pourquoi il nous interdit de montrer notre visage pendant nos cérémonies. Parce qu'il devient alors la symbiose de toutes les divinités, uniques ou plurielles, que nous vénérons.

— Et qui a édicté ces…

Mop s'interrompt, Tréboul vient de lui toucher la cheville. Paluel reprend :

— J'ai participé, au même endroit, à une seconde cérémonie. Les suivantes ont eu lieu grâce aux techniques d'aujourd'hui. C'est beaucoup plus pratique, et infiniment plus intense. On peut s'y préparer. Il y a davantage de concentration.

— Comment cela se déroule-t-il ?

— Sur Internet en visioconférence, en distanciel – on dit comme ça, non ?–, à vingt, ou trente, ou, je ne sais pas moi, peut-être cent. Quand nous sommes tous interconnectés Moïse dialogue avec tous ceux qui veulent discuter et lui soumettre leurs interrogations, leurs angoisses, leurs espoirs… Ensuite, vient la cérémonie proprement dite, et il nous délivre son enseignement sur un ou deux thèmes qu'il a choisis.

— Et bien sûr, dit Tréboul, vous ne voyez pas les visages des fidèles qui y participent.

— Non. C'est interdit.

— Je comprends. Et, bien entendu, vous n'avez jamais vu le visage de votre guide spirituel…

— Ah non.

— Aucun des fidèles n'a jamais vu son visage ?

— Non. La règle est la même pour tous.

25

Vendredi 26 juillet, 16 heures.
Bourg de Montareilles.

La voiture des policiers quitte le parc. De la porte-fenêtre, la veuve la regarde s'éloigner. Passant outre les convenances, elle n'a pas raccompagné ses visiteurs au seuil de la maison. Elle ne peut se l'expliquer, mais lorsqu'ils étaient près d'elle, elle a cru sentir cette odeur de sang.

Depuis plusieurs jours, le soleil de juillet est extraordinairement chaud, mais elle frissonne. Elle va dans le couloir, et appelle :

— Ivana !

La Russe sort de la cuisine. Par-dessus le chemisier blanc et la jupe noire imposés par la maîtresse de maison, elle a enfilé un tablier et ramené sa chevelure blonde en un sévère chignon. Chantal Paluel lui demande :

— Savez-vous quel jour Clara reprend le travail ?

— Elle ne vous l'a pas dit ?

— Non… Si… Je… sais plus.

Elle s'éloigne en direction du grand hall de la maison, elle s'arrête, fait volte-face. Et alors qu'Ivana est déjà retournée à la cuisine elle lance d'une voix forte :

— Je vous l'avais dit qu'un chignon vous irait très bien !

La cameriste va pour répondre, mais sa patronne a déjà disparu.

La veuve s'avance dans le parc. Ivana est obéissante et polie, mais Chantal ne l'aime pas. Elle la trouve inquiétante. À la pause de 14 heures, pourquoi s'isole-t-elle dans le parc pour téléphoner ? Trois fois elle l'a vue passer derrière la haie, téléphone à la main. Elle s'est approchée à pas de loup, et a écouté. Elle a reconnu la langue. Ivana parlait russe. Et puis voilà un mois, son mari en voyage en Allemagne, et Clara de repos, Ivana l'a interrogée de manière très indiscrète sur les activités de Simon.

Clara non plus, elle ne l'aime pas. Mais celle-ci ne l'a jamais questionnée sur son époux. Et puis, Ivana pue le sexe à plein nez. Ces conversations téléphoniques dans le parc, il ne serait pas étonnant que ce soit avec… Elle imagine aisément. Les jeunes femmes d'aujourd'hui puent toutes le sexe. Elles ne pensent et ne sont bonnes qu'à ça. Toutes des putes. D'ailleurs, il suffit de les observer, à 7, 8 ans déjà on devine la dépravation sous leurs frimousses. *Tu t'étonnes qu'elles tirent la langue… Sales putes !*

La veuve redresse la tête et gagne le massif de rosiers. Il a été planté par Simon et produit des roses rouges aux pétales géants. Elle les renifle, ses allergies reviennent… Avec regret, elle s'éloigne. Le soleil tape fort. Son dos ruisselle. Il la démange, avec des piquées tout le long de la colonne vertébrale. Hier soir, elle s'est fouettée le dos avec une grosse brassée de chardons, en espérant sous la peau atteindre la colonne vertébrale et la moelle épinière.

Mais elle n'a pas pu se désinfecter comme elle aurait dû. Clara n'était pas là. Il lui a fallu se contorsionner. D'habitude, lorsque la domestique est de service, elle l'appelle, avec une intonation de voix que son employée comprend immédiatement. Un jour, celle-ci lui a demandé :

— Madame, pourquoi vous vous infligez ça ?

— C'est bon pour la circulation du sang.

Clara venait de lui avouer être au courant des souffrances qu'elle s'administrait. Elle lui avait répondu que ce type de pratiques n'est pas de la souffrance, mais une technique pour endurcir le corps et l'esprit. La cameriste avait alors demandé quel besoin elle avait d'endurcir son corps et son esprit. Chantal n'avait pas répondu. Aurait-elle compris que Moïse s'exprimait par sa bouche ?

Pourvu que ça s'infecte pas... Son dos alerte sa tête. *Mes souffrances revigorent mon esprit.*

Elle a atteint l'extrémité nord du parc. Elle est proche du muret matérialisant les limites de la propriété. De l'autre côté, un sentier le longe, connu comme un des itinéraires pour se rendre à Saint-Jacques-de-Compostelle. Il sépare le domaine d'un espace de prairies et de bosquets de frênes, avant la forêt de pins qui escalade les collines. Chantal aime marcher le long du muret, sa main dans la chaleur emmagasinée par les pierres. Parfois, elle s'imagine arpenter le sentier durant des jours, des semaines, et ne plus penser ni réfléchir ni se laisser emporter par ses pensées douloureuses.

Voilà qu'arrive une femme. Chantal devine son équipement. Elle est probablement l'une des milliers de randonneurs ou de pèlerins qui chaque année cheminent vers l'Espagne. Chantal, sans pouvoir se l'expliquer, ne l'aime pas. Ce n'est pas de la jalousie. Non, cela relève d'un autre sentiment, et – elle en a conscience et en a peur – d'un indicible instinct. En cet instant, elle prend conscience avec effarement qu'elle commence à avoir peur de tout.

La randonneuse est coiffée d'un très large chapeau-casquette rose et blanc, muni d'une longue visière et d'un protège-nuque. Avec ses grandes lunettes de soleil, on ne voit pratiquement rien de son visage. De longs cheveux ondulés châtains très clairs, presque blonds, lui battent les épaules. Cette femme a une allure décidée et très sportive. Malgré son volumineux sac à dos, et bien qu'elle ait probablement la soixantaine, elle a la démarche souple et légère d'une jeune femme rompue aux exercices physiques réguliers et à la danse.

Elle a des chaussures de sport multicolores, bleu, jaune citron et rouge. Une chemise à grands carreaux bleu ciel et gris moule étroitement son torse. À tel point que, malgré la carte IGN sous plastique qui pend à son cou, ses seins pointus menacent de crever le tissu. *On ne voit qu'eux*. Chantal ne le supporte pas. Et elle supporte encore moins le reste de son accoutrement. La femme n'est plus qu'à une vingtaine de mètres. Outre cette chemise provocante, elle porte un autre vêtement insupportable : un cuissard rose qui serre étroitement ses cuisses fines et galbées, et, par-dessus ce cuissard, une incroyable jupette bleu roi !

La randonneuse, qui marchait en regardant vers la droite, tourne la tête. Découvrant la veuve qui se tient derrière le muret, dans cette informe robe grisâtre où se perd son corps, elle ralentit son allure et la regarde. Un bref instant, malgré les lunettes noires, Chantal discerne des yeux qui s'appesantissent lourdement sur elle, un regard perçant, dur et sombre. La randonneuse marque un temps d'arrêt, et d'une voix rauque, sourde et traînante, dit :

— Bonjour…

Chantal va pour lui répondre, mais cela lui est impossible. Cette voix rauque, sourde et traînante et ce regard perçant, dur et sombre entraperçus derrière les lunettes noires, la troublent. Est-ce l'impression de déjà-vu ? Elle fait volte-face et s'éloigne.

Alors qu'elle est de retour dans la maison, Ivana annonce le menu du dîner. Elle entend : *Ballotines de volailles farcies aux escargots.* Elle dit oui, ou non, oublie ce qu'elle vient de répondre. Pour le peu qu'elle mange d'habitude, et le peu de plaisir qu'elle en retire…

Une fois seule, Ivana ferme la porte de la cuisine. Elle sort son Smartphone de son tablier, et efface plusieurs SMS.

Chantal est dans sa chambre. Vêtue de sa seule culotte en coton, avec une grosse touffe de chardons elle fouette sa poitrine. Un peu plus tard, un filet de sang coulant sur ses seins, elle sort de son armoire des compresses et se badigeonne d'alcool.

Dehors, le soleil est de plus en plus lourd. Au-delà de l'extrémité du parc, sur le chemin, la randonneuse scrute la maison et l'étage où derrière une porte-fenêtre, elle a vu passer une silhouette. Le peu qui est visible de son visage montre une esquisse de rire.

26

Samedi 27 juillet, 5 h 35.
Montareilles, lieu-dit Trébize.

Depuis plusieurs jours, il laisse son troupeau de Salers paître sur ces trois hectares d'herbe grasse. Une journée brûlante s'annonce. Les vaches boivent beaucoup. Il vient refaire le niveau d'eau. Il a arrimé une citerne à son tracteur. Il accélère en douceur, entre dans la prairie, stoppe son engin, en descend et referme derrière lui la barrière de piquets de bois et de barbelés.

Comme souvent, tôt le matin, des paquets de brume planent sur la prairie. Pour compter ses bêtes, il s'avance de quelques pas. Sa hantise : qu'on lui en ait volé pendant la nuit. En ce lieu isolé, n'importe qui disposant d'un fourgon peut capturer des veaux et les y faire monter. D'ailleurs, des vols de bétail ont été signalés dans le secteur. Symphonie de taches rouge acajou sur le vert du pré perlé de rosée, le troupeau s'agite. Il compte : … douze… vingt-deux… trente-huit… quarante-deux… Elles sont toutes là, accompagnées de leurs veaux qui dorment, tètent, ou gambadent en bondissant, levant haut leurs pattes arrière. Il adore ce spectacle : les petits tirant goulûment sur le pis de leurs mères, avec parfois de légers coups de tête pour raffermir la prise, et toutes ces cornes en lyre, caractéristiques des Salers, qui se tournent vers lui, comme un salut matinal.

Il remonte dans la cabine de son tracteur. Il veut amener la citerne près du premier bac, au-delà du gros rocher. Trois vaches l'intriguent. Leur comportement est inhabituel. Le museau au ras du sol, elles tournent autour de quelque chose. Bien que perché sur son siège, il distingue mal. Il enclenche la première, et se dirige vers ses bêtes.

Une forme claire est étalée dans l'herbe. Les bovins la reniflent. Il s'approche.

C'est l'imperméable que j'ai perdu... ? J'ai dû le poser l'autre jour vers le rocher, je l'ai oublié, et le vent l'a apporté jusqu'ici. Il avance puis stoppe le tracteur. En quittant la cabine il cherche un bâton, de quoi se défendre, car à l'instant où il a sauté, il a reçu comme un coup de poing, en pleine face : Des seins nus.

Sous les seins, ce halo rouge. Les vaches se sont enfuies. Il est seul face à cette femme allongée sur le dos, inerte. Son sweat-shirt est déchiré. Sous sa poitrine, une flaque de sang. Sa jupe jaune d'or est lacérée. Une bouillie de sang et d'intestins recouvre ses cuisses.

Il se penche, et vomit. Il tousse, et vomit encore. Puis il se recule.

Du sang macule les bottes de cuir de la femme. Ses yeux blancs sont dardés vers le ciel, son crâne est planté d'épis de cheveux blonds rebelles. Son cou porte des traces rougeâtres, et une estafilade. Son bras droit est plaqué contre son corps, l'autre est replié sur la bouillie sortant de son ventre. Malgré l'horreur de la scène, l'attention de l'homme se porte sur la main gauche à laquelle manquent trois doigts.

27

Samedi 27 juillet, 6 h 30.
Montareilles, hameau de Tagord.

Les six maisons de pierre s'égrènent au fil du chemin jusqu'à l'ancien lavoir. Des chèvres naines et des Shetland paissent dans un enclos. Plus loin, une balançoire. Le jeune homme a tardé à ouvrir la porte. Il est grand, brun, a la vingtaine, des yeux vert émeraude. Une main sur le chambranle, l'autre sur la poignée, il dévisage Tréboul. Puis il étudie sa carte barrée de tricolore et s'attarde sur la belle femme qui baille derrière lui. Il répond enfin au commandant :

— Oui, je suis son petit-fils. Vous avez retrouvé le salaud qui a empoisonné mon grand-père ?

— Non. On peut entrer ?

Dans la pièce commune de ce qui était voilà peu la maison de Jacques Suzin, Tréboul décrit Myriam Lantier, telle qu'elle était avant le drame, et ce qu'il est advenu d'elle, probablement cette nuit. Le policier relate aussi au jeune homme la rencontre avec son grand-père, au bar du Dolmen.

— Il nous a raconté ce qui vous est arrivé avec cette jeune femme…

— Pourquoi il vous a…

— Elle vous a expulsé de sa voiture de manière très méprisante. On ne connaît pas les détails, mais il y a de quoi être furieux.

— Ah c'est ça, vous vous imaginez que c'est moi qui ai tué cette salope, et…

Mop l'interrompt :

— Restez correct.

— Vous pensez que je l'ai tuée pour me venger ? C'est pour ça que vous êtes venus ? J'ai eu affaire à elle uniquement ce jour-là. Je l'avais jamais vue auparavant. Mais qu'elle ait calanché, c'est pas une grosse perte. Des salopes comme elles, j'en…

La lieutenant le coupe encore :

— Vous parlez d'une morte.

— Je m'en cogne. Vous allez me demander où j'étais cette nuit. De 18 heures à 21 heures, j'étais chez un pote pour un tarot, on était cinq. Je vous donnerai les noms, et où ils crèchent. Je ne me suis pas absenté de toute la partie, ils vous le confirmeront. Ensuite, avec deux amis qui étaient là et qui bossent dans la même usine que moi, on est allé prendre notre poste. On était de nuit. En sortant du boulot, avec ces deux collègues qui sont eux aussi célibataires on est rentré ici. Je leur ai proposé de dormir chez moi, parce qu'on a prévu cet après-midi d'aller ensemble à la truite.

— À la pêche ? demande Tréboul.

Le jeune homme le toise :

— On chope rarement les truites au lasso ou au fusil de chasse.

Tréboul réplique :

— Vous êtes conscient qu'on vous auditionne dans le cadre d'une affaire criminelle ?

— Ça va, j'ai compris. Les potes qui pioncent au premier peuvent vous confirmer ce que je viens de vous dire.

— Appelez-les.

— D'abord, écoutez-moi. Cette gonzesse, l'autre soir, elle avait le feu au cul. On aurait pu se la tirer à plusieurs, je suis sûr qu'elle n'aurait pas été contre.

Mop explose :

— Respecter une femme assassinée de manière barbare, ça vous écorcherait la gueule… ? Au fait, une précision : c'est vous qui vous l'êtes faite, ou c'est elle qui vous a sauté ?

— Lieutenant… glisse Tréboul, nous…

Mop l'interrompt :

— Répondez. C'est elle qui vous a culbuté, hein ?

Le jeune homme grimace en regardant l'enquêtrice sournoisement :

— Cette nana était chtarbée. Vous savez pourquoi elle m'a éjecté de sa bagnole ?

— Dites toujours.

— Je lui prends sa main gauche, je venais de me rendre compte qu'elle avait seulement deux doigts, l'index et le pouce. Je lui demande gentiment ce qui lui est arrivé. Et là, elle pique sa crise, elle me dit plusieurs fois : *Casse-toi.* J'ai pensé : *Toi ma garce, t'as été bercée trop près du mur quand t'étais gamine…* Mais, y a pas, elle était bonasse, et elle baisait super bien. C'est vraiment du gâchis.

— Ça suffit, lâche Tréboul. Vous êtes ignoble. Allez réveiller vos amis.

Ensommeillés, les deux types confirment les dires de Suzin. Celui-ci les regarde remonter dormir, se gratte la tête, et questionne :

— Vous êtes de la PJ, c'est ça ?

— Oui, fait Tréboul. Pourquoi ?

— Je sais que vous êtes ici pour enquêter sur la mort de Paluel. Et vous enquêtez aussi sur la mort de cette Myriam ? C'est lié ?

— Ça ne regarde que nous.

— Tout le monde sait que Paluel a été empoisonné, comme mon grand-père, mais on ignore par qui. Vous savez ce que m'a raconté mon grand-père, juste après la mort de Paluel ? Je suis sûr qu'il vous l'a pas dit. Il avait pas envie d'avoir des emmerdes.

— Qu'est-ce qu'il vous a raconté ?

— Il y a longtemps, quand il était le bras droit de son père, le PDG, Simon Paluel sautait plein de gonzesses. Mais il s'était entiché de la femme de Fernand Buisson, La Catoune. Il était fou d'elle.

— Paluel et Catherine Buisson étaient amants ?

— Oui. Mon grand-père l'a bien connue, La Catoune. Elle était bonnasse. Mais le fils Paluel, raide amoureux qu'il était de la femme de Fernand…

— Vous en êtes certain ?

— Mon grand-père était bien placé pour le savoir. Il avait couché avec elle deux ou trois mois, et il a été remplacé par Paluel. Et à partir de là, Catherine Buisson, c'était chasse gardée.

— C'est tout ? poursuit Mop avec une pointe d'agressivité.

— Non, vous savez ce qui se dit, par ici ?

— Dites-nous !

— C'est La Catoune qui a empoisonné l'industriel et mon grand-père.

— Ah bon… Et pourquoi aurait-elle empoisonné son ex-amant et votre grand-père ?

— De l'industriel, j'en ai rien à foutre. Elle l'a peut-être empoisonné pour se venger, longtemps après. Elles sont bizarres, les femmes… Parce qu'à l'époque il l'a peut-être plaquée, son père voulait pas qu'il se marie avec une fille sans le sou, un truc dans ce genre. Mais je me demande toujours pourquoi elle s'en serait prise à mon grand-père. Y a pas de raison. En tout cas, il se dit que l'empoisonneuse est de retour.

28

Samedi 27 juillet, 10 heures.
Bourg de Montareilles.

— Non, Martinod, dit Tréboul, pas question que votre épouse vienne passer le week-end à l'hôtel. Apprenez à réfréner vos pulsions.

— Oh !

— Le repos du guerrier, je veux bien, mais…

— Macho ! s'exclame Chrystèle. Moi, je rêve de faire connaissance avec Justine. Chaque fois que le capitaine en parle, je pense à Justine et au marquis de Sade.

— Bon Dieu ! s'offusque Martinod. Je bosse avec des dépravés.

— Je veux qu'on reste focalisé sur l'enquête, coupe Tréboul.

— Justine pouvait très bien s'installer dans une chambre de notre hôtel… Remarquez, je vous comprends, vous vous êtes dit : si j'autorise Martinod à faire venir son épouse, je devrais en faire autant avec Mop, et là, avec tous ses Jules, il faudra une suite, et même plusieurs… poursuit le capitaine.

— Ben voyons… souffle Mop.

— Bon Dieu, ajoute Martinod, le café de la gendarmerie, c'est du jus de chaussettes, et en plus tout froid.

— Je sais, fait Tréboul, à Saint-Étienne, avec la Thermos de votre Justine, vous avez toujours du café au top… Donc, ce matin, quand je lui ai appris le meurtre de Myriam Lantier, en lui détaillant nos soupçons à son égard, le proc s'est enfin décidé à ouvrir une instruction judiciaire. Elle porte sur tous les meurtres qui nous occupent.

— Et le juge d'instruction est…

— La juge.

— Et merde. Grand cheval, camion, chieuse.

— Pas d'accord, dit Tréboul.

— Vous l'appréciez peut-être pour sa greffière : très mignonne, et toujours la jupe au ras de la salle de jeu.

— Très classe, Capitaine, lance Chrystèle. Je ne suis pas près de bosser en jupe.

— Vous avez des jupes, vous ? Ça doit plutôt ressembler à des écharpes, non ?

Tréboul intervient :

— Je rappelle donc qu'en l'espace de quelques jours, Myriam Lantier, venue de Paris, où elle demeure, est allée se balader plusieurs fois vers la ferme de Fernand Buisson, empoisonné voilà trente-trois ans avec le même genre de curare que celui qui a tué Paluel et Jacques Suzin. Mop, que dit le légiste ?

— Myriam Lantier est morte hier vers 22 heures. Elle a été charcutée avec une sorte de couteau de chasse.

Le commandant reprend :

— Elle est venue à Trébize à pieds. Sa Clio de location est restée sur le parking de son hôtel. Autour de la scène de crime, les seules traces de pas relevées sont les siennes et celles du paysan qui l'a découverte. Il ne l'avait jamais vue auparavant. Et il n'y a pas de traces récentes de pneus de véhicules, hormis celles du tracteur et de la citerne. Le meurtrier est donc venu lui aussi à pieds, et sans laisser de traces. Deux hypothèses. Soit Lantier était venue se balader une fois de plus à Trébize, et son meurtrier l'a surprise, soit tous les deux avaient rendez-vous. Pour quelles raisons ? Est-ce qu'ils se connaissaient ? Et pourquoi l'a-t-il assassinée ? Et pourquoi, depuis qu'elle est arrivée dans le coin, est-elle allée se balader aussi souvent là-bas ?

— Avec Arty et Krava, dit Martinod, on a perquisitionné sa chambre d'hôtel. On y a trouvé son portable. C'est bizarre, elle ne l'avait pas emporté. On y a jeté un coup d'œil : que dalle.

— La juge d'instruction, annonce Tréboul, a demandé aux collègues parisiens d'aller perquisitionner son appart'.

— On a creusé de notre côté. Elle est née Myriam Philippe, à la maternité de Brest. Orpheline, elle a été longtemps sous la responsabilité de l'Aide sociale à l'enfance. On a consulté le ficher des *Traitements des antécédents judiciaires.* Figurez-vous qu'elle y figure. Et pas en tant que victime, mais en tant qu'auteur de délits. À 18 ans et demi, elle a été condamnée à de la prison avec sursis par le tribunal correctionnel de Brest pour complicité dans le vol et la revente de douze voitures. Coup de pot, on a réussi à joindre un collègue qui à l'époque a participé à l'enquête. Il est maintenant en poste à Lyon. Il devait faire un saut au service de médecine légale du CHU de Saint-Étienne où la jeune femme a été autopsiée. Il veut être certain qu'il s'agit bien d'elle, et après seulement, il nous en dira plus. Je lui ai demandé pourquoi, il a joué les mystérieux. Il devrait être ici d'un moment à l'autre, il m'a promis du croustillant…

29

Samedi 27 juillet, 11 h 30.
Bourg de Montareilles.

— Notre collègue Dupuis, de la PJ de Lyon, annonce Martinod. Capitaine, nous vous écoutons.

Grand mince à l'allure sportive, le policier semble nerveux, inquiet. Il est devant le tableau couvert de notes.

— Bonjour. Je suis passé au service de médecine légale du CHU de Saint-Étienne. Myriam Lantier est bien la femme que j'ai connue à Brest, lorsque j'y étais en poste. Elle s'appelait alors Myriam Philippe, elle n'était pas encore mariée.

Tréboul demande :

— Pourquoi teniez-vous à la voir avant de nous en dire plus ?

— Avec l'enquête qui vous occupe, vous avez levé un sacré lièvre. En Bretagne, j'ai eu affaire à cette femme. Elle habitait en ville, vivait de boulots précaires, au noir, c'est du moins ce qu'elle affirmait. Elle fréquentait une faune bien connue de la Justice. À 18 ans passés, elle a été condamnée à un an de prison avec sursis, pour complicité dans le vol et revente de voitures. Avec elle, il y avait une dizaine de types, plus âgés, des spécialistes du vol de bagnoles haut de gamme. Ils ont tous pris de la taule ferme, sauf elle. Pourtant, sa participation aux activités de la bande était beaucoup plus que de la complicité. Mais on n'a jamais pu en apporter la preuve. Intelligente et rusée, la gaillarde. Et puis, j'avais senti en elle une grande fêlure, comme si… comme si elle cherchait à se venger de quelque chose… Je ne sais pas trop. Par ailleurs, une partie du produit de la revente des bagnoles n'a jamais été retrouvée.

Mop intervient :

— Est-ce qu'elle pourrait avoir été assassinée parce qu'elle avait gardé pour elle le pognon qui revenait à tous ?

— Pourquoi pas ? Par contre, le chef n'a jamais été clairement identifié. C'est extraordinaire. Face aux enquêteurs, dont j'étais, comme au tribunal, aucun membre de la bande, ni Myriam Philippe n'ont donné la moindre précision à son sujet. Ni son identité, ni son âge, ni son adresse, rien. Seulement des banalités. Deux des membres de la bande se sont toutefois laissés aller à quelques confidences, en espérant peut-être que le tribunal en tiendrait compte et serait plus clément à leur égard.

— Quelles confidences ? demande Tréboul.

— Très vagues. Ce chef aurait eu des goûts étranges, des manies bizarres.

— Du genre ?

— L'un d'eux nous a dit, je m'en souviens bien : *Il fait des trucs qui normalement se font pas.* Quand on lui a demandé de quoi il s'agissait, on n'a obtenu aucune réponse. Visiblement, ces goûts étranges leur faisaient peur. Quand ils ont évoqué ce sujet, ils paraissaient tout retournés. Et dès le lendemain, ils sont revenus sur leurs déclarations. Ils semblaient avoir une trouille bleue de ce type. On a eu beau ruser, être diplomate pour leur faire cracher le morceau, que dalle. Quand ils l'évoquaient, on avait l'impression qu'ils étaient à deux doigts de chier dans leur froc. Tous.

— Pour quelle raison d'après vous ? demande Krava.

— C'était sûrement dû à la personnalité du gugusse. Un mec, enfin, quand je dis un mec… Un individu sans doute hyper violent, implacable. Lors des auditions, on avait ressenti que non seulement il savait se faire respecter par la violence, mais qu'il avait un pouvoir, psychologique, sur eux… Ce mystérieux chef de bande était aussi soupçonné de trafics de drogues. Mais sans qu'on puisse le prouver. Par ailleurs, on avait quelques pistes pour penser qu'il était coupable de méfaits beaucoup plus graves encore.

— Des meurtres ? s'étonne Tréboul.

Le Lyonnais boit une gorgée d'eau, se gratte la tête, et reprend :

— On pensait qu'il commercialisait des *snuff movies*.

— Des films montrant un individu en tuer un autre, ou bien un homme, ou plusieurs hommes, en train de martyriser et de violer une femme… Vous voyez le genre ? lance Martinod à la cantonade.

— Hélas, on n'a jamais pu réunir la moindre preuve.

— Vous aviez tout de même de sérieux soupçons, dit Mop.

— Oui. Grâce à deux indics. L'un d'eux nous avait mis sur une voie intéressante, mais un peu tard. D'après lui, le chef de la bande fréquentait un bar louche de Brest où se retrouvaient des gugusses au casier assez chargé. Et – là ça devient étonnant – il pensait l'avoir vu un jour dans une rue de Brest habillé en femme.

— Un travesti ?

— Pas vraiment. Mon indic se demandait si le type ne s'habillait pas tantôt en homme et tantôt en femme.

— C'était donc bien un travesti, insiste la lieutenant.

— Non. Selon notre contact, l'ambiguïté du mec n'était pas une question d'habillement, ou de déguisement. Il pensait que le chef de la bande était à la fois un homme et une femme.

— Ça n'a pas de sens ! lance Tréboul.

— Hé ! Ho ! dit Martinod en jetant un coup d'œil circulaire. Ça ne vous rappelle rien ? Ou plutôt, ça ne vous rappelle pas quelqu'un ?

— Oui ! Le fameux Moïse, le gourou-escroc de la secte dont fait partie Chantal Paluel. Ou Adel Benoite, trafiquant de drogues international et propriétaire de salles de jeux clandestines à Saint-Étienne et Lyon. Personne ne l'a jamais vu, et nul ne sait s'il s'agit d'un homme ou d'une femme, résume Tréboul.

Le Lyonnais est stupéfait :

— Vous connaissez cet individu ?

— On en a entendu parler, dit Martinod.

— À Lyon, on n'a jamais réussi à mettre la main sur lui, malgré des écoutes téléphoniques, et des faisceaux de présomption. C'est bien le même, hein ? Des résidences à Amsterdam, et en Espagne, sur la Costa del Sol, à Marbella. Il a fricoté avec la mafia russe et la mafia albanaise, surtout pour l'héroïne. Il est capable de s'approprier tout ce qui peut lui rapporter un max de fric.

— Y compris un produit électronique révolutionnaire qui intéresse beaucoup l'industrie de l'armement ? demande Tréboul.

— Pourquoi pas ? Il n'a aucune limite et un culot monstre. C'est un caméléon, capable de changer de mode de vie d'un jour à l'autre pour se fondre dans le décor. Il maîtrise, d'après les rumeurs, plusieurs arts martiaux. Il peut être hyper violent… Ah, une précision : physiquement, on pense qu'il ne paie pas de mine… Voilà. C'est tout ce que je peux vous dire.

Le collègue lyonnais parti, Martinod reprend :

— Arty, Krava et moi, on a creusé sur Chantal Paluel.

Il consulte son calepin :

— Née Chantal de Kerballec, à Bornadac, dans le Morbihan, d'un père industriel et d'une mère femme au foyer. Elle a vécu au château familial de Kéravas, jusqu'à son mariage avec Paluel. Et là, tilt ! On a pensé à Christophe Robion. Il a fait l'École des Mousses à Brest, avant sa carrière militaire écourtée… Vous me suivez ? Je récapitule. Myriam Lantier, née à Brest, où elle a habité, a fréquenté une bande de voleurs de grosses bagnoles dirigée par un type dont le profil ressemble furieusement à notre Moïse, dit aussi Adel Benoite, lequel aurait vécu en Bretagne. Et Christophe Robion, lui aussi, c'est Brest. Bref, tous les quatre ont vécu en Bretagne à la même époque.

30

Samedi 27 juillet, 14 h 40.
Bourg de Montareilles.

— Capitaine ! lance Krava. Ne touchez rien s'il vous plaît. C'est pour la visioconférence.

L'écran mural s'allume. Martinod s'éloigne, et :

— Je croyais qu'on allait avoir une séance de cinéma, et après, le goûter, cacao et Choco BN.

— Vous savez que les Choco BN risquent de disparaître ?

— J'ai appris ça. Mon enfance attaquée par des industriels chinois.

— D'après le JT d'hier soir, le marché du biscuit est super concurrentiel. Ils ont aussi parlé de la dette de la France.

— Oh ! Pour la réduire, c'est facile. On vend Notre-Dame de Paris au Qatar, l'Arc de triomphe à McDonald's, j'en passe et des meilleurs. Le marché de la connerie généralisée aussi est super concurrentiel… Non, je voulais voir comment ce truc fonctionne. C'est sûr, ça évite des déplacements.

— Ah, vous avez remarqué ?

— Ben oui. Je suis pas totalement con.

— J'ai jamais pensé que vous l'étiez. Du moins pas plus que nous tous.

— Merci. Cette nuit, je dormirai l'âme apaisée.

— Mais vous êtes une belle âme. Et on est tous le con de quelqu'un.

— Berk, le café des gendarmes est vraiment infect.

— À midi, intervient Tréboul, les sandwiches étaient parfaits.

— Et pourquoi ? Rillettes et pâté fermiers, jambon d'Auvergne et fourme de Montbrison, beurre de baratte et super pain de campagne. Retour aux sources, bon Dieu !

— Ne jurez pas. Un catho comme vous, c'est mauvais pour sa santé.

— Vous savez ce qu'il vous dit le catho ?

— Faites pas chier, souffle Chrystèle Mop.

— Lieutenante un peu de respect… Vous avez entendu ? Je m'adresse à vous avec votre grade féminisé.

— J'enregistre, ça progresse.

— Bon… dit Tréboul, quand apparaît le visage du légiste, depuis le CHU de Saint-Étienne.

— Bonjour à tous. Voici les principaux points concernant l'autopsie de Myriam Lantier. Des traces sur son cou montrent que l'agresseur a voulu l'étrangler…

Tréboul coupe le toubib :

— Elle en avait déjà quand on l'a rencontrée dans sa chambre d'hôtel. Elle les cachait sous un foulard. Selon ses dires, elle se les était faites en prenant sa douche.

— Elle a menti. Il y a sur son cou deux séries de traces, faites à plusieurs jours d'intervalle, causées par deux tentatives d'étranglement.

— Quand on lui a parlé, quelqu'un l'avait donc déjà agressée ?

— Oui. Et la nuit où elle a été tuée, elle a subi une seconde attaque qu'elle a dû repousser, ce qui explique l'estafilade sur son cou, causée par une lame d'acier. Au vu de cette plaie, et de toutes les autres, je pense que son agresseur a utilisé un poignard avec des dents de scie. Il lui a ouvert l'abdomen. Je résume. La nuit de sa mort, l'assassin tente d'abord de l'étrangler. Elle se défend, il sort son poignard et tente de la frapper à la tête, sans doute dans l'intention de l'égorger. Elle résiste encore, il devient encore plus violent. Avec son poignard, il la frappe plusieurs fois à l'abdomen, la lame perce la paroi abdominale, et il la charcute. Il lui arrache ses viscères et il les étale sur son corps et sur ses cuisses.

Mop dit :

— Il voulait exprimer sa toute-puissance. Physiquement, il n'est sans doute pas si impressionnant que ça. Il paraîtrait même frêle que ça ne m'étonnerait pas. Ce qui n'enlève rien à sa dangerosité, au contraire, car il doit se sentir frustré par son apparence.

— Il y a eu une graduation dans la violence, dit Tréboul.

— Oui, répond le légiste. Comme la victime résiste, l'agresseur redouble de fureur. Au point de vue musculaire, c'est quelqu'un de puissant, nerveux. Il a ouvert le ventre de cette femme aisément. Or, la paroi abdominale est assez solide et ne se perce pas facilement. Eh bien, là, à mon avis, il lui a suffi d'un seul coup de poignard.

— L'assassin était-il droitier ou gaucher ?

— Impossible de l'établir. Un détail peut avoir de l'importance pour vous. Cette femme a une tache de vin, au bas de la colonne vertébrale, sur le côté droit.

— On aura des photos ?

— Je vous les enverrai avec mon rapport complet. Il y a un autre élément crucial : sa main gauche ! L'absence de ces doigts n'est pas due à une malformation, mais à une amputation.

— Une amputation ?

— Oui. Elle a été amputée. Le majeur, l'annulaire, et l'auriculaire ont été tranchés avec une scie de chirurgien.

Arty s'exclame :

— C'est barbare !

— Les os ont été sectionnés par quelqu'un qui n'en était pas à sa première expérience, c'est pourquoi j'opte pour un chirurgien. Apparemment, cette femme a été amputée sans aucune justification médicale.

— À quand remonte cette « opération » ?

— À une quinzaine d'années.

— Elle devait avoir entre 16 et 18 ans, dit Tréboul. Elle s'appelait encore Myriam Philippe.

Le légiste reprend la parole :

— Je vous ai gardé le meilleur pour la fin. Commandant, vous m'avez décrit la coiffure pour le moins chaotique de cette jeune femme ? Très courte, avec des mèches qui partaient dans tous les sens. C'est bien ça ?

— Oui.

— Sur son crâne, là où ses cheveux étaient moins bien implantés, j'ai découvert les traces d'un outil métallique. De petites meurtrissures. Comme si cet outil avait heurté son crâne. J'ai aussi constaté que quelques touffes de cheveux lui avaient été arrachées. Du coup je crois pouvoir émettre une hypothèse. L'instrument métallique qui a heurté son crâne est celui qui a coupé sa belle chevelure. Ce qui expliquerait ce look surprenant. Et je vous propose une seconde hypothèse. L'instrument qui a servi à couper sa longue chevelure pourrait être le poignard avec lequel elle a été tuée et éventrée.

— Ce serait son meurtrier qui quelques jours auparavant lui aurait coupé les cheveux ? demande Mop.

— Ça, c'est à vous de le prouver. Ah, j'allais oublier. Vos collègues de la Scientifique m'ont chargé d'un message. Ils ont fait sous les ongles de la victime des prélèvements organiques. D'infimes parcelles de peau qui n'appartiennent pas à la victime. Vous devriez recevoir rapidement les résultats d'analyses, et avec eux l'ADN. Et cet ADN sera probablement celui de l'agresseur… Sur ce, je vous souhaite un bon travail. Je n'ose pas vous parler de bon week-end.

Le médecin interrompt la communication et disparaît de l'écran. Tréboul se tourne vers ses équipiers.

— Bon, je résume : selon les hypothèses du légiste, voilà quelques jours Myriam Lantier rencontre un individu. Il tente de l'étrangler, elle se défend, mais elle ne peut l'empêcher de lui couper sa chevelure, en lui arrachant même des touffes de cheveux. Il lui en voulait donc énormément… Quelques jours plus tard, la jeune femme est tuée, éventrée, éviscérée, avec ce qui a servi à lui couper les tifs, à savoir un poignard de chasse à dents de scie…

— Commandant, l'interrompt Krava en fixant l'écran de son ordinateur, on a des nouvelles de la perquisition de l'appart' de Myriam Lantier à Paris. C'est pas piqué des vers. La perquise a eu lieu en fin de matinée… Oh !

— Qu'y a-t-il ?

— Dans un dossier enfoui dans le tiroir d'un bureau sous de la paperasse, ils ont trouvé des courriers des services du Ministère des Affaires sociales la concernant. Sa mère l'a abandonnée à la naissance, mais ne s'était pas opposée à ce que son identité soit révélée à sa fille après sa mort. C'est donc après le décès de sa mère que Myriam a pu se faire communiquer son dossier. Et… Bon sang !

— Accouche, lance Arty.

— Sous ces papiers, il y avait d'autres documents, réunis par un détective privé et relatifs à sa mère biologique. Notamment une carte d'identité au nom d'une dame, accompagné d'un procès-verbal de la gendarmerie de Brest qui atteste que cette carte au nom d'une résidente permanente de l'île d'Ouessant est fausse, comme le nom de famille. La supercherie a été découverte au décès de la dame par les Pompes funèbres qui ont alerté la gendarmerie. Celle-ci a établi que cette dame se nommait en réalité… Devinez.

— On n'a pas le temps, jette Tréboul.

— Cette dame se nommait : Catherine Buisson. Celle que tout le monde croyait disparue, vivait à Ouessant sous une fausse identité.

— Et personne ne nous en a informés !

Martinod glisse :

— La communication merdique entre les services de l'État, ça vous parle ?

— Bref, reprend Krava. La mère de Myriam vivait sous une fausse identité, avec de faux papiers, à Ouessant. Et on reparle de la Bretagne…

Tréboul dit :

— Myriam Lantier était donc la fille de Catherine Buisson, qui a été longtemps la maîtresse de Simon Paluel. Myriam était peut-être la fille de l'industriel. Ça expliquerait pourquoi elle est revenue à Montareilles, et pourquoi elle allait rôder autour de Trébize.

— Le meurtre par empoisonnement, dit Martinod, c'est un truc de femme, non ? Comme Myriam a eu recours à un détective privé, celui-ci a peut-être découvert la liaison passée entre sa mère biologique et Simon Paluel. Notre Parisienne se persuade qu'elle est la fille de l'industriel, elle le fait chanter pour lui soutirer du fric, il refuse de lui en donner, et… ça se tient, non ?

31

Samedi 27 juillet, 14 h 30.
Paris 6e, Rue de Seine.

L'homme est grand, athlétique, il porte un chapeau de toile gris, des lunettes de soleil, un blazer bordeaux sur un polo blanc, un jean bleu marine et des baskets noires.

Il parcourt la rue de Seine de sa démarche nonchalante, les mains dans les poches, mâchant un chewing-gum. Que les passants soient si nombreux semble l'amuser. Il sait pourtant qu'en juillet à Paris les touristes abondent, et puis, ici, c'est Saint-Germain-des-Prés sous un soleil éclatant et un ciel azur. Lorsqu'il croise quelqu'un, ses yeux détaillent un bref instant son visage, sans insister, car même protégé par les verres sombres, le regard parfois se distingue.

En sortant de la station de métro Mabillon, il a hésité. Il n'a pas pu s'empêcher de regarder autour de lui. Qu'on le reconnaisse ici, et dans ce quartier, serait tout de même étonnant. Mais qui sait ? Il suffit d'une fois, d'un type croisé là où il ne fallait pas.

Il est tendu et a fait trois allers-retours rue de Seine, de la rue de Tournon au quai Malaquais. Plus pour vaincre son anxiété que pour vérifier l'absence de connaissances dans les parages. S'il y en avait une, renoncerait-il ? Non. Au point où il en est, il ne peut pas.

Il marche à présent sur le trottoir, côté numéros impairs. Les galeries d'art l'épatent. Une petite minute d'arrêt devant *Les Yeux Fertiles*, une autre devant la galerie *Bacquart*. Il arrive à l'angle de la rue de Buci, devant le *Bar du Marché*. Une table vient de se libérer. Il s'installe. Cinq minutes plus tard, son café bu et payé, il se lève, traverse, oblique vers l'hôtel *La Louisiane*. Ce nom lui dit quelque chose. Ah oui, un romancier réputé y a vécu pendant plus de cinquante ans. Un certain Albert Cossery. Il se souvient de deux de ses titres, *Les fainéants dans la vallée fertile*, et *Mendiants et orgueilleux*. Il ne les a pas lus, il n'a jamais ouvert un roman de sa vie. Mais il avait bien rigolé en lisant cet article. Cet Albert Cossery s'est levé toute sa vie à midi, après il allait prendre un café, le soir il dînait dans un restaurant de Saint-Germain-des-Prés, ou bien il était invité. Et il avait un succès fou avec les femmes. Combien à son tableau de chasse ? Selon lui, plusieurs milliers. Et il est mort à 95 ans. *Chapeau, l'artiste !*

L'homme est jaloux de ce Cossery. Lui n'a guère de succès auprès de la gent féminine. D'après le psy consulté, elles ont peur de sa violence rentrée. *Ça veut dire quoi ? Et pourquoi « rentrée » ? Celles que j'ai matées le méritaient.*

Il remonte la rue de Seine. Son regard accroche le numéro d'un immeuble. Il s'en approche, ouvre un journal. Il a déjà feuilleté trois fois la totalité du quotidien lorsque s'ouvre enfin la porte. Une femme élégante sort, deux jeunes enfants lui tiennent la main. Il attend que le trio s'éloigne et se glisse avant que l'accès se referme.

Devant les boîtes aux lettres, il enfile de fins gants transparents, emprunte les escaliers. Devant l'appartement qu'il cherche, au quatrième étage, une grosse pastille rouge et un ruban adhésif : *Police nationale–Scellé–Ne pas ouvrir*. Il écoute. Aucun bruit de voix ou de pas.

D'un coup de couteau, il tranche le ruban sur quelques centimètres le long du chambranle. Puis il sort son passe-partout et s'affaire, se maudissant de ne pas s'être assez entraîné. Enfin, il se glisse dans l'appartement, ôte son chapeau, le fourre dans une poche de son blazer dont il sort une cagoule, qu'il enfile. Il ajuste une lampe frontale sur sa tête, et l'allume. Un long couloir semble desservir tout l'appartement.

32

Samedi 27 juillet, 15 h 25.
Paris 6e, Rue de Seine.

La porte de l'immeuble ne s'est pas encore refermée que les hommes avalent à grandes enjambées les escaliers jusqu'au quatrième.

Arrivés, l'un d'eux pousse la porte de l'appartement. En vain. Il se recule, et assène un coup de pied dans la serrure. Armes et torches en mains, ils entrent au pas de course en criant. Ils viennent de sentir une présence lorsqu'on les fauche d'un balayage du pied à hauteur des genoux, l'un d'eux s'accroche à un polo qui, dans l'échauffourée, se déchire.

L'individu jaillit dans le hall, une voix féminine l'interpelle :

— Monsieur, vous avez laissé tomber quelque chose.

Il se retourne, un fulgurant coup de poing sur sa gorge l'étouffe et le paralyse, l'autre poing s'écrase sur sa tempe droite, il s'écroule.

33

Samedi 27 juillet, 16 h 30.
Paris 17e, 36 rue du Bastion. Police judiciaire.

— On reprend, dit l'officier. On a du nouveau.

L'homme assis de l'autre côté de son bureau lui jette un regard. Il a remis son chapeau de toile gris. Il a deux pansements à la tête, sur sa tempe et sur sa gorge.

— Avec ce qu'on vient d'apprendre sur toi, j'espère que tu seras plus bavard… Myriam Lantier, née Philippe, assassinée voilà quelques jours dans la Loire, charcutée à coups de poignard. Ça te parle ?

L'homme reste muet.

— Je me répète : l'appart' que tu visitais rue de Seine, et qui était sous scellés, donc interdit à quiconque hormis la police et la justice, était le sien. T'as brisé ces scellés. Tu portais une cagoule et une lampe frontale. Qu'est-ce que tu cherchais ?

Silence.

— On t'a bien soigné, pourtant. Tu pourrais être reconnaissant. Dans le hall de l'immeuble, t'as morflé. J'aurais pas aimé être à ta place. Elle cogne fort, notre jeune lieutenant, non ? Une vraie teigne. Avec elle, vaut mieux être du bon côté. Full-contact, ça s'appelle. Par contre, les coups que tu nous as portés, tu en répondras devant la justice, en plus du reste.

L'homme regarde le sol et reste coi.

— L'appart' que tu visitais dispose d'un équipement sophistiqué de vidéosurveillance installé par sa propriétaire. Après qu'on l'ait tout récemment perquisitionné, on a réorienté le système d'alarme sur notre service. Pour toi, c'est ballot.

L'homme lui jette un coup d'œil rageur.

— Depuis ton interpellation, et ton placement en garde à vue, tu refuses toujours de décliner ton identité. Je te comprends. T'as pas de papiers sur toi, tu peux pas savoir qui tu es, c'est normal. Mais tu nous expliques toujours pas ce que tu faisais dans cet appart', et ce que t'y cherchais.

L'homme relève la tête, il regarde le policier, puis le plafond, et les murs.

— Comme je suis sympa, je vais t'ôter un souci. Tu ignores ton identité, mais nous, depuis peu, on la connaît. Et on connaît aussi quelques-uns de tes antécédents. Ils sont originaux. Quant à tes empreintes digitales, qu'on a aussi relevées, on les a trouvées dans d'autres fichiers.

Le flic lit dans les yeux de l'individu un éclair de panique.

— Oh, tu m'écoutes ? Oui ? Tu me fatigues. Maintenant on va t'expédier en colis urgent à nos collègues de la Loire qui t'attendent de pied ferme. Bon voyage !

34

Dimanche 28 juillet, 14 h 15.
Lyon, Montée de la Grande-Côte.

— On l'a bien réceptionné, confirme Tréboul à son interlocuteur, au téléphone. Il est devant moi. On a terminé la perquise de sa boîte. J'espère qu'on trouvera des éléments intéressants quand on aura craqué ses ordis. On a pratiquement terminé la fouille de son domicile. Je vous tiens au courant. Merci, les Parisiens !

Menotté, blazer froissé, polo déchiré, Christophe Robion a perdu de sa superbe. Fini son air de matamore affiché il y a peu, lorsque Mop et Tréboul lui ont rendu visite chez Total Sécurité. Avachi sur le sofa du salon, il paraît encore plus las qu'à sa sortie de la voiture de police qui le ramenait de Paris à Lyon. Son appartement, au-dessus des locaux de son entreprise, donne sur la Montée de la Grande-Côte. Par les fenêtres ouvertes, on entend un très jazzy solo de saxophone, couvert par intermittence par de joyeux cris d'enfants.

— Heureusement qu'il y a ces gosses, dit Tréboul. Ils nous sauvent la mise. Pour l'avenir, c'est sur eux que je parie, pas sur des guignols comme toi.

L'appartement, un quatre-pièces, est en partie vide, si ce n'est la chambre dotée d'un grand dressing bien garni, et la salle d'eau où s'alignent après-rasages et eaux de toilettes pour homme. Les murs sont nus. Deux pièces sont dépourvues de mobilier. Vu l'absence totale de provisions dans les placards, on ne doit pas préparer beaucoup de repas sur place.

Martinod s'approche de Tréboul et murmure :

— Jusqu'à présent, on n'a rien trouvé. Les placards sont vides. Les plafonds sont en stuc. Impossible d'y dissimuler quoi que ce soit. À moins que Mop dégotte kek'chose.

Il se tourne vers Robion :

— C'est bien ici, que vous habitez ?

Excédé, l'autre hausse les épaules. Tréboul lui demande :

— Hier, vous avez été surpris dans l'appartement de Myriam Lantier. Je vous le redemande : est-ce vous qui l'avez tuée ?

Robion reste mutique.

— Vous aviez décidé de faire un voyage d'agrément dans la capitale, avec dans vos bagages une cagoule et une lampe frontale. Pour visiter Paris, ce genre d'équipement s'impose. Vous allez flâner à Saint-Germain-des-Prés, vous vous baladez rue de Seine, parce que vous êtes très attiré par les galeries d'art. Vous êtes un homme de culture… Et rue de Seine vous vous dites : Tiens, je vais aller visiter un appart', ça me changera un peu. Tout à fait par hasard, vous choisissez celui d'une femme récemment assassinée, dans une commune du Haut-Forez, où vous avez été en relation avec un industriel, Simon Paluel qui, lui, vient d'être empoisonné. Mais comme cet appartement de la rue de Seine est sous scellés, vous les faites sauter, vous enfilez votre cagoule et vous entamez la visite.

— C'est peut-être une activité proposée par l'Office de tourisme, dit Martinod.

Tréboul enchaîne :

— Continuez à nous prendre pour des cons. Vous vivez dans une démocratie. Dans les pays qui n'en sont pas, et il y en a un sacré paquet qui n'en sont pas, comme la Russie, entre autres, vous savez ce que la police fait avec des gens comme vous ? Elle les tabasse, et si c'est nécessaire, elle les fait disparaître.

Chrystèle se tient, dubitative, devant le bureau à six tiroirs placé contre un mur du salon, près d'une fenêtre. Elle l'a déjà fouillé. Elle interroge Robion :

— À quoi vous sert ce bureau, à moitié vide ?

Il hausse les épaules. Elle fixe alors les tiroirs, s'agenouille, les fouille à nouveau. Au fond du meuble, elle donne soudain des coups de poing.

— Ah, tiens, qu'est-ce que c'est que ça ?

Elle se relève, dans la boîte à outils, posée sur la table, elle prend un ciseau à bois, et revient s'accroupir devant le meuble. Elle force le tiroir et en extirpe une planchette.

— Oh oh…

Elle replonge la main, et en extrait un ordinateur.

— Il est à vous ?

— À votre avis.

— Quel plaisir d'entendre à nouveau votre voix ! fait Tréboul. Cet ordi sert à vos activités professionnelles ou privées ?

— Ça dépend.

— Pourquoi le cachiez-vous dans le double fond de ce tiroir ?

— Un ordi, ça se vole…

— Dans les locaux de votre société, en dessous, il y a plusieurs ordinateurs fixes. Vous ne craignez pas de vous les faire voler ?

— C'est différent.

— Ah bon. Dans ce portable, que va-t-on trouver ?

L'autre hausse les épaules. Mop s'assied, et allume l'appareil.

— Il y a un mot de passe. Vous me le donnez ?

Robion, soucieux, semble réfléchir. Puis, faisant la moue, il se gratte la tête.

— Je m'en souviens plus.

35

Dimanche 28 juillet, 17 h 30.
Parc naturel régional Livradois-Forez.

Le soleil s'est caché derrière de gros nuages noirs menaçants. Bien qu'on soit au cœur de l'été, on pourrait se croire en novembre.

Tréboul, hésitant, arrête la voiture au bord de la route, et consulte le GPS. Oui, il est bien sur la bonne départementale. Il redémarre, roule encore sur une cinquantaine de mètres, puis il oriente l'auto vers la gauche, et l'engage sur un chemin goudronné qui monte jusqu'à un pâté de maisons. Il traverse le hameau au pas, derrière un garçon et une fille menant un troupeau de vaches. Après qu'ils aient fait entrer les bêtes dans un bâtiment, il accélère.

Cette expédition l'agace. Revenu de Lyon avec Martinod et Mop, à Montareilles il attendait avec impatience que la PTS pénètre dans les ordinateurs saisis chez Robion et dans sa société, lorsqu'il a reçu un appel. Au téléphone, la voix, qu'il connaissait, était fiévreuse.

Il craint que son interlocuteur ait considérablement exagéré l'importance de sa découverte. Mais ses intonations trahissaient beaucoup plus que de la peur, une véritable panique :

— Ça concerne directement votre enquête. C'est à une demi-heure de Montareilles. Je vous ai envoyé les coordonnées GPS sur votre Smartphone. J'ai tout de suite fait le lien avec un événement que j'ai vécu il y a longtemps et qui m'a marqué. Ce que j'ai à mes pieds est ahurissant, terrifiant. Ça fait froid dans le dos. En un sens, c'est plus grave que tout ce à quoi j'ai eu affaire jusqu'à aujourd'hui. Et, croyez-moi, j'en ai vu. Je ne peux pas vous donner plus de détails au téléphone, vous ne me croiriez pas. Venez, et vite.

Le chemin goudronné se mue en une route forestière. Celle-ci est l'une de celles qui traversent l'immense étendue de résineux de la Forêt domaniale des Calebasses, à plus de 1200 mètres d'altitude, dans le Parc naturel régional Livradois-Forez. Des pluies récentes ont raviné la chaussée de terre, encombrée çà et là de branches cassées par les vents violents.

Tréboul ralentit. Il est parfois obligé de slalomer pour éviter les nids-de-poule causés par les camions et leurs remorques chargées de grumes. Il roule encore sur un kilomètre, puis stoppe, suivant les indications que lui a données son correspondant.

J'ai pas l'habitude des forêts. Mais la nature, finalement, c'est pas mal... se dit-il. Il se le promet : à présent qu'il a quitté Paris, et obtenu un poste en province, il s'obligera à se balader plus souvent. Comme ce récent dimanche matin où, en quittant Saint-Étienne par le sud-est, au bout d'une demi-heure, il est entré dans le massif du Pilat. Une longue marche entre prairies et forêts a calmé l'angoisse qui le tenaille depuis si longtemps. *Depuis que... elle est partie... Jamais plus, je n'en rencontrerai une autre comme elle*. Cette angoisse qu'il s'évertue à dissimuler aux autres, il la combat à sa manière. Comme il peut. *Pour un officier de police, l'angoisse, c'est mauvais*.

Il scrute la forêt. Le jour y pénètre mal, comme dans toutes les étendues de pins Douglas. Il aperçoit enfin une silhouette, puis distingue une main qui lui fait signe. *Pourquoi ne s'avance-t-il pas vers moi ?*

Il enjambe le fossé, et entre dans le bois. Après l'appel téléphonique, il s'est précipité à son hôtel, a enfilé à la volée un sweat-shirt, un blouson de toile, un jean et des baskets. *Si Martinod me voyait, il serait capable de me demander si sans chemise à jabot ni costume je vais pas tomber malade.*

Tréboul reconnaît maintenant le grand échalas, qui le hèle :

— Ici !

Le légiste est nerveux, il grimace. Un tic lui fait cligner de l'œil gauche. Son survêtement moulant gris accentue sa maigreur. Il a de grosses chaussures de marche, et un petit sac à dos posé près de lui.

Tréboul fait encore quelques pas. Il ne voit pas ce qui peut motiver l'inquiétude du toubib. Il s'avance, puis s'arrête, stupéfait.

Allongé dans des aiguilles de pins et des pousses de fougères, gît un animal. Le pelage brun, des taches blanches sur le dos et la croupe. La bête semble dormir, mais sa gueule est démesurément ouverte, et son museau, éclaboussé de rouge, baigne dans une mare de sang caillé.

Tréboul proteste :

— Vous me dérangez pour un cerf mort ? J'ai autre chose à…

Le médecin l'interrompt :

— C'est pas un petit cerf, mais un faon de chevreuil. Il doit avoir un mois et demi.

— Chevreuil ou cerf, quel que soit son âge, que voulez-vous que ça me foute ? En quoi ça concerne notre enquête ?

— Ne vous énervez pas. Je vous ai demandé de venir pour vous montrer certaines choses très importantes, mais aussi pour vous fournir une information que je n'ai à ce jour jamais donnée à personne. J'ai eu tort, je le reconnais et je le regrette. Et ce que je vais vous montrer, et vous annoncer, concerne au plus haut point votre enquête.

Le légiste retourne l'animal. Sur sa gorge, les poils bruns ont été presque entièrement arrachés. Parsemant la terre, des touffes de poils se mêlent au sang qui commence à noircir. La gorge est déchirée et ouverte sur une quinzaine de centimètres.

— Cette bête est morte la nuit dernière vers 2 heures ou 3 heures du matin. Ensuite, et je suis formel, il a été égorgé avec un poignard de chasse.

— Et alors ? C'est l'œuvre d'un braconnier. En quoi ça nous concerne ?

— Observez bien.

— C'est ce que je fais. Ce faon a été tué par un braconnier qui ne l'a pas emporté. Il a dû être surpris par quelqu'un, et il s'est enfui, voilà tout.

— À cette heure, c'est improbable. Ici, la nuit, il n'y a personne.

Tréboul insiste :

— Je me souviens d'un groupe de chasseurs en Île-de-France qui patrouillaient la nuit dans des bois connus pour être fréquentés par des braconniers. Ils en avaient surpris plusieurs, et ils les avaient méchamment dérouillés. C'est sûrement ce qui s'est produit…

— Les chasseurs auraient abandonné sur place ce gibier ? Impossible. Comprenez-moi bien. Si j'ai tenu à ce que vous veniez et que vous constatiez par vous-même, ce n'est pas pour vous montrer un chevreuil égorgé.

Le légiste prend Tréboul par le bras.

— Écoutez-moi.

Il regarde autour d'eux, comme s'il avait peur d'être surveillé, ou surpris, ou qu'on l'entende. Puis il fixe le commandant.

— Comme je vous l'ai dit, cet animal a été égorgé avec un couteau de chasse, mais pas n'importe lequel. La plaie sur sa gorge et ces déchirures sont typiques d'un poignard de chasse avec dents de scie.

Tréboul a une moue d'étonnement.

— Un poignard de chasse avec dents de scie ?

— Oui.

— Avec le même genre de poignard que pour le meurtre de Myriam Lantier ?

— Oui. Mais je veux vous parler aussi d'autre chose. Je suis arrivé ici en milieu de matinée. Je viens souvent me balader seul dans cette forêt. Depuis toujours. Auparavant, ce matin, chez moi à Montareilles, j'avais retrouvé des notes manuscrites concernant l'autopsie de Fernand Buisson que j'ai pratiquée voilà trente-trois ans. Ces notes, je ne les ai pas évoquées quand vous m'avez rendu visite avec votre collègue. J'ai pas osé. À l'époque où j'ai autopsié Buisson, j'étais timide, timoré.

— Et ?

— Je pensais que c'était un détail sans intérêt. Je n'en avais pas fait état dans mon rapport d'autopsie.

Aujourd'hui, je le regrette. Si j'avais su… Vous allez croire que je suis cinglé.

— Non. Mais quel rapport entre les notes sur l'autopsie de Fernand Buisson et ce chevreuil égorgé ?

— J'y viens. Buisson a été découvert mort dans son lit. Vous vous souvenez ?

— Oui.

— Je vous raconte. Les gendarmes m'appellent. Je me précipite à Trébize. Les pompiers étaient déjà là. Je constate le décès, et j'observe le cadavre. Fernand Buisson porte son pyjama, avec la manche de son bras droit relevée. J'ai eu l'impression… Je me suis dit : *C'est pas possible, ça n'a rien à voir avec le décès*.

— Qu'y avait-il ?

— On emporte le corps. Je l'autopsie à la demande du procureur, et… J'étais tout jeune médecin légiste et…

— Et alors ?

— Dans le gras du bras, entre le poignet et le coude, j'avais vu les traces d'une morsure. Fernand Buisson avait été mordu sauvagement. Et à cet endroit, il manquait un morceau de chair. Ce bout de chair avait été coupé net. Et, j'en étais certain, coupé d'un coup de dent très puissant. Et post-mortem. Quelle bête avait pu le mordre aussi sauvagement ? Un chien ? Un chat ? Je n'imaginais pas du tout le chien ou le chat des Buisson arracher un morceau du cadavre de son maître, et le manger. Et puis je réalise : les Buisson n'ont pas de chien. La Catoune en a horreur. J'ai su plus tard qu'ils étaient les seuls paysans des environs à ne pas en avoir. Et j'apprends qu'ils n'ont pas non plus de chat. De toute façon, cette éventualité me paraissait totalement abracadabrante.

— Où voulez-vous en venir ?

— Ils n'avaient ni chien ni chat. Alors, un chien errant qui se serait introduit dans la maison, et dans la chambre, après son décès… ? Un rat ? Pourquoi pas un rat, un rat de granges. Vous me suivez ?

— J'ai du mal, je l'avoue.

— Le proc était pressé, reprend le légiste, s'il avait pu il m'aurait demandé le rapport d'autopsie pour la veille du décès… Dans mon rapport, ce fut une erreur de ma part, je n'ai pas relaté cette trace de morsure. Mais j'ai fait des photos. Je les ai retrouvées le lendemain de votre visite. Et ce matin je viens me balader ici. Je découvre ce faon égorgé. Je me penche sur lui. J'ai une excellente mémoire visuelle. Je suis stupéfait. Je me dis : C'est incroyable ! Je retourne en vitesse chez moi, je ressors les photos de la morsure constatée voilà trente-trois ans sur le corps de Buisson, et je reviens ici avec mon appareil photo numérique. À présent, regardez.

Le légiste désigne de l'index quelques centimètres du cadavre du faon situés sous son oreille gauche.

— Qu'est-ce que vous voyez ?

— Les poils ont été arrachés, comme ceux de sa gorge.

— Raison pour laquelle il y a plusieurs touffes de poils bruns dans la terre. Mais regardez de plus près. Vous voyez ces marques ?

— Oui.

— Je suis formel, ce sont des marques de dents. Ce petit faon a été mordu. Et il a été mordu très sauvagement. Et ici, que voyez-vous ?

— Il y a un gros trou dans la chair… Il manque un bout de chair ?

— Il manque un gros bout de chair. Et comme il n'est nulle part ailleurs autour de l'animal – j'ai cherché, je n'ai rien trouvé – on peut imaginer que ce bout de chair a été mangé… Donc, poursuit le légiste, on lui arrache des touffes de poils, comme on l'a fait sur sa gorge, ensuite on le mord très brutalement, on lui arrache un morceau de chair, et ce morceau de chair on le mange.

— C'est sûrement l'œuvre d'un chien.

— Observez bien la trace de la morsure sur l'animal. J'en ai fait des photos. C'est plus précis. Regardez-les.

Le légiste les montre sur l'écran de son appareil numérique. Puis il sort de son sac à dos une liasse de clichés.

— Observez attentivement les photos sur papier et les photos numériques, et comparez-les.

Tréboul se concentre.

— Les traces de morsure paraissent identiques !

— Exact.

— C'est ahurissant !

— Je ne vous le fais pas dire.

— C'est donc le même genre d'animal qui a laissé des traces identiques de morsure sur le corps de Buisson il y a plus de trente ans et cette nuit sur ce cadavre ? Morsures qui dans les deux cas ont entraîné l'arrachage d'un morceau de chair ?

— Non, dit le légiste.

— Je ne comprends plus.

— Je suis certain d'avoir raison. Mais je vais faire un rapport à la juge d'instruction, et je lui conseillerai de commander une expertise à un laboratoire spécialisé en odontologie. Aujourd'hui, avec l'expérience professionnelle qui est la mienne, je suis prêt à parier très gros que ces morsures, constatées sur le faon ce matin et sur Fernand Buisson voilà trente-trois ans, n'ont pas été faites par un animal.

— Comment ? s'exclame Tréboul. Vous êtes certain que ces morsures n'ont pas été faites par un animal ?

— Je suis formel.

36

Dimanche 28 juillet, 20 h 15.
CHU de Saint-Étienne, service de médecine légale.

Dans la salle d'autopsie, un air gelé cogne les parois de la salle, il tourne autour du légiste, il l'enserre. Il comprime son thorax, il l'empêche de respirer, lui presse la nuque, pénètre son crâne, et gronde entre ses tempes. Derrière son masque, le toubib garde la bouche soigneusement fermée. Il réajuste sa blouse, sa charlotte, et ses gants en latex. S'il ne resserre pas en permanence sa tenue de travail, s'il ne maintient pas sa bouche fermée, l'air glacial ne restera pas dans son crâne, il l'envahira tout entier, et le détruira. C'est la première fois qu'il ressent le souffle de la mort.

Comment aurait-il pu l'imaginer ? Mais c'était probablement écrit dans la forêt. Cela devait se passer ainsi. Et maintenant, qu'arrivera-t-il ? Depuis qu'il a découvert le chevreuil, et qu'il a compris – oui, il a compris ! – il a peur.

Il s'est assuré qu'il sera bien seul ici ce soir, qu'il n'y aura aucun technicien. Il ne voudrait surtout pas montrer ce qu'il ressent, et qui le paralyse presque. Sa peur de la mort.

Sans informer quiconque, il est revenu pour étudier à nouveau le corps de cette femme, encore sous main de justice. Il ne l'a pas signalé au commandant Tréboul. La juge ne le saura pas.

La dépouille de Myriam Lantier est devant lui. Il scrute les incisions qui ont été suturées. Il se concentre sur l'apparence des chairs, sur la texture de la peau. C'est bien ce qu'il espérait. Lors de l'examen externe, il n'a rien oublié. Rien. À présent, il se remémore l'examen des viscères. Il se revoit examiner le cœur, les reins. Puis le pancréas et les intestins… Les intestins que l'assassin avait sortis de l'abdomen, et étalés sur les cuisses en une débauche de sang.

Il repense à sa première vision du corps charcuté, il avait dû quitter précipitamment la salle d'autopsie pour vomir, avec la sensation de se vider de ses propres intestins.

Il se souvient aussi des nombreuses photos qu'il avait faites mais qu'il avait à peine regardées. Comme il pensait avoir correctement examiné ces viscères, cela ne lui avait pas semblé nécessaire. Et puis cet instant qui lui revient soudain en mémoire : au moment où il allait examiner le foie, une nouvelle et furieuse envie de vomir l'avait saisi. Il était passé directement à l'examen du cœur. En omettant d'examiner le foie.

À présent, le foie ne peut plus être examiné. Comme tous les viscères après l'autopsie, il a été replacé à l'intérieur du corps. Mais il reste les photos numériques qu'il fait défiler.

Pendant quelques secondes, il chancelle. Oh oui, c'est net… Il manque un petit morceau de foie. Et, au-dessus et au-dessous du trou dans la chair, des marques de dents !

Non content d'ouvrir à coups de poignard le ventre de la jeune femme, l'assassin, après lui avoir ôté les intestins et les avoir étalés sur ses cuisses, lui a arraché un morceau de foie.

Le légiste transpire. Il reprend son appareil, cherche les photos du chevreuil égorgé dans la Forêt des Calebasses, puis étudie les clichés du corps de la jeune femme. Malgré la fraîcheur régnant dans la salle, son crâne, sa nuque, son dos, ses aisselles ruissellent.

Oui, il en est certain. Les marques sur le foie de Myriam Lantier et celles sur le cadavre du petit chevreuil sont identiques. Et elles correspondent en tout point aux traces relevées sur le cadavre de Fernand Buisson, voilà trente-trois ans.

Que toutes ces marques de dents aient été laissées par la même denture, un laboratoire d'odontologie pourra l'établir sans problème. Mais ce qui le terrifie, c'est ce qu'établira à coup sûr le laboratoire en ce qui concerne l'auteur de ces coups de dent…

37

Lundi 29 juillet, 10 heures.

Lyon 8e, Direction territoriale de la Police judiciaire.

Myriam Lantier, ex-Myriam Philippe, Brest... Adel Benoite, Brest... Simon Paluel, industriel, Loire, empoisonné... C'est quoi, ce cirque ?

Dans son bureau, le capitaine Dupuis est perplexe : ses collègues de Saint-Étienne viennent de lever un gros, un très gros lièvre.

Ce matin, il a adressé un mail à l'un des policiers, toujours en poste à Brest, qui a participé avec lui il y a quatorze ans à l'enquête sur la bande de voleurs de voitures à laquelle appartenait la jeune Myriam Philippe.

Le breton le rappelle, il a retrouvé le dossier d'enquête :

— Myriam Philippe, de 16 à 18 ans, a travaillé comme employée de maison chez les Kerballec au château de Kéravas, à Bornadac, dans le Morbihan. Cette famille d'industriels est très connue en Bretagne. Leur business : les hautes technologies. À une époque, et bien que la boîte ait réalisé d'énormes bénéfices, le patriarche a délocalisé une partie de sa boîte en Roumanie. L'âge venant, il a vendu sa boîte à des Chinois, mais il est encore administrateur de plusieurs sociétés. Quant à son épouse, elle souffrait depuis toujours d'une grave dépression nerveuse, et elle s'est suicidée voilà cinq ans. Ils ont une fille unique, elle est installée dans la Loire, et elle est mariée avec un industriel.

— Le nom de cet industriel ?

— Paluel. Simon Paluel.

— Tiens donc… Et le prénom de la fille Kerballec ?

— Chantal.

38

Lundi 29 juillet, 10 heures.
Bourg de Montareilles, Haut-Forez.

Lorsque Tréboul et Martinod entrent dans son bureau, Lætitia Lugano, qui remplace Simon Paluel à la tête d'Industic, a le visage fermé.

Grande, mince, une longue robe noire ras-du-cou la moule étroitement. Des cheveux noirs raides encadrent un visage fin aux lèvres pulpeuses délicatement rehaussées de rose. Elle ressemble à Elizabeth Taylor dans *Cléopâtre*, le regard glacial en plus.

Elle leur fait signe de s'asseoir puis lance, hautaine :

— Un instant, je vous prie.

Elle quitte la pièce dans des claquements de talons, disséminant des effluves capiteuses. Martinod chuchote :

— Elle a beau sentir bon, avec ce genre de femme on ne doit pas pouvoir bouger une oreille.

Tréboul murmure :

— Vous savez bouger vos oreilles, vous ? Vous devriez faire du cirque.

— Chut, y a peut-être des micros.

— Très belle, non ?

— J'approche de la retraite, et depuis trente-cinq ans je ne me suis jamais intéressé à une autre femme que ma Justine.

— Pas le moindre désir pour une autre ?

— Jamais.

— Pas le plus petit regard pour…

— Pour certaines jeunesses de plus en plus déshabillées ? Si. Mais parce que je me demande toujours quand est-ce qu'elles vont carrément montrer leur cul.

— C'est votre religion catholique qui vous dicte ça ?

— Vous êtes original avec vos chemises à jabot, mais guère dans vos réflexions.

— Ne vous vexez pas, Capitaine, je réalisais simplement que je travaille avec un héros des temps modernes.

Lætitia Lugano revient un Code pénal à la main. Elle le jette sur sa table de travail, le titre bien à la vue de ses visiteurs, se laisse tomber sur son siège, et soupire. Les yeux baissés, étudiant ses ongles longs et rouges :

— Que me voulez-vous ?

— Faire connaissance avec la nouvelle PDG d'Industic, répond Tréboul, et lui poser quelques questions. À titre de témoin. Nous enquêtons sur le décès de Simon Paluel, votre prédécesseur.

— Est-ce vraiment utile ?

— Tout laisse penser qu'il s'agit d'un homicide par empoisonnement.

— C'est ce que j'ai lu dans la presse. Il m'arrive de la lire, quand j'ai du temps à perdre. Les journalistes exagèrent tellement, surtout lorsqu'il s'agit de dénigrer ceux qui tiennent l'économie et le pays à bout de bras.

Martinod demande :
— L'homicide, vous n'y croyez pas ?
Elle lève les yeux.
— Je ne suis ni policier ni magistrat. J'ai beaucoup de travail, et je n'ai pas à croire ou à ne pas croire. Je ne suis pas fonctionnaire, mon temps est précieux, et compté.
— Le nôtre, Madame, dit Tréboul, est tout aussi précieux et tout aussi compté, d'autant plus lorsque nous enquêtons sur un assassinat. Et je n'apprécie pas qu'on nous le fasse perdre.
Elle le regarde, le sourcil levé. Il reprend :
— Vous avez donc été nommée PDG d'Industic, samedi.
— Oui.
— Auparavant, vous étiez le numéro deux de la société.
— C'est exact. J'étais directrice générale adjointe. Pour gagner du temps, je vous précise que j'ai quarante ans, je suis diplômée de l'École Centrale, de HEC, et de la Harvard Business School.
— C'est une école, ça ? s'enquiert Martinod.
Elle le fixe quelques secondes, et d'une voix autoritaire :
— Monsieur, dans mon métier, on doit se spécialiser dans l'économie, l'entrepreneuriat, la gestion des entreprises, la rationalisation de l'activité, des investissements et des personnels, le management industriel, les techniques de commercialisation et le commerce international, et avoir des notions dans le droit des affaires. Cela requiert donc une formation pluridisciplinaire. On n'entre donc pas dans mon métier en réussissant un concours organisé par un

obscur ministère, et on n'y progresse pas en prenant automatiquement un échelon tous les cinq ans.

— Nous par exemple, rétorque Martinod, on entre dans notre métier en empêchant des salopards de battre à mort leur femme, et en la protégeant ainsi que ses gamins, en passant des journées et des nuits planqué dans une bagnole à surveiller des dealers qui empoisonnent la jeunesse et la population. Et parmi nous, il y a aussi ceux qui entrent dans le métier pour assurer la sécurité de la population, et sont régulièrement insultés par des voyous ou visés par des projectiles ou des explosifs. Alors qu'ils sont là pour faire respecter les lois de la République. Et c'est pas une fois tous les cinq ans, mais régulièrement. Et quand ils quittent le métier ils n'ont pas de retraite-chapeau assortie de stock-options.

Le capitaine, après sa longue tirade, peine à reprendre son souffle. La PDG a blêmi, avant d'étudier avec application le stylo qu'elle a dans les mains. Le policier poursuit :

— Quant à moi, je suis entré dans la police comme gardien de la paix, j'ai repris des études, j'ai beaucoup bossé, et je suis devenu officier. J'ai pas eu le temps de faire la *Harvard business je ne sais quoi*, j'avais trop de boulot pour arrêter les voyous en tous genres. J'ai même coffré des voyous en cols blancs. Vous voyez de quoi je parle ?

L'industrielle relève la tête, et propose, d'une voix mielleuse :

— Un café ?

Il répond sèchement :

— Sucré.

— Non, merci, fait Tréboul.

Elle presse un bouton devant elle :

— Martine… ? Vous êtes là, Martine… ? C'est pénible… Excusez-moi.

Elle se lève et quitte la pièce. Martinod murmure :

— Commençait à me faire chier, cette merdeuse.

— Ah bon ? Comme c'est étonnant… Je vous voyais frémir, j'ai cru que vous commenciez à tomber amoureux.

— Vous pourriez, vous ?

— Je parle de vous, et de votre éventuelle découverte d'un univers féminin inconnu.

— Vous connaissez l'univers de ma Justine ? Il vaut les autres.

— Je n'en doute pas… Remarquez, qu'une merdeuse vous fasse chier, ça reste dans le même domaine.

— Servez-vous, je vous en prie, dit la PDG en se rasseyant.

Martinod remplit sa tasse, Tréboul dit :

— Nous souhaiterions en savoir un peu plus sur le produit électronique révolutionnaire dont Paluel était si fier. Ce brevet intéresse beaucoup de monde, et notamment l'industrie de l'armement. Industic a-t-elle reçu des propositions pour exploiter cette invention, y a-t-il eu des demandes de licences de fabrication, et des refus de la part de votre société ?

Elle balance la tête, et soupire.

— Ceci, cher Monsieur, relève du secret professionnel.

— Madame, je vous rappelle que notre présence ici relève d'une enquête criminelle. Il y a eu mort d'homme.

D'une voix discrète, la PDG répond enfin :

— Nous avons bien entendu des contacts. Mais je ne peux pas vous en dire plus. Je suis sûr que vous me comprenez. D'ailleurs, l'essentiel de ces contacts a été géré en direct par monsieur Paluel.

— On peut imaginer que le meurtre de votre prédécesseur est l'œuvre d'un client potentiel éconduit.

— Éconduit… répète-t-elle, songeuse.

Elle échappe un rire bref, avant de reprendre :

— Vous savez, les affaires ont peu de choses à voir avec l'amour.

— Avez-vous participé à ce projet ?

— Aucunement. Monsieur Paluel était un homme très secret, et jusqu'à ce qu'il l'ait finalisée, il ne m'en a jamais vraiment parlé. Tout au plus me confiait-il de temps en temps qu'il était près d'aboutir, et que l'entreprise pourrait désormais se positionner sur des secteurs porteurs d'avenir.

— Lesquels ?

— Cela ne sortira pas de cette pièce ?

— Bien sûr que non.

— Est-ce que ce sera consigné dans un procès-verbal ?

— Absolument pas.

— Vous me garantissez la confidentialité de ma réponse ?

— Évidemment.

Les yeux baissés, elle prend une profonde respiration, puis, regardant tour à tour les deux flics, d'une voix pincée :

— Vous êtes familiers des termes techniques ?

— Ça dépend, répond Tréboul.

Elle se concentre sur ses mains jointes, puis elle lève les yeux sur lui.

— Non, finalement, il est tout à fait prématuré d'en parler.

Tréboul change de sujet :

— Votre prédécesseur avait l'intention de confier la sécurité de votre entreprise à Total Sécurité, une société dirigée par Christophe Robion. Avez-vous l'intention de finaliser ce projet ?

— Je suis obligée de répondre ?

— Non.

— Si vous le voulez bien, nous en resterons là. Bien entendu, si vous avez d'autres questions à me poser par la suite, vous pouvez toujours me joindre, par mon adresse électronique, de préférence. Voici ma carte.

39

Lundi 29 juillet, 10 heures.
Bourg de Montareilles, Haut-Forez.

Arty et Krava, les inséparables lieutenants, sont seuls à la gendarmerie. Krava raccroche le téléphone.

— Intéressant, ça.

Il ouvre un fichier dans son ordinateur, et y retranscrit ce qu'il vient de glaner. Il rédige ensuite une note sur une fiche.

Arty pianote sur son PC.

— On a reçu quelque chose de la Scientifique.

Son collègue se dirige vers le tableau, il y fixe sa note.

— Regarde ça.

— Tu aurais dû écrire plus gros. Je ne vois pas d'ici. Je t'ai entendu évoquer la Russie.

— Un de mes potes travaille à la Chambre de commerce Franco-Russe à Moscou. Je l'ai appelé.

— Et ? Tu peux me lire ce que tu as écrit sur le tableau ?

— Ah oui. Il n'a jamais entendu parler de Paluel mais quand je lui ai parlé de Lætitia Lugano, il a tout de suite percuté. Il l'a rencontrée plusieurs fois dans des réunions professionnelles. Il se souvient très bien d'elle. Canon, qu'il m'a dit. On ne peut pas l'oublier. Tréboul devait la rencontrer ce matin. Quand il rentrera, je lui rapporterai la description que m'en a faite mon pote. En affaires, c'est une tueuse.

— Tu vas enfin me dire ce que tu as affiché sur le tableau ?

— Lætitia Lugano, ex-n°2 d'Industic, nouvelle PDG en remplacement de Paluel. Cinq ans à Moscou, elle dirigeait le service Recherche et Développement d'une société d'électronique dont le principal client était l'armée russe. Elle recrutait à tour de bras ingénieurs et techniciens spécialisés dans l'intelligence artificielle.

— Et toi, de ton côté, du nouveau ?

— La Scientifique a réussi à cracker les ordis de Robion. On y a trouvé des mails échangés entre lui et Paluel, et aussi un doc provenant d'un laboratoire génétique suisse. Il s'agit des résultats d'une comparaison de tests ADN. Robion a fait comparer son ADN avec celui de l'industriel. La conclusion du labo est sans appel : Robion est le fils de Paluel !

40

Lundi 29 juillet, 11 h 15.
Bourg de Montareilles.

De la baie vitrée de son bureau, elle observe les officiers de police traverser le parking. Après leur départ, elle a allumé un Partagas. Elle le tète avec application. Elle attend que la Mégane, au bout de la ligne droite, quitte la zone industrielle et disparaisse au détour de la route. Elle se rend alors dans le bureau mitoyen et annonce à sa secrétaire :

— J'ai rendez-vous à Clermont-Ferrand. Je ne rentrerai pas avant 16 heures.

— Bien Madame.

— Où était Martine tout à l'heure ? J'avais besoin d'elle pour des cafés, et elle n'a pas répondu. Elle n'est plus au secrétariat ?

— Si, mais elle n'a pas pu venir ce matin. Son fils a eu un gros accident de santé.

— Encore ?

— À 6 heures, il avait sept de tension. Elle a appelé son médecin, il ne pouvait pas se déplacer. Heureusement que le SAMU a pu intervenir. Elle a dû accompagner son fiston à l'hôpital.

— On ne peut guère compter sur elle.

— Mais son fils allait très mal… Et son mari l'a plaquée au tout début de la maladie de son fils, et depuis le divorce, il lui a jamais payé la pension alimentaire.

— C'est bien ce que je dis, on ne peut pas compter sur elle. Vous direz au chef du personnel de venir dans mon bureau en fin d'après-midi.
— Bien Madame.
— Quand se termine le CDD de Martine ?
— Dans un mois.
— Un mois de trop.

Trench en cuir chocolat, carnassière Cartier en bandoulière, Lætitia Lugano descend dans le hall d'entrée par le grand escalier central. Le claquement de ses stilettos résonne. Elle a le regard fixé sur la marche suivante, mais elle ne la voit pas vraiment. Elle n'a même pas conscience de descendre aussi lentement. Elle pense à son rendez-vous. *Est-ce que je peux lui faire confiance ?*

De gros nuages noirs plombent le ciel. Une brise s'est levée, qui sent la pierre froide. Elle maugrée et noue la ceinture de son manteau en la serrant au maximum. À petits pas elle gagne son emplacement réservé. Elle est très satisfaite du cabriolet Audi A5, négocié comme prime d'arrivée au poste de PDG. *Là, personne ne peut dire : Puissante auto, petite bite.* Elle réprime un rire et caresse amoureusement la capote. *Et la capote en alpaga Sonnenland, je l'ai eue.*

Elle entre dans l'habitacle, s'assoit, inspire longuement l'odeur forte du cuir, quitte ses escarpins et chausse des mocassins de conduite. Elle s'observe dans le miroir intérieur, faisant aller et venir le bout de son index sur ses lèvres. Elle enclenche la première, écrase l'accélérateur, passe la seconde, fait rugir les 265 chevaux, évite de justesse le camion qui se dirige vers les ateliers.

Il faut que je me calme. Je dois absolument me calmer, et faire comme si.

Au sortir de Montareilles en direction d'Usson-en-Forez, le compteur de l'Audi affiche 123 km/h. Une ligne droite, elle accélère encore. À une centaine de mètres derrière elle, un 4x4 vert olive peine à suivre et perd du terrain. Le chauffeur porte des lunettes de soleil et une casquette en jean à longue visière, bien inutiles par ce temps. Au sortir d'un virage sous un pont, il ne voit plus l'Audi. L'apercevant *in extremis* sur un chemin goudronné qui prend à droite, il la laisse s'éloigner, avant de s'y engager.

La conductrice ne cesse de râler. Elle vient de porter sa main gauche à sa bouche, ses dents se sont resserrées sur l'ongle de son pouce, puis elle s'est ressaisie. L'étroitesse du chemin l'oblige à diminuer sa vitesse. Et voilà soudain qu'un tracteur vert et jaune cahote à vingt mètres devant. Elle est forcée de ralentir.

Elle klaxonne. Le tracteur continue, à son rythme. Elle klaxonne encore. *Gare-toi sur le côté, merde !*

Avant un virage, l'homme qui conduit le tracteur se retourne. Un coup de volant, et sans aucune visibilité, elle le double, puis se rabat devant lui. Le 4x4 reste prudemment derrière l'engin agricole. Son conducteur aperçoit le cabriolet s'éloigner sur un chemin transversal. Il patiente, et à l'entrée de la voie empruntée par l'Audi, accélère, avant de freiner en catastrophe à dix mètres d'un plan d'eau. Quelques secondes de plus, il finissait sa course dans la mare.

Le cabriolet est arrêté devant un portail en fer forgé, les battants s'ouvrent. Derrière, un grand jardin très ordonné de pelouses, de massifs de fleurs et d'arbres d'ornement, entourant une belle maison de maître en pierres de taille dotée d'une petite tour, et restaurée avec goût.

Le cabriolet avance sur le chemin de graviers jusqu'à la maison.

Le conducteur du tout-terrain s'est garé le long d'un sentier, derrière trois gros tilleuls. Il en descend, ferme sans bruit sa portière. Sous le ciel gris, il rajuste ses lunettes de soleil, et enfonce sur son crâne sa casquette en jean à longue visière. Il passe une main sous son blouson, vérifie la présence de son 9 mm dans sa ceinture holster. Restant au plus près de l'épaisse haie marquant les limites de la propriété, il commence à en faire le tour. Rapidement, il découvre une trouée. Il s'accroupit, s'y faufile, et pénètre, à quatre pattes, dans le jardin.

Soudain des cris. Ils viennent de la maison. Il se jette à plat ventre.

La PDG d'Industic a déposé son trousseau de clés dans une poterie, et s'est avancée à pas comptés vers le salon. Elle tend l'oreille, son visage s'éclaire d'un sourire, elle lance :

— Tu es là ?

Elle virevolte, répète plus fort d'une voix plus aiguë :

— Tu es là ?

— Nooon !

Au seuil du salon, un visage d'ange. Une jeune fille à la chevelure blonde comme les blés, en cascade sur ses épaules, sanglée dans un tablier à fleurs, les pieds nus, toise la femme :

— Ah non, c'est pas vrai, je t'attendais pas si tôt, c'est pas prêt. Fous le camp !

— Quoi ?

— Fous le camp ! C'est pas prêt. Barre-toi ! Barre-toi !

— Allez, dis-moi : Quoi ?

— Mais dégage, je te dis ! Dégage !

— Allez… Quoi ?

La jeune fille minaude en se dandinant, elle baisse les yeux, elle glousse, et :

— Foie gras du Périgord confit dans sa graisse, pain feuilleté tressé.

— C'est tout ?

La jeune fille penche la tête sur un côté, esquisse un pas de danse, écarte les bras, et dans une révérence :

— Caviar osciètre, avec sa garniture surprise.

— C'est tout ?

— Oh… non… Champagne Armand de Brignac, Brut Gold.

— Et ?

— Il y a le reste, un petit peu de restes, je te l'avais promis, tu le mérites, t'es une battante.

— Tu as pu t'en procurer ?

— Mais oui… Mais cette fois, tu iras mollo, tu m'entends ? Mollo-mollo.

— Comment tu as pu en trouver ? Par qui ?

— Occupe-toi de ton cul.

— Je t'interdis de me parler comme ça !

La jeune fille ricane :

— Tu m'interdis ? Toi, tu m'interdis ? Manquerait plus que ça, dit-elle en éclatant de rire.

Lugano se renfrogne, recule, et fait volte-face. Puis elle se retourne, elle s'avance de nouveau vers la jeune fille, elle l'examine de pied en cap, et, le visage soudain dur, elle demande sèchement :

— Tu leur as parlé de moi ?

— Parlé de toi ? Mais à qui ?

— Tu m'as dit qu'ils t'ont gardée plusieurs heures.

— Ah, ces tarés de keufs.

— Tu es obligée de t'exprimer comme ça ?

— Gnagnani, gnagnana, gnagnani, gnagnana…

— Tu leur as parlé de moi ?

— Non. Pourquoi je leur aurais parlé de toi ?

— Aujourd'hui, tu travailles pas, c'est bien ça ?

— Oui. Dame Connasse n'a pas besoin de moi aujourd'hui.

— Dame Connasse ?

La jeune fille ricane :

— L'épouse du Seigneur.

— Ne te moque pas de mon prédécesseur. Laisse les morts en paix. Surtout lui.

— Lui, t'es bien contente qu'il soit clamsé, hein ? C'est chouette. Ça s'arrose, c'est bien comme ça que vous dîtes ? Oui, ça s'arrose. Champagne !

— Ne parle pas comme ça !

— Je parle comme je veux, et je t'emmerde.

— Je ne te permets pas de…

— De quoi ?

— Ça ne me plaît pas que tu parles comme ça. Tu parles comme ça à tout le monde ?

— Occupe-toi de ton cul.

— Je t'interdis de…

La jeune fille pouffe :

— Tu veux encore m'interdire ? Et m'interdire quoi ? De parler de ton cul ? Tu l'aimes pas, ton cul ?

Moi, je sais que tu l'aimes. T'en prends sacrément soin, en tout cas.

— Garce !

— Toi aussi t'as vu les keufs ?

— Tu es libre toute la journée ?

— Tu veux pas me répondre. T'as vu les keufs ?

— Tu es libre toute la journée ?

— Comment on dit, déjà ? Ah oui. Impayable. T'es impayable. Alors oui, je suis libre toute cette journée.

— Ils le savent que tu es Russe ?

— Qui ? Chez Dame Connasse ?

— Non, la police.

— Oui, oui, ils savent, et ils m'ont demandé ma carte de séjour.

L'industrielle se rapproche un peu plus de la blonde, la mine soupçonneuse :

— Il y a une chose qui me turlupine.

La Russe ricane :

— Turlupine ? Je connaissais pas ce mot. Ça veut dire quoi ?

— Tu m'as bien donné ta véritable identité ?

— Comment tu…

— Tu m'as bien donné ton véritable prénom et ton véritable nom ?

— Mais oui !

— Tu me le jures ?

Accentuant considérablement son accent russe, la jeune fille, s'avançant tout près de la PDG, déclame son patronyme en détachant chaque syllabe :

— Je m'appelle I-ri-novs-ky. I-va-na I-ri-novs-ky.

En un tournemain elle défait la ceinture du trench, puis le déboutonne. Elle saisit la femme par un bras et, sans ménagement, lui fait traverser le salon, puis elle la pousse brutalement vers le sofa rouge. La PDG, déséquilibrée, tente de se retenir au tablier de la jeune russe. Celle-ci lui assène une violente gifle puis une autre tout aussi percutante. Elle la renverse sur le canapé, se couche sur elle, et remonte sa robe en lui mordant le cou.

— Arrête ! Arrête ! crie la femme d'affaires.

La jeune Russe écrase sa bouche de ses lèvres et lui mord la langue.

— Tu me fais mal !

La jeune femme se relève et s'éloigne.

— Non ! Reviens !

La blonde obtempère. Lætitia, passant du coq à l'âne, demande :

— Ce qui se trame en Ukraine, tu en penses quoi ?

— L'Ukraine… ! L'Ukraine… ! Je m'en branle !

— Non, toi, mon ange,"tu" me branles !

41

Lundi 29 juillet, 11 h 30.
Bourg de Montareilles.

— Non, proteste Chrystèle, la machine ne fait pas du jus de chaussettes. Ce café est excellent.

Elle fourre d'autorité dans les mains de Martinod son gobelet vide.

— Vous le mettrez à la poubelle.

— Vous prenez souvent les hommes pour des larbins ?

— Vous êtes chou… Votre Justine a de la chance de vous avoir.

— Elle me le répète chaque jour.

— Vous êtes marié depuis longtemps ?

— Trente-huit ans.

— Trente-huit ans avec Justine ?

— Évidemment, avec Justine.

— La seule, l'unique, l'incomparable. C'est parce que vous êtes catho ?

— Vous aussi, vous allez m'emmerder avec ma religion ?

— C'était pour discuter. Vous en avez jamais connu d'autres ?

— Avant Justine, si.

— Ha, ha, des détails, des détails…

— Avec des photos et des dessins ? Vous ne donneriez pas dans le voyeurisme ? Non, avant Justine, c'était de la roupie de sansonnet.

— C'est-à-dire ?

— Avec Justine, ça a tout de suite été le grand amour. Le grand amour, vous savez ce que c'est ?

— J'en ai entendu parler.

— Vous l'avez vu de loin, et vous avez vite fait demi-tour ?

Mop sourit, Martinod enchaîne :

— À voir votre figure, et si l'on ne regarde pas vos jeans que vous payez tant d'euros le trou, on pourrait presque vous prendre pour une première communiante. Alors que vous êtes vraiment tordue.

— Donc, après Justine : Justine.

— Et vous vos mecs, si vous les avez listés, ça doit être impressionnant.

Elle pouffe :

— Jaloux ?

— Allons, je pourrais être votre père. Avec vous, un mec doit vite devenir chèvre.

— Une chèvre, ça broute.

— Et allez donc… C'est bien ce que je pensais. Vos jules, vous les choisissez toujours chez ceux qui ont le bitoniau à la main, non ?

— Oh !

— Vous allez l'interroger seule ? demande Martinod.

— Ordre du chef, et dans le plus petit bureau.

Robion, assis face à Mop, pose la main sur la caméra braquée sur lui.

— Hé là, pas touche ! Où vous croyez-vous ?

Il la fixe d'un air enjôleur, et retire sa main.

— On filme et on enregistre tout. C'est la loi. Et épargnez-moi vos regards langoureux, vous n'êtes pas du tout mon genre.

Elle a attaché sa chevelure rousse en queue-de-cheval.

— Expliquez-moi ce que vous faisiez samedi après-midi à Paris, rue de Seine, dans l'appartement de Myriam Lantier ?

Le gardé à vue reste coi.

— Vous êtes chez nous depuis samedi, 16 heures. Vous avez mal dormi ? C'est pour ça que vous ne comprenez pas ma question ? Nos collègues ont « ouvert » votre ordinateur. On sait que Paluel est votre père biologique.

Robion baisse les yeux et triture ses mains jointes sur la table.

— Comment vous est venue l'idée de comparer votre ADN avec celui de Paluel ?

Silence.

— J'imagine. Vous êtes contacté par un industriel de la Loire qui souhaite contracter avec votre société. Vous ne l'avez jamais vu auparavant, vous le rencontrez, et là, c'est la révélation, vous vous dîtes : Mon père, c'est lui ! Ça s'est passé comme ça ?

Robion ne dit mot. Mop reprend :

— Ce qui vous est arrivé là est extraordinaire. Vous avez un sixième sens super développé… ou alors, ça a dû se dérouler autrement. Votre véritable père, vous le recherchiez? Depuis quand? Expliquez-nous comment vous avez été mis sur la piste de Paluel.

Chrystèle patiente une bonne minute, et sans réponse :

— À quelle époque lui avez-vous révélé les résultats de ces tests ?

— Je ne me souviens pas.

— Comment a-t-il réagi ?

— Mal. Il m'a dit que c'était de l'histoire ancienne.

— Comment avez-vous procédé pour avoir son ADN ?

— À l'occasion d'une de nos rencontres au restaurant, j'ai emporté un verre dans lequel il avait bu.

— Qui est votre mère biologique ?

Robion se frotte le visage, et passe les mains dans ses cheveux.

— Je l'ignore.

— Regardez-moi dans les yeux. Je vous fais peur ? Tout à l'heure, j'avais pas l'impression. Ah, voilà, oui, comme ça. Maintenant, répondez. Qui est votre mère biologique ? Vous avez dû interroger Paluel à ce sujet.

— Il n'a rien voulu me dire.

— Je ne vous crois pas. Je suis certaine que vous savez qui c'est.

— Non.

— Ce que tu racontes est abracadabrant ! tonne Martinod qui vient d'entrer. Tu refuses d'expliquer comment tu as été mis sur la piste de ton vrai père, et d'après toi, il a refusé de te révéler qui est ta vraie mère. Foutaises… ! La juge va te mettre en examen pour le meurtre de Myriam Lantier, et demander ton placement en détention provisoire. Et comme Simon Paluel, ton père, a été assassiné, il se pourrait bien que tu sois aussi mis en examen pour ce second meurtre. On peut imaginer que tu lui réclamais du fric, tu le faisais chanter, il refusait, et on connaît la suite. Du fric, d'après ce qu'on a constaté, tu n'en as pas beaucoup. Et ta société ne roule pas sur l'or non plus. Tu piges dans quelle merde tu es ?

— J'ai tué personne ! J'ai empoisonné personne !

Martinod s'éloigne, sort une Gitane d'un paquet et la glisse entre ses lèvres, sans l'allumer, règlement oblige.

— Robion, reprend Mop, je vous rappelle le contenu d'un mail que vous avez envoyé à votre père. Nous l'avons trouvé dans son ordinateur. Je lis : *J'attends toujours ce que tu sais ! Je l'attends de pied ferme ! Si ça vient pas, je déballe tout*. Vous lui avez envoyé ce mail après avoir reçu le résultat des tests. Vous le menaciez de révéler à son épouse que vous étiez son fils ? Vous lui réclamiez de l'argent ?

— Non.

— *J'attends toujours ce que tu sais !* À quoi faisiez-vous allusion ?

— Au contrat que je lui avais adressé, et qu'il devait signer.

— Vous attendiez depuis longtemps ?

— Oui.

— *Si ça vient pas, je déballe tout.* Qu'est-ce que vous menaciez de balancer ?

— Je lui faisais croire que j'allais révéler à sa femme qu'il était mon véritable père. Mais je n'ai jamais rien révélé du tout. Elle possède plus de la moitié des actions d'Industic. Elle est actionnaire majoritaire, et membre du conseil d'administration. Elle pouvait le faire évincer de son poste de PDG. Dans ce cas, je risquais de perdre le marché.

— Vous venez de dire que vous ne réclamiez pas d'argent à votre père. Pourquoi ?

— Il en avait pas tant que ça.

— Expliquez-vous.

— Il claquait tout son salaire.

— Dans quoi ?

— Je l'ignore.

— Alors comment savez-vous qu'il dépensait son argent ?

— Par des relations. Il était réputé pour ça.

— Il dépensait beaucoup au jeu, dans des casinos ?

— Je l'ignore.

— Il fréquentait des salles de jeux clandestines ?

Mop a vu cet éclair dans les yeux de Robion, qui une fraction de seconde s'est crispé.

— J'ai vu juste ? Paluel fréquentait des tripots clandestins ?

Sans réponse du gardé à vue, elle reprend :

— Myriam Lantier était la fille, abandonnée à la naissance, d'une certaine Catherine Buisson, épouse de feu Fernand Buisson, la maîtresse de Simon Paluel, votre père.

Robion s'est redressé.

— Myriam était sans aucun doute votre sœur. On peut imaginer que vous le saviez. Si vous avez visité son appart', c'était peut-être pour y trouver des preuves de votre fraternité…

Mop fait une pause, puis reprend :

— Si vous réclamiez tous deux de l'argent à votre père biologique, et sachant que vous ne roulez pas sur l'or, Myriam devenait une concurrente. Une ennemie, même. Une personne à éliminer. Avez-vous tué Myriam Lantier ?

Christophe Robion se lève, et alors que Martinod se précipite sur lui et le force à se rasseoir, il hurle :

— C'est n'importe quoi !

— L'autopsie de Paluel a révélé que depuis déjà pas mal de temps il prenait de la cocaïne. Est-ce vous qui lui en vendiez ?

Robion fixe la lieutenant, furieux. Elle poursuit :

— Selon nos collègues des Stups, si un industriel d'ici prend de la coke, par sécurité il a intérêt à s'approvisionner loin d'ici. J'ajouterai personnellement : par exemple dans des salles de jeux clandestines. Qu'en pensez-vous ?

Robion secoue la tête.

— Est-ce vous qui vendiez de la cocaïne à Simon Paluel, et vous arrivait-il de le rencontrer autour d'une table de jeux ?

Martinod prend la parole :

— Dans les salles clandestines, beaucoup d'argent circule, ça attire des gens pas très nets. Des individus aux activités spectaculaires, qui peuvent avoir envie de mettre la main sur une invention dont l'exploitation peut s'avérer très juteuse. Des individus, aussi, pouvant appartenir à des mafias, et qui n'hésitent guère à faire passer de vie à trépas ceux qui refusent de collaborer.

— Monsieur Robion, vous arrive-t-il de gagner de l'argent avec le trafic de drogues, notamment de cocaïne ? Et travaillez-vous pour une mafia ? demande Mop.

— Vos questions sont ridicules !

— Vous avez un standing de vie important, grand appartement au loyer élevé, grosse voiture. Or, selon nos investigations, vos revenus déclarés sont assez faibles, et le chiffre d'affaires de votre société est ridicule. Comment l'expliquez-vous ?

— Vos informations sont fausses.

— Avez-vous empoisonné Simon Paluel ?

42

Lundi 29 juillet, 13 h 15.
Parc naturel régional Livradois-Forez.

Il s'applique à conduire le plus prudemment possible son 4x4, un Suzuki Jimny. Ces routes de campagne sont étroites, avec beaucoup de virages. Il maîtrise ses pulsions. Aussi respecte-t-il scrupuleusement les limitations de vitesse. Surtout quand la route traverse un village. S'il y a une bande blanche médiane, il veille à ne pas la franchir. Voilà peu, apercevant une voiture de gendarmerie, il a rabattu ses lunettes de soleil et ajusté sa visière. Il s'applique à ne pas se faire remarquer, et à ce qu'on ne se souvienne pas de son véhicule.

Il roule sur une route de crête. Il sait qu'il doit être à plus de 1000 mètres d'altitude. Il s'efforce de supporter ce climat rude, nouveau pour lui. De part et d'autre, des prairies, des troupeaux de vaches, des bosquets de hêtres ou de pins sylvestres, ici et là, quelques maisons. Il vient de quitter la Loire et d'entrer dans le Puy-de-Dôme. Malgré le ciel gris, il garde ses lunettes de soleil.

Il suit pendant deux kilomètres la départementale, jusqu'à un panneau annonçant des chambres d'hôtes et un gîte. Il ralentit, s'engage sur un chemin. À la sortie d'un hameau, la terre est ravinée par des pluies récentes. Il se gare sur le bas-côté, coupe le moteur, et vérifie que toutes les vitres sont fermées.

De son blouson, le conducteur du 4x4 extirpe un téléphone satellite Iridium et compose un numéro. Lorsque son correspondant décroche, il ne se présente pas, et pendant une bonne minute parle bas. Il écoute ensuite une brève réponse, puis coupe la communication, et éteint son appareil.

D'une autre poche, il sort un autre téléphone crypté, et compose un numéro. Sans se présenter, il énumère huit chiffres, quatre lettres, deux chiffres. Son correspondant énonce en retour un autre message codé puis raccroche.

L'homme redémarre, et roule deux kilomètres avant de s'engager sur une sente qui descend en pente douce, et semble ne plus être utilisée par quiconque. Il est aux aguets. Ce ne sont pas les repousses d'arbrisseaux raclant le dessous de son véhicule qui l'inquiètent. C'est ce qu'il aperçoit au sol. Il stoppe, coupe le moteur, descend de son véhicule, met un genou à terre et étudie la surface. Des traces de pneus. Quads, motos de cross ou de trial, VTT ? Il en distingue aussi loin que porte son regard sur le chemin. Peu nombreuses, mais cela le contrarie. Et personne, jamais, ne le contrarie.

Il remonte dans le Suzuki et démarre. Au sortir d'une courbe, le chemin se divise en deux. Il s'engage sur la voie de droite, qui s'enfonce dans une partie beaucoup plus plate de la forêt. Celle-ci semble être retournée à l'état sauvage. Des pins sylvestres tantôt squelettiques, tantôt géants et au tronc en partie éclaté, côtoient des sapins amputés par des tempêtes, des noisetiers, des bouleaux et des hêtres. Cette voie a de profondes crevasses. Des branches raclent la carrosserie. Après une centaine de mètres, il stoppe. Plus de trace de pneus. Aucun promeneur ne semble passer par ici.

Il reprend le volant. Bientôt, de la végétation, émergent des lauzes. Les restes d'un toit. Il roule jusqu'à la bergerie abandonnée, la contourne, et s'avance sur le terre-plein qui se devine sous la végétation, devant la façade orientée plein sud. Subsistent l'habitation sommaire, l'abri pour les animaux, et une petite grange.

L'homme arrête son véhicule, et en deux enjambées il atteint l'ancienne grange qui jouxte la bergerie. Pour ouvrir l'antique serrure, il sort de sa poche un passe-partout. Un déclic, il pousse la porte, qui s'ouvre en grinçant. Il entre, passe derrière l'autre battant, ôte la barre transversale qui le bloque, et ouvre en grand. Il gare son 4x4 et le recouvre d'une bâche de camouflage puis passe un rapide coup de téléphone satellite.

Après avoir refermé la porte de la grange, il enfile son sac à dos, et s'enfonce dans une forêt sauvage et touffue, qui ne doit pas avoir connu l'intervention de l'homme depuis des lustres. Il est contraint d'escalader des arbres foudroyés par les tempêtes. Dès que le terrain s'y prête, il s'astreint à courir. Une fois de plus, il se plaît à constater qu'en toutes circonstances il ne transpire pas. Il se sent fort. Sûr de lui. Extraordinairement puissant. Invincible.

Il atteint une clairière et s'avance jusqu'à une « tente 2 secondes » adossée à un enchevêtrement de ronces et de fougères. Froissements de feuilles. Il se retourne. À vingt mètres, une femelle chevreuil et un faon le surveillent, oreilles dressées. Sourire crispé aux lèvres, il ôte délicatement son sac à dos, et y glisse la main. Ses doigts se referment sur le poignard. Il se focalise sur le jeune animal au pelage roux éclatant constellé de taches blanches. Sa main caresse la lame. Il y fait aller et venir son pouce. Il aime sa douceur froide.

Il imagine le poignard se planter dans la gorge du faon, déchirer le cuir et les chairs, il voit un flot de sang jaillir.

Il s'ébroue pour effacer cette vision et fait un pas vers les animaux, qui détalent en bondissant.

Il lève la tête vers le ciel gris. Il ferme les yeux. Puis il respire à pleins poumons, de manière saccadée, chaotique. Il s'agenouille devant la tente, l'ouvre, y pénètre et s'y assoit.

— Calmez-vous ! Calmez-vous ! dit-il pour répondre à l'agitation qui y règne.

Il reste assis en tailleur face à la forêt, fixant la direction dans laquelle s'est enfui le faon derrière sa mère. Pendant plusieurs minutes, il respire à pleins poumons. De son sac à dos, il sort une bouteille d'eau et deux sandwiches triangle jambon-emmental sous plastique. Tout en entamant le premier, il saisit son Beretta APX, et le pose devant lui. Il prend dans son sac la boîte de munitions, les trois chargeurs 17 coups, et le silencieux.

Il prend son téléphone Iridium, et compose un numéro. À son correspondant, il confesse :

— J'ai oublié… Sa remplaçante a une chérie, ou une pute. Je répète. Sa remplaçante a une chérie, ou une pute.

Il raccroche, sort de la tente, et va se planter jambes écartées devant une touffe de fougères. Il ouvre sa braguette, glisse sa main dans son jean.

Au moment d'uriner, il se ravise, défait la boucle de son ceinturon, baisse son jean et son caleçon. Puis il s'accroupit, et pisse.

43

Lundi 29 juillet, 14 h 30.
Bourg de Montareilles, Haut-Forez.

— On va faire le point, annonce Tréboul.

— Mieux vaut tard que jamais, grogne Martinod, approuvé de la tête par Arty et Krava.

— Comme les gendarmes sont susceptibles de participer à notre enquête, j'ai invité le major.

Chrystèle lance :

— Elle est belle.

— J'ai dit : le major.

— Je suis pas sourde, j'ai bien entendu. Mais ce matin, comme depuis qu'on campe ici, vous portiez un polo, et cet après-midi, vous renouez enfin avec la tradition. Je parle de votre chemise à jabot.

Tréboul rougit, et se plonge dans son grand cahier.

Mop ajoute :

— Noire comme la nuit, boutons argentés, fin jabot, à la fois punk, victorienne, gothique, super stylée… C'est en hommage au grand soleil de retour sur cette magnifique campagne du Haut-Forez ?

— Oh dites donc, vous la pure citadine, j'ignorais que vous appréciez la nature. Vous êtes décidément très surprenante.

— Je ne vous le fais pas dire. Et vous n'avez pas encore tout vu…

Martinod a la mine offusquée.

— C'est la première fois que je vois une lieutenant draguer son supérieur au boulot, et devant ses collègues.

— Mais non je déconne, draguer j'oserais pas.

— J'oserais pas ! Le culot !

— Excusez mon retard, dit le major en s'asseyant, je…

Il laisse sa phrase en suspens, découvrant la chemise de Tréboul qui dit sèchement :

— On y va ?

— Lætitia Lugano a occupé un poste de haut niveau chez un fournisseur de l'armée russe, qui s'orientait sur l'intelligence artificielle. On la retrouve ensuite n° 2 d'Industic. Elle n'a pas perdu de temps, conclut Arty.

— Et si elle était depuis plusieurs années une taupe des Russes chez Industic… intervient Martinod. Elle va peut-être leur refiler l'invention d'une manière ou d'une autre.

— On peut tout imaginer, reprend Tréboul. Passons maintenant à Robion. Il vient d'être placé en détention provisoire. Quand il se battait avec les séparatistes pro-russes d'Ukraine, il a peut-être été en contact avec des émissaires de Moscou. Et il est le fils biologique de Paluel. Enfin, Myriam Lantier. Fille abandonnée à sa naissance de Catherine Buisson, et conçue à l'époque où celle-ci était la maîtresse de Simon Paluel jeune. Robion et elle sont peut-être frère et sœur. Selon le légiste, voilà longtemps, Myriam a été amputée de trois doigts à la main gauche sans aucune raison médicale. Grâce à un collègue lyonnais, on sait qu'à l'époque où elle se nommait Myriam Philippe, elle a travaillé en Bretagne comme employée de maison chez les Kerballec, les parents de la future Chantal Paluel.

Mop intervient :

— Vous deviez interroger à nouveau la veuve Paluel.

— On lui a rendu visite. On lui a parlé de l'assassinat de Myriam. Elle a affirmé tout ignorer d'elle. Ses parents ont eu plusieurs employées de maison, et elle ne se souvient pas de celle-ci.

— Pipeau ! proteste Martinod. Quand on lui en a parlé, de pâle son teint est devenu cadavérique.

— Et si elle avait assassiné Myriam… dit Krava. Myriam apprend la liaison passée de sa mère avec le jeune Paluel, elle pense être la fille naturelle de l'industriel, qu'elle fait chanter, l'épouse craint qu'elle soit trop gourmande, et elle l'élimine.

— Non, elle est incapable d'une telle barbarie, assure Tréboul. Elle n'a pas le profil… Dimanche, le légiste a fait une découverte capitale pour notre enquête.

— Et vous nous en parlez seulement maintenant ? jette Martinod. Je croyais qu'entre équipiers on devait tout se dire.

Penaud, le commandant raconte l'appel angoissé du légiste, ses stupéfiantes constatations, les similitudes entre l'exécution du faon et le meurtre de Myriam Lantier.

— Je viens de recevoir plusieurs documents. D'abord, des résultats d'analyses des prélèvements de la Scientifique sur le cadavre de la jeune femme, et sur celui du chevreuil. Aucune trace d'ADN. Par contre, sur le corps de Myriam, autour des plaies à son abdomen, et sur son crâne, on a relevé des traces d'oxydation, et elles sont similaires. L'oxydation naturelle que l'on peut constater sur la lame d'un couteau. Les mêmes traces d'oxydation ont été relevées sur la gorge du chevreuil. Conclusion : c'est le même poignard qui a servi à couper la chevelure de Lantier, à l'assassiner, et à égorger le chevreuil dans la Forêt des Calebasses.

— C'est le même individu qui a fait tout ça ? s'exclame Arty.

— En tout cas, c'est le même poignard qui a été utilisé.

— Mais quel est le lien entre Myriam Lantier et ce faon ?

— J'en arrive au plus extraordinaire, poursuit Tréboul. Le légiste a convaincu la juge de faire pratiquer une expertise des morsures. Elle a été réalisée en un temps record par le laboratoire de l'Institut de recherches criminelles de la gendarmerie, à Cergy-Pontoise. Avant que je vous livre ses conclusions, accrochez-vous bien, vous risquez de tomber de votre siège… La morsure sur le cadavre de Fernand Buisson, il y a trente-trois ans, la morsure au foie de Myriam Lantier, et la morsure à la gorge du chevreuil n'ont pas été causées par un animal, mais par un humain…

Les quatre policiers et le major affichent des mines stupéfaites et fixent Tréboul. Au bout de quelques secondes, celui-ci ajoute :

— Et, encore plus extraordinaire, non seulement ces morsures et ces arrachages de chair humaine et animale sur des cadavres ont été causés par un être humain, mais, et je le répète, sur un laps de temps de trente-trois ans, ils l'ont été par la même personne.

44

Lundi 29 juillet, 16 heures.
Bourg de Montareilles.

L'équipe est encore sous le choc de ce qu'elle vient d'apprendre.

— Où est passé le commandant ? demande Martinod.

— Il est sorti en même temps que le major, précise Arty.

— Il a quitté la gendarmerie, intervient Mop. J'ai entendu la voiture.

Martinod dit :

— Qu'un type bouffe de la viande crue en l'arrachant avec les dents sur un animal mort, c'est déjà pas banal. Mais le même, en trente-trois ans, a commis au moins deux fois un acte d'anthropophagie ! Au pays de Charles de Gaulle et de Jean Jaurès !

— Vous aimez Jaurès, vous ? lance Arty, mi-figue mi-raisin.

— Occupe-toi de tes fesses, Lieutenant.

Mop a son Smartphone à l'oreille.

— C'est lui que vous appelez ? s'enquiert Martinod.

— Oui. Je viens de tomber sur sa boîte vocale.

— Putain… Il faudrait quand même qu'on réfléchisse à cette merde qui nous est tombée sur la gueule.

— Quelle merde ? demande Mop.

— Vous avez déjà eu affaire à un anthropophage, vous ?

— Tout bien réfléchi, rarement.

— Ah, mais vous en avez déjà rencontré alors… Ceux-là aussi, ils vous attirent ? Vous en avez à votre tableau de chasse ? Décidément, vous ne manquez pas de ressources.

Krava intervient :

— Je vois mal le lien entre l'assassinat de l'industriel et des actes d'anthropophagie.

— Je suis d'accord, dit Martinod. On devrait peut-être changer d'axe d'enquête.

— Prenons l'avis d'un psychologue, propose Mop.

— Oui, mais un psy qui fréquente des anthropophages… C'est pas gagné.

La lieutenant éclate de rire.

— On a affaire à quelqu'un qui depuis trente-trois ans mange de la chair humaine ! C'est une conception très particulière de la gastronomie.

— Oh, intervient Arty, on n'a aucune preuve qu'il la mange.

— Certes, mais il arrache tout de même de sacrés bouts de barbaques Ça vous suffit pas ? Vous voudriez peut-être qu'il bouffe chaque jour du cadavre en écumant les morgues, qu'il se filme en technicolor, qu'il écrive un compte-rendu de ses dégustations, et qu'il balance tout ça, textes et photos, sur les réseaux sociaux ?

Montareilles, Hôtel des Voyageurs, 16 heures.

Sur son lit, Tréboul fixe le plafond en tripotant le jabot de sa chemise. *Noire comme la nuit… Punk, victorienne, gothique… Ma chemise lui plaît, à la lieutenant délurée*. Son Smartphone a vibré à deux reprises, sans qu'il réagisse. Quand une enquête piétine, il ressent le besoin de s'isoler. Il tend la main vers le chevet, saisit le verre, et à petites gorgées déguste son saké. *Mon petit Bertrand, un truc t'échappe*. Il se relève, s'assied à la table, et ouvre la boîte de sushis qu'un traiteur lui a livrée. Il porte à sa bouche un mehari-zushi.

— Exquis…

Il en prend un autre, et l'étudie, admiratif.

— Œufs de saumon retenus par une feuille d'algue.

Il le savoure avant même de l'avoir mangé, puis le croque.

— Délicieux…

Il en attrape un autre.

— Gunkan sushi, c'est ton nom.

Il y plante délicatement les dents, et le dévore.

— Comment ça s'appelle, parler aux sushis ? Un psy de la police pourrait me répondre. Il pourrait aussi me suspendre. Prudence…

Il se verse un autre verre, et le boit. Puis il fait claquer sa langue.

— Et toi, dit-il en prenant un autre sushi, t'es un inari-zushi. Eh oui, tu es sans poisson et enveloppé dans une feuille de fromage de soja.

Il se sert une troisième fois.

— Tu ne réponds pas ?

Il avale une gorgée, retourne s'allonger, et soudain s'écrie :

— Le sang… Le boudin envoyé à Chantal Paluel… Manger du cadavre… Oui. Le sang.

Il bondit, range ce qui reste de sushis dans le mini-réfrigérateur, et quitte sa chambre.

45

Lundi 29 juillet, 21 h 30.
Bourg de Montareilles, Hôtel des Voyageurs.

— Tu as pénétré son ordinateur ?

— Vous êtes sûr que j'aurai pas d'emmerdes ?

— La juge et le proc ne le sauront jamais. Je te l'ai déjà dit.

Dans sa chambre, Tréboul scrute le visage sur l'écran de son Mac. Son indic semble angoissé.

— Est-ce que ton Skype fonctionne bien ? demande-t-il.

— Pourquoi il fonctionnerait mal ?

Tu serais capable de brouiller la connexion pour que j'abandonne.

— Tu habites maintenant boulevard de Courcelles, à Paris. À Barbès, t'y as pas traîné, dis donc.

— Comment vous le savez ?

— Je suis flic. Boulevard de Courcelles, c'est plutôt chic, non ? Tu t'es pas remis à hacker pour des mafieux, au moins ? Je t'ai sorti de la merde, ne l'oublie pas. Tu pourrais y replonger.

— Le hacker, je le fais seulement pour vous, et parce que vous m'y obligez. Je suis maintenant consultant en informatique, ça paie bien. C'est pas avec ce que vous me donnez…

— J'ai rien à te donner. Soit tu m'obéis, soit je file ce que tu sais à ton magistrat préféré. Et là, ta femme et tes gosses, tu les verras tellement souvent qu'ils finiront par t'oublier. Alors m'emmerdes pas. Qu'est-ce que tu as trouvé dans son ordi ?

— Et si votre juge l'apprend malgré tout ?

— Si malgré tout elle l'apprend, c'est surtout moi qui aurai des emmerdes. Et puis les emmerdements, t'as l'habitude.

— Sympa. C'est vrai que vous, le héros blanc comme neige, si les gens savaient…

— Que les flics utilisent des loulous dans ton genre ?

— C'est quoi, mon genre ?

— Bon, alors, qu'est-ce que tu as fait ?

— Je suis entré dans son disque dur.

— Quand ?

— Cet après-midi.

— Pourquoi tu m'as pas appelé tout de suite ?

— Pas eu le temps.

— T'es surbooké.

— On peut dire ça.

— Tu devais m'appeler immédiatement si tu avais du nouveau. Inscris-toi à l'examen de connard, t'auras pas à te déplacer pour passer les épreuves, on te donnera le diplôme sur dossier. Je t'avertis, à la prochaine incartade, je tranche dans le vif.

— Finalement, vous êtes un salaud.

— C'est pas un type comme toi qui va me faire la morale. Alors ne joue pas au mariole, et accouche.

— Elle s'est connectée cet après-midi. J'ai aussi trouvé des traces de ses contacts avec la secte dont vous m'avez parlé. Mais ça remonte à deux mois. Depuis, rien.

— Tu es sûr ?

— À 100 %.

— Autre chose ?

— Votre Moïse en question, dès qu'il se sent surveillé, il interrompt la communication et change aussitôt d'adresse IP.

— Et elle, elle n'a été en contact ni avec son gourou ni avec sa secte depuis deux mois ?

— Exact.

— Tu as repéré autre chose ?

— C'est une tordue. Sous un pseudo, elle participe à un forum sur l'amour, le sexe, et tout le tintouin. Faut voir ce qu'elle écrit. Des mecs lui répondent. Faut voir ce qu'ils lui mettent…

— C'est-à-dire ?

— Cet aprèm, elle a écrit des trucs incroyables. Elle les a effacés trente secondes plus tard, mais plein de mecs les avaient lus, et lui ont répondu. C'était hard de chez hard. Ça m'a choqué.

— Choqué, toi ? Ben dis donc… Tu t'en es remis, j'espère.

— Vous m'aviez dit qu'elle était mystique, pas qu'elle était complètement barrée.

— Tu as eu le temps de lire ces trucs ? Qu'est-ce qu'elle avait écrit ?

— J'ose pas répéter.

— Oh, pauvre biquet.

— Je la cite mot à mot : *Ce que j'aimais bien, c'était trois grosses bites en même temps, une par-devant, une par-derrière, et une dans ma bouche, pendant que je branlais une foufoune bien crémeuse.* Votre Chantal, c'est une sacrée cochonne.

46

Lundi 29 juillet, 22 heures.
Bourg de Montareilles.

Avant de quitter sa chambre, Tréboul s'observe dans le miroir. Visage noirci, bonnet, survêtement et baskets noirs. Sig Sauer à la ceinture, matraque électrique et jumelles de vision nocturne dans le sac à dos.

Il se gare à une centaine de mètres de la demeure des Paluel, derrière un bois de pins sylvestres. Il ajuste sur son crâne le serre-tête de ses jumelles, descend de voiture et poursuit à pied.

Des nuages cachent la lune. Dans la nuit noire, l'atmosphère est tiède. On sent juste une fine brise dans les arbres. Il longe les pins, puis un bosquet de bouleaux, et parvient à la haie qui ceint le parc. Dix mètres de plus, et à trop regarder derrière lui il manque se trouver nez à nez avec un gendarme. Un de ceux qui, à sa demande, surveillent incognito, nuit et jour, le domaine et ses abords.

Il attend que le pandore s'éloigne, puis pénètre dans le parc. Il se glisse jusqu'au majestueux cèdre bleu de l'Atlas. Au-delà, une allée de galets blancs court jusqu'à la demeure, sinuant entre les massifs de fleurs, les érables nains du Japon, et les rhododendrons.

Il hoche la tête. Une manie lorsqu'il a ses jumelles de vision nocturne. La lumière verte l'incommode, mais il voit la chambre comme s'il était à cinq mètres.

Chantal Paluel entre dans son champ de vision, de profil. Elle est nue jusqu'à la taille. Ses seins minuscules et flasques pendent sur son torse. Elle porte une culotte, en coton, lui semble-t-il. Son corps est frêle, quasi squelettique. Il voit maintenant son dos, strié de longues estafilades !

L'employée rejoint sa maîtresse. Dans sa main gantée, une brassée de ronces. La veuve se met à plat ventre sur son lit. La domestique s'assied près d'elle, et lui frictionne le dos avec les ronces. Puis elle s'en va. Paluel va se planter devant le monumental Christ en croix, et se fouette vigoureusement. Puis elle enfile un chemisier, une jupe, et des baskets.

Elle sort de sa chambre. Tréboul court jusqu'à l'aile droite de la maison. Il la voit sortir par la porte de service et la suit.

La veuve traverse le parc et enjambe la murette en pierres séparant le parc du sentier qui la longe, puis joint les mains sous son menton. Tréboul perçoit des murmures. *Elle prie.* Il se rapproche et écoute :

— Je n'ai pas peur… Je n'ai pas peur… Maintenant je ne crains plus rien…

Cinq minutes durant, Chantal Paluel psalmodie :

— Je n'ai pas peur… Je n'ai pas peur… Maintenant je ne crains plus rien…

Elle fait soudainement volte-face, et comme si elle redoutait un danger, elle regagne sa demeure. Tréboul la voit fermer la porte-fenêtre et se diriger vers son lit. La lumière s'éteint.

Une heure plus tard, le policier est toujours à l'affût, surveillant la chambre. Son Smartphone vibre. Il prend l'appel de son hacker :

— Elle vient d'entrer en contact avec Moïse ! Qu'est-ce que je fais ?

— Tu écoutes.

— Merde ! Elle a juste dit *Bonjour,* et Moïse a coupé la liaison. Y a plus rien, maintenant.

— Reste dessus. Si la liaison entre eux est rétablie, tu me préviens et tu enregistres.

47

Mardi 30 juillet, 9 heures.
Bourg de Montareilles, Hôtel des Voyageurs.

— Oh les petits yeux ! lance Chrystèle en s'asseyant devant son chef qui entame sa tasse de thé vert.

— Je suis resté jusqu'à quatre plombes du mat' chez les Paluel.

— Oh non, c'est un cauchemar…

— Quoi ?

— Vous étiez shooté ?

— De quoi parlez-vous ?

— Dîtes-moi que mes oreilles sont bousillées.

— Mais enfin, que…

— Je vous savais altruiste, mais pas à ce point.

— Altruiste ? Je n'ai fait que mon boulot.

— S'envoyer une suspecte pendant une enquête, c'est limite.

— S'env…

— Votre passion du métier vous embarque trop loin, Commandant. Ça m'étonnerait que la République récompense à sa juste valeur votre abnégation.

— Mais…

— Faire reluire une veuve sèche comme une figue plus familière du petit Jésus que du gros…

— Ah d'accord, toute en finesse, ce matin… Je suis resté jusqu'à pas d'heure dans le parc, à plat ventre derrière un arbre, mes jumelles dirigées vers la chambre de la veuve. Ça vous rassure ?

— Et elle était où la veuve ?

— Dans sa chambre ! Ce sera tout ?

— Sur ce sujet, oui. Pour le reste, non. Hier soir au dîner, que vous n'avez pas pris avec nous, soit dit en passant, Martinod nous a déclaré : *J'en ai plein le cul de ce bled à la con.* Il aime beaucoup la campagne, mais avec sa Justine. Sans sa femme, que son chef, c'est-à-dire vous, ne lui a pas permis d'inviter ici ce week-end, il craque. Je répète ce qu'il nous a dit hier soir pendant que je vous imaginais…

— Où ?

— Faites pas cette tronche, Commandant, je dis ça pour détendre l'atmosphère. Depuis que vous êtes notre chef, on vous a jamais vu avec une femme.

— Mais de quoi je me mêle ?

— Je me préoccupe de votre qualité de vie.

— Oh !

Chrystèle le fixe, et :

— C'est l'été, j'ai repéré dans le coin des vacancières solitaires, des trentenaires pas dégueus. Si j'étais à votre place, ben je les…

— Vous les quoi ?

— Ici, dans notre hôtel, y en a deux, pas mal roulées. Une belle blonde évaporée, la jupe ras la touffe, même moi j'oserais pas mettre ça. De ses yeux de biche affolée, chaque matin au petit déj' elle mate tous les mâles consommables.

— C'est quoi, un mâle consommable ?

— L'éventail est assez large. Vous êtes dans le lot.

— Merci.

— De rien. Il y a l'autre aussi, une mignonne brunette frisée, l'air intello, bien enlevée. Je vous verrais bien avec l'une des deux. Voir avec les deux.

— Avec les deux ! s'exclame Tréboul.

— Pas en même temps, encore que…

— Vous vous sentez bien ?

— Si je me sentais mal, je me ferais sentir par un autre.

— Vous êtes vraiment obsédée.

— Je dis ça pour votre bien.

— Mon bien, je m'en occupe. *Bien enlevée*, ça veut dire quoi ?

— Prête à tout. Sous des dehors sérieux, disponible pour toutes les aventures, pourvu que ça soit en-le-vé, vous voyez ?

— Mal.

— Que ça craque, que ça voltige, que ça ruisselle, que ça tempête, que ça pète le feu.

— Comme vous ?

— Vous commencez à me cerner. Donc, la mignonne qui joue la sainte-nitouche, elle prend son petit déj' à la même heure que nous, et elle n'arrête pas de vous mater. Et à mon avis c'est pas votre chemise à jabot qui l'intéresse, c'est le reste.

— Qu'en sais-tu, Lieutenant ?

— Tiens, on se tutoie ?

— Et j'ai pas de restes, je suis entier.

Elle éclate de rire.

— J'espère bien. Moi les mecs châtrés, je passe mon tour.

— Vous êtes souvent comme ça, à 9 heures du matin… ? Donc, si j'ai bien compris, avec moi, vous ne passeriez pas votre tour.

— On drague ?

— Si un jour je veux vous draguer, ce sera hors service, et…

Elle l'interrompt :

— Je vous ai déjà prévenu, dans ce domaine c'est toujours moi qui choisis et qui commande, et c'est pas négociable. Mais depuis le début de cette enquête, je vous sens tendu.

Tréboul écarquille les yeux. Elle ajoute :

— Tendu, au sens : sur les nerfs. Je pensais pas tendu au sens…

— J'ai raison, vous êtes obsédée.

— Pas plus que la moyenne. Enfin, si… plus que la moyenne.

— Vous le reconnaissez… En fac de droit, j'ai connu une grande rousse très belle, avec une très longue tresse, elle vous ressemblait beaucoup.

— J'apprécie.

— Elle était très sympa, comme vous.

— N'en jetez plus, je frôle l'overdose.

— Et en dehors de ses études elle pensait qu'à s'envoyer des mecs. Non, j'ai pas dit : *Comme vous.*

— Attendez, faudrait pas non plus me voir en folle du cul… Et avec votre grande rousse de la fac de droit, vous êtes passé à la casserole ?

— Disons qu'on a fait ensemble quelques expériences culinaires.

Tréboul saisit son Smartphone et le porte à l'oreille.

— Capitaine Dupuis, comment allez-vous… ? Déjà… ? Tout est dans le mail que vous venez de m'expédier ? Très bien. Je vous rappelle dès que j'en ai pris connaissance. Mille mercis !

— Notre collègue lyonnais n'a pas traîné, lance Tréboul.

— Le collègue lyonnais ?

— Oui. À sa demande, un de ses collègues brestois a épluché le dossier. Parmi les proches du chef de cette bande de voleurs, il y avait un certain Denis Motrut, demeurant à Brest. Un étudiant attardé, fils de bonne famille, amateur de putes de luxe et d'argent facile. Une nuit, suite à des appels de riverains, la police était intervenue pour une bruyante bagarre qui avait éclaté dans l'appart' de Motrut. En arrivant, les collègues avaient vu s'enfuir un inconnu visiblement blessé, qui ressemblait beaucoup au signalement de l'individu androgyne recherché pour des vols de limousines.

— Adel Benoite ?

— L'individu avait couvert sa fuite en ouvrant le feu sur les collègues. Ils avaient récupéré une balle de 9 mm et avaient eu le temps de distinguer l'arme, un Skorpion.

Arty, qui vient de rejoindre Mop et le commandant, intervient :

— Un petit pistolet-mitrailleur idéal pour les tirs à courte portée et qu'on peut mettre dans un holster.

— Exact.

— Si c'était Adel Benoite, il était déjà très pro, et bien outillé.

— Motrut ne connaissait pas son agresseur, et il ignorait la raison de l'agression. Comme le fuyard avait ouvert le feu sur les flics, ils avaient perquisitionné l'appart'. Et là, bingo ! Ils avaient découvert des VHS. Sur ces cassettes, des hommes violaient des femmes. D'où Motrut tenait-il ces vidéos ? Il les aurait trouvées en vidant le grenier d'un particulier, à l'époque où il était antiquaire-brocanteur. Comme par hasard, il ne se souvenait ni de l'identité ni des coordonnées du particulier en question. Ces cassettes avaient été saisies. Mais l'image était mauvaise, personne n'était identifiable. Le fuyard était sans doute venu chez Motrut pour récupérer ces enregistrements, et ça a mal tourné.

Martinod est lui aussi arrivé :

— Pas bête, il apparaissait peut-être sur ces films et craignait d'être identifié. Et si c'était Adel Benoite…

— Motrut, alors qu'il possédait un magnétoscope, avait affirmé qu'il n'avait jamais regardé les vidéos. Parce que, bien entendu, s'il avait vu leur contenu, il les aurait illico confiées à la police, ajoute Tréboul.

— Enfoiré ! jette Mop. Moi, un mec comme ça, je lui coupe les burnes.

— Cet enfoiré, comme vous dites, est décédé voilà quelques années. Mais avant qu'il décède on l'a repéré à de nombreuses reprises dans un casino de la côte bretonne en compagnie de…

— De la future veuve, lâche Krava.

— Exact, il frayait avec Chantal de Kerballec !

— Et où sont-elles, ces cassettes vidéo ? demande Arty.

— Au palais de justice de Brest avec les scellés de l'enquête.

— Inexploitables, lâche Martinod.

— À l'époque, oui, répond Tréboul. Mais la technique a considérablement évolué. On verra peut-être à quoi ressemble Adel Benoite. Chrystèle, on file à Brest.

48

Mercredi 31 juillet, 18 heures.
Saint-Étienne, antenne de la PJ.

— Heureux d'avoir retrouvé votre Justine ? demande Tréboul à Martinod qui vient d'entrer dans son bureau.

— Mmm…

— Comment se sont passées les retrouvailles ? Vous en avez profité pour aller à la messe tous les deux ?

— Oui, et on a prié pour le salut de votre âme.

— Je vous en suis reconnaissant.

— Et Brest ?

— Grâce à notre belle rousse, on…

Martinod le coupe :

— *Notre belle rousse*… Ça sent le rapprochement !

— Ça va pas… ? N'empêche, grâce à elle, on a pu faire hier l'aller-retour en avion dans la journée. Quand j'ai appelé, le vol était complet. Mop s'est souvenue qu'elle connaissait un type à Air France, rencontré à l'occasion d'une compétition de boxe thaï. Il y bosse toujours. Une demi-heure au téléphone avec lui, et on avait deux allers-retours pour le jour même.

Martinod se marre :

— Il a évincé deux pauvres passagers pour faire plaisir à Mop, c'est pas joli joli. Bon, je suppose qu'on retourne à Montareilles.

— Bien supposé.

— Les cassettes vidéo ?

— Au tribunal de Brest, j'ai laissé faire Mop. Elle a obtenu les pièces qui nous intéressaient, en deux coups de cuillères à pot.

— Toutes voiles dehors ?

— Non, pas toutes, elle s'est bien tenue. Mais un jeune et fringant officier l'a invitée au restau. J'ai dû faire les gros yeux pour qu'elle décline.

— Vous auriez tenu la chandelle. À part ça, où en est-on ?

Tréboul sort d'un tiroir trois cassettes et des DVD.

— Je viens de récupérer tout ça. La Scientifique a réussi à améliorer la netteté. Quand je les ai interrogés sur le contenu, ils ont tiré la tronche, ils ont préféré qu'on le découvre nous-mêmes. Ils ont tout transféré sur ces DVD.

Les lieutenants arrivent.

— Tout le monde est là ?

Il allume le téléviseur et lance la vidéo :

Une chambre, un grand lit, un homme entre, cagoulé. Il pousse une jeune blonde qui crie, et lui maintient les bras derrière le dos. Elle se tourne vers la caméra. Sur son visage, des marques de coups. Soudain, il lui arrache son chemisier et son soutien-gorge, il la balance sur le lit et se jette sur elle. La femme se débat, tente de le frapper et de lui échapper, il la bourre de coups de poing, elle hurle.

Chrystèle est livide, Arty s'agite sur son siège, Krava se triture les mains, Martinod marmonne, Tréboul a un regard glacial.

Les cris de la femme alternent avec les bruits de coups qu'elle reçoit. L'homme, d'une énorme claque, lui éclate les lèvres. Elle a une quinte de toux, crache du sang. Il lui arrache sa jupe puis sa culotte, baisse son pantalon et brutalement la pénètre. Il la besogne sauvagement, lui serrant le cou d'une main, la giflant de l'autre. Puis il se relève, la femme est en larmes.

— Fin du premier enregistrement, murmure Tréboul.

Chrystèle jette :

— Ce fumier mérite la guillotine !

— Il n'y a pas eu d'enquêtes après que les collègues de Brest aient visionné ça ? demande Krava.

— C'était il y a longtemps, répond Tréboul. À l'époque, il était impossible d'identifier quiconque. Il n'y a pas eu d'enquête.

— On pourrait en ouvrir une, avec le travail que la Scientifique a fait sur ces bandes.

— Je transmettrai le tout au parquet de Brest. Mais quand on voit les peines dérisoires prononcées par certaines cours d'assises à l'encontre de violeurs…

Furieuse, Mop se lâche :

— En règle générale, la Justice française est assez laxiste avec les violeurs. Ils s'en sortent trop souvent avec une courte peine, alors que les victimes ne s'en relèvent jamais.

— Deuxième enregistrement.

Le contenu est du même acabit. Cinq minutes de violences, cette fois sur deux femmes, et perpétrées par quatre hommes qui les violent à tour de rôle.

— On passe au troisième DVD. La Scientifique a préféré mettre à part cette saloperie. Elle devrait nous intéresser davantage.

Plan fixe. Dans une maison, une vaste pièce aux murs couverts de peintures anciennes et d'autres plus contemporaines, un lustre monumental. Sur une musique lancinante, des femmes et des hommes se trémoussent autour d'une grande table sur laquelle gît une forme.

Quinze personnes masquées, en tenues de soirée. Pour les hommes, costume smoking ou queue-de-pie, cravate ou nœud papillon. Robe longue et longs gants noirs pour les femmes. Leurs masques évoquent la féminité ou la masculinité. Loup noir paillettes argentées et plumes, loup rose en dentelles, loup argent aux motifs vénitiens et plumes blanches pour les femmes. Les hommes se cachent derrière des loups vénitiens en métal, des masques de clown multicolore aux dents pointues ou de diable rouge cornu.

Une femme est à plat ventre, immobile. Sa robe dos nu bleue descend sur ses mollets. Au bas du dos, près de la colonne vertébrale, on distingue une tache de vin. Un danseur la secoue énergiquement, elle ne réagit pas. Elle semble inconsciente. Soudain un sifflement aigu. Gros plan sur un masque vert de nymphe, une chemise blanche sans manches, ouverte sur un torse glabre et plat. L'individu de taille moyenne a un pantalon de coupe masculine. S'il ne semble ni homme ni femme, si sa démarche est légère, il n'en dégage pas moins une impression de force, ses bras ont des muscles noueux. L'être au masque vert danse. Il s'approche de la table, se tourne vers la caméra. Zoom sur sa main droite : elle serre un scalpel ; sur sa main gauche : elle tient un plat en faïence.

Les participants dansent, l'être au masque vert regarde hors du champ de la caméra.

— Viens ! dit-il. Viens !

Il pose le plat près de la femme inconsciente. Apparaît un homme en smoking. Il s'empare du scalpel, paraît hésiter.

— N'aie pas peur... N'aie pas peur...

— Non ! Arrête ! lance une voix féminine. On déconne, là !

L'homme écarte l'auriculaire des autres doigts de la main de la femme, et à l'aide du scalpel il commence à l'entailler. Penché au-dessus de la table, il force. Dans un mouvement soudain du buste il tranche l'auriculaire, il le contemple un instant et le dépose dans le plat.

— Voilà. Tu as réussi. C'est bien.

Subitement la femme se met à bouger. Elle tente péniblement de se mettre sur le dos. Elle parvient à se tourner vers son tortionnaire. Son regard est trouble.

— Myriam Lantier ! s'exclame Tréboul.

Les pupilles dilatées, les yeux de la malheureuse divaguent. Elle est visiblement engourdie par une drogue.

Un individu applaudit et s'écrie :

— Bravo Toubib !

— Ce serait un médecin qui a coupé le doigt ? fait Mop.

À nouveau le salon et le groupe masqué. La malheureuse est toujours allongée sur le ventre, sa main gauche dans un énorme pansement.

La voix féminine déjà entendue lance :

— Arrête ça, Adel, arrête ! On déconne complètement !

— Adel ! fait Tréboul. Vous avez entendu ? Elle a dit : Adel !

Le dénommé Adel installe un appareil ménager. Le groupe cesse de danser et s'agglutine autour de lui.

— Un robot multifonction, commente Krava.

Adel l'ouvre, et ajuste un entonnoir. Zoom sur le plat : on y distingue clairement trois doigts. Adel en saisit un, et à l'aide du scalpel entreprend une tâche apparemment délicate :

— Faut bien enlever la chair autour des os, dit-il. On ne peut pas broyer les os, ça abîmerait l'appareil.

Peu à peu, de la chair sanguinolente s'accumule dans le plat. Puis Adel la jette dans l'entonnoir du robot.

La voix féminine reprend :

— Arrête, Adel, arrête !

— Tu as peur de quoi ? Je croyais que toi et tes amis ne craignaient rien.

Le robot est mis en marche. Changement de décor, le couvert est mis.

Voix de femmes et d'hommes :

— Où est-ce que vous l'avez larguée ?

— Dans les bois.

— T'as vraiment déconné, Adel. Avec ce froid...

— Elle était réveillée ? Elle était couverte ?

— On s'en branle. Qu'elle se démerde, cette souillon.

Gros plan sur les assiettes, les toasts et les canapés, les bouteilles de vins et d'alcool. Gros plan sur une assiette placée à l'écart, et la pâte rosée qu'elle contient.

— C'est la fête ! On goûte ! Vous n'avez rien à craindre. C'est une grande première, pour vous.

Vous n'avez encore jamais essayé. Vous verrez, c'est la plus succulente des bidoches. Je vous gâte.

— Vous voulez bouffer ça ? ricane une autre femme.

— Allez, on y va ! lance Adel.

— C'est un homme ou une femme ? demande Arty.

— Homme ou femme, répond Tréboul, c'est une saloperie.

— Les autres ne valent pas mieux, dit Mop.

Adel prend la pâte rosée, et en garnit des toasts qu'il tend aux monstrueux convives. Tous paraissent apprécier la dégustation.

— Effectivement, c'est délicieux.

— Une fête comme ça, ç'aurait été bien qu'on la fasse chez tes vieux, au château. Tu crois pas, Chantal ?

— Chantal de Kerballec ? Quelle salope ! crie Mop.

— Elle te plaît pas, la maison de mes parents ? demande une femme. Au milieu des bois, sans voisin à des kilomètres à la ronde, on peut s'éclater.

— Si, mais un château, c'est plus...

— Plus quoi... ? Ola, mais vous vous mettez à deux pour me peloter ?

— Avec le cul que t'as, faut bien quatre mains.

— La souillon, avant de l'éjecter, vous auriez pu attendre qu'on la saute. À plusieurs, j'adore.

— Je me la serais bien torpillée, moi aussi, mais il aurait pas fallu qu'elle soit à moitié endormie. J'aurais aimé qu'elle se défende, pour le sport.

— On en sautera d'autres, c'est prévu, hein les petites salopes ?

— *Alors toi, entre tes nichons et ton cul, t'es équipée compèt...*

— *Hé, Chantal, on se fait la brouette ?*

Fin du film.

— Vous avez entendu ? intervient Tréboul. Encore Chantal...

— Voilà pourquoi il manquait trois doigts à cette malheureuse Myriam. Et cet Adel qui incite tout le monde à manger cette chair. Il les pousse à l'anthropophagie !

— Il n'a pas eu besoin de les pousser beaucoup, dit Martinod.

— À mon avis, dit Tréboul, c'est bien lui que nos collègues de Brest avaient vu s'enfuir de chez Denis Motrut. Il était venu récupérer les vidéos. À présent, on va comparer les voix de femmes de cet enregistrement avec la voix de Chantal Paluel.

49

Jeudi 1er août, 7 heures.

Dans les bois de la Chapelle-Lirac, Haut-Forez.

Tréboul vient de se garer au bord de la route forestière. Il descend de sa voiture. *Bigre... Il a changé, le loustic. Et il respecte même l'heure du rendez-vous.*

— Ça caille, chez vous.

— C'est pas chez moi, répond le policier en s'avançant vers le type qui tire sur son cigare, adossé à un camping-car flanqué d'une grande antenne parabolique.

— Tu es fringué décontracté, tu fumes des Partagas. J'espère pour toi que les affaires ne reprennent pas. Enfin, tes anciennes affaires… Parce que, dans ce cas…

L'homme pourrait passer pour un paisible cueilleur de champignons levé aux aurores pour traquer la chanterelle ou le cèpe. Présentement, dans la fraîcheur matinale, il grelotte et aspire de longues bouffées en regardant Tréboul qui demande :

— Tu as fait bon voyage ? Tu as trouvé facilement ?

— De Paris, même avec l'autoroute, c'est interminable. Et me faire venir à 7 heures du mat' dans la jungle. Manque plus que des singes et des lions.

— Avant, dans la jungle des crapules, t'étais à l'aise, non ?

— C'est fini, tout ça ! J'étais vraiment obligé de descendre vous voir ?

— Tu fais ce que je te demande. Sinon, ce que j'ai sur toi, je le donne au magistrat que tu connais bien, et là, pour toi, c'est rebelote mais puissance dix. Au fait, je t'ai pas dit : j'ai aussi des biscuits sur ta frangine.

L'autre se redresse, l'œil furieux :

— Quoi ? Laquelle ?

— Ta jumelle qui fait la pute de luxe dans les beaux quartiers. L'autre, celle qui deale des cochonneries, je m'en fous.

— Vous êtes un bel enfoiré. Vous avez quoi sur ma jumelle ?

— Elle gagne un max de blé en louant son cul et le reste à des mâles de la haute société, voire à des ministres étrangers en visite officielle. Or, son impôt sur le revenu, c'est triple zéro. Pour le fisc, elle est sans profession et invalide à 100 %. Pipeau-pipeau, certificats de complaisances de toubibs qu'elle pompe à l'œil. Ta jumelle est en pleine bourre, ses clients sont bien placés pour le savoir. On est d'accord ?

— Vous mélangez tout, là.

— Te bile pas. Tant que tu coopères, ta sœur peut poursuivre sa carrière de call-girl, je ne dirai rien au fisc.

— 7 heures du mat' dans la brousse et je me gèle les ris à me faire chier avec des discours…

— Je te tiens. Tant que j'aurai besoin de tes talents, toi et ta jumelle je vous lâcherai pas. Dis-le lui.

— Salaud !

— Bon, je t'explique. Imagine que ma hiérarchie me surveille, ainsi que toutes mes communications. Qu'on échange par Skype comme la dernière fois, ça peut être dangereux.

— Vous êtes surveillé ?

— Je me méfie. Nuance.

— Je veux être régulièrement déclaré comme indic de la police, ou un truc dans ce genre, avec rémunération. Ça se fait, maintenant.

— Tu suis l'actualité, c'est bien. Mais pour ce que tu veux, on verra plus tard, si t'es sage. T'as pris tes dispositions pour rester dans le coin quelques jours ?

— Oui, mais ce que vous me demandez est illégal. Je risque gros.

— Comme à chaque fois que je te sollicite. Je répète : tu m'obéis, ou je vous balance au juge, toi et ta jumelle chérie.

Les yeux dans le vague, le type tire une longue bouffée de son cigare :

— Si vous faisiez des culbutes avec elle gratos, et si elle vous versait quelque chose sur ses recettes, vous pourriez oublier le fisc ?

— Tu me chagrines, Tony. J'ai jamais eu recours à une pute de ma vie, je respecte trop les femmes. Et j'ai jamais palpé, et je palperai jamais, de fric gagné malhonnêtement. Ça te fait rire, tant pis pour toi, je t'emmerde.

— Ma frangine, c'est une indépendante.

— Comme ton père, toute sa vie receleur d'objets d'art volés, quelques années de cabane, bien peu vu l'ampleur de ses activités. Dans la famille, vous êtes tous des indépendants.

— Je veux dire : ma frangine n'a pas de mac, et elle en a jamais eu.

— Même pas toi ?

Le regard soudain sombre, le type lâche :

— Vous devenez insultant.

— Ça va, je retire ce que j'ai dit. D'accord, ta frangine n'a pas de mac, comme beaucoup de call-girls. N'empêche, ta proposition ne m'intéresse pas. Tu me prendras sûrement pour un con, mais je crois à l'amour. Ça t'en bouche un coin, je comprends. Bon, sur Lætitia Lugano, tu as quoi ?

— Je vous ai tout noté sur ce papier.

Tréboul saisit le feuillet qu'il glisse prestement dans une poche. Le type poursuit :

— Ce que j'ai trouvé a commencé alors qu'elle était numéro deux de la boîte, et ça a continué après qu'elle soit devenue PDG. Elle a eu plusieurs contacts avec un anonyme très intéressé par l'invention de Paluel. Il était prêt à l'acheter. Et il lui a fait plusieurs fois la même proposition.

— Il a dit combien il pouvait l'acheter ?

— Non. Mais elle a toujours refusé.

— L'anonyme, tu sais de qui il s'agit ?

— Ben non, sinon je l'appellerais pas l'anonyme. Impossible de remonter jusqu'à lui. En informatique, c'est un cador. Ou bien il est épaulé par un cador. Mais un super, super cador.

— Comme toi ?

— Vous me faites rougir, Commandant. Au fait, félicitations. Commandant à la trentaine, c'est bon.

— Merci.

— Donc, Lætitia Lugano a répété à l'anonyme que ses prérogatives de PDG lui permettent de vendre à qui bon lui semble l'invention de son prédécesseur, mais qu'elle ne le fera jamais.

— Intéressant.

— J'ai autre chose qui peut vous intéresser.

— Vas-y, j'ai pas envie de m'éterniser. Pas pour la température, la fraîcheur me gêne pas, j'aime pas la chaleur. Mais j'ai pas envie qu'on me voie en ta compagnie. Alors ?

— Lugano lui a demandé pourquoi il s'intéressait au clonage.

— Au clonage ?

— Et l'anonyme a répondu : *Comment savez-vous que je m'intéresse au clonage ?* Elle lui a dit : *J'ai mes sources, et je sais que vous vous intéressez particulièrement au clonage humain*. Et elle a ajouté : *ça craint*. Depuis ce mail, il n'y a plus eu de contact entre eux par Internet.

— Et au téléphone, fixe ou cellulaire ?

— Rien.

— Essaie de savoir qu'elles sont les sources dont parlait Lætitia Lugano.

— Je vais bosser clandestinement pour vous combien de temps ?

— On verra.

— Je peux pas rester éternellement hors de Paris, moi.

— Je sais, tu bosses maintenant honnêtement, en plus t'es indépendant, je suppose que t'es écrasé par les charges.

— C'est ça.

— Tony, t'as toujours été une start-up à toi tout seul. Je n'entraverai jamais tes élans d'entrepreneur. Je veux que notre économie soit florissante. En tant que citoyen responsable et conscient, je soutiendrai toujours les entrepreneurs comme toi qui font des efforts pour créer des emplois et lutter contre le chômage.

— Ça vous honore.

— Ce sont tes efforts qui honorent la France.

— Foutez-vous de ma gueule !

— Tu me connais, j'oserais pas. Bon. Je veux tout savoir sur les fameuses sources. J'ai ma petite idée, mais je préfère que tu m'apportes ton éclairage, ou une confirmation. Pigé ?

— Ouais.

— Allez, moi je file, et bon séjour dans cette région magnifique qu'est le Haut-Forez. Profite de la nature. Dès que tu as du nouveau, tu m'appelles et on se revoit.

L'autre, ironique :

— Faudrait pas que ça passe pour des rendez-vous amoureux…

— Si un jour je deviens homo, je ne serai pas attiré par ton profil. Au fait, t'as descendu suffisamment de matos dans ton véhicule pour hacker tout ce que tu dois hacker ?

— Vous voulez savoir quoi ?

— Je m'en fous. Je te connais pas, je t'ai jamais vu, j'ai jamais entendu parler de toi.

50

Jeudi 1er août, 8 h 30.
Sur le chemin de Compostelle, Haut-Forez.

Tréboul s'est changé. Tenue et chaussures de randonnée, sac à dos, large chapeau de toile. Il pense avoir compris. Désormais, il sera plus prudent. Elle se tient sur ses gardes, se méfie de tout, et de tous. Y compris de ses proches. Elle semble n'avoir confiance en personne. *Avec son air con et sa vue basse, elle est rouée, la garce.* Chaque fois qu'il l'a rencontrée, elle a joué la comédie. Et plutôt bien. Il en est quasi certain : l'innocente, l'ignorante, la naïve, c'était de la composition. Comme, excellent calcul, le personnage de celle qui porte le poids du monde sur ses épaules. Pour cet exercice, elle est parfaite.

Elle sait tout. Sans doute pas dans le détail, mais presque. Mais est-ce qu'elle m'a compris, moi ? Et a-t-elle compris que j'ai saisi ? Ça ne m'étonnerait pas. Elle est tellement forte. Même son cul, elle fait peut-être semblant de s'en désintéresser. Elle doit bien voir un mâle de temps en temps. Un taiseux à qui elle graisse la patte pour lui donner du plaisir. Peut-être un type de sa secte. Ou le gourou lui-même, tiens... Elle dit qu'elle l'a jamais rencontré. Mon œil ! Elle se tenait éloignée physiquement de son mari en jouant l'évaporée mystique. Avec ce comportement, son conjoint lui foutait une paix royale, elle le poussait même, mine de rien, à aller aux putes. Elle l'a peut-être fait suivre. Comme ça, le jour où elle aurait voulu mettre la main sur Industic, hop-là ! elle aurait dit : « Tes valseuses, je les connais toutes, je sais où on peut les trouver, alors maintenant je veux le poste de PDG, je veux aussi que tu me rétrocèdes tes actions, de manière que j'aie les coudées franches pour faire enfin ce que je veux avec Industic, et si tu refuses je balance les secrets de ta vie privée à la presse ».

Il fait très chaud, maintenant, sur le chemin de Compostelle. Le soleil écrase tout. Heureusement, il y a un peu d'ombre. Il s'est assis derrière une haie, en retrait du chemin, adossé à son sac à dos, prenant garde à ce qu'on ne puisse le voir. Il guette l'arrivée de marcheurs, nombreux en ce mois d'août, en route vers Compostelle.

Voilà un groupe. Ils sont une dizaine. Vêtements de randonneur, sac à dos, carte plastifiée sur la poitrine pour la plupart. Il se lève, et les attend au bord du chemin. L'un d'eux lui semble facilement abordable. Un grand barbu au crâne rasé, épais sourcils noirs, liquette à carreaux multicolores.

— Excusez-moi, lui dit-il.

— Oui ?

— J'ai perdu toutes mes cartes et mes notes sur ce que je voulais voir sur l'itinéraire. Hier matin j'ai refait mon sac dans un pré, j'ai dû tout y laisser. C'est trop loin pour que j'y retourne. Vous pourriez me renseigner ?

— Bien sûr.

— Jusqu'à Saugues, il y a combien de jours de marche ?

— Jusqu'à Saugues… ? Je vais vous dire. Mais il faut absolument que vous achetiez une autre carte.

— C'est prévu, dit-il, alors que l'autre sort une carte de son sac.

Il va pour écouter la réponse, quand au bout du chemin une silhouette l'intrigue. Plus qu'étrange.

Lorsque quelques secondes après il s'intéresse à ce que lui dit son interlocuteur, celui-ci le fixe en souriant :

— Vous ne m'avez pas écouté…

— Excusez-moi. Je viens d'apercevoir un ami. On devait se retrouver à l'étape d'hier, on s'est raté, je vais vite le rejoindre parce que je crains qu'il prenne un chemin transversal comme il a dû le faire hier. Excusez-moi encore. Merci !

Devant le barbu ébahi, Tréboul part en courant.

La démarche, l'habillement, impossible de voir si la silhouette était celle d'un homme ou d'une femme. Ça correspond au signalement que m'a donné le gendarme.

Il arrive là où il a vu la silhouette, mais aussi loin que porte son regard il ne voit personne. Il sort ses jumelles… rien. Mais ici, un sentier, à peine visible. L'herbe a été foulée voilà peu de temps. Il emprunte ce début de piste. Les traces le mènent jusqu'à une grange en partie écroulée. Il s'en approche, en fait le tour, mais ne voit personne. Il entre dans ce qui reste du bâtiment. Personne.

J'ai dû mal voir. Ou j'ai mal interprété ce que m'a dit le gendarme. Et d'ici au bourg de Montareilles, combien de temps à pied, en marchant ou en courant... ? Et si on prolongeait ce sentier, il irait… Oh merde, par là, si je me trompe pas, c'est la direction du Domaine Paluel !

51

Vendredi 2 août, 5 heures du matin.

Haut-Forez.

Immobile au cœur de l'immense forêt, il est dans son sac de couchage « grand froid », enfoui sous un épais matelas de feuilles mortes. Si l'on marchait près de lui, on ne discernerait pas sa présence. Il a passé la nuit ainsi, à 1300 mètres d'altitude. Il a très bien dormi.

À l'évolution des senteurs et des sons, il devine l'aurore. Il l'attend. Enfant, on lui a appris à exploiter ses cinq sens. Aujourd'hui, ils sont surdéveloppés. On lui a affirmé un jour : *Tu as l'ouïe et l'odorat d'un chat.* Logique : il est si familier des félins… A-t-il froid ? Chaud ? Il l'ignore. Quels que soient le lieu et l'heure, il est heureux, si tant est que pour lui cette notion ait un sens.

La forêt filtre la luminosité des étoiles. Des cheveux d'argent s'accrochent à la cime des arbres, des ruisseaux laiteux coulent sur leurs troncs.

Son sac de couchage lui permet de dormir dehors jusqu'à des températures extrêmes : -40°C. A-t-il vraiment besoin de ce duvet de bivouac ? À l'avenir, si tant est qu'il ait un avenir – sujet qui l'indiffère – il essaiera de dormir sans duvet, à même le sol, enfoui sous une couche de feuilles mortes. Au vu de ce qu'on lui a appris à endurer, cela devrait suffire. Mille petits bruits parcourent les bois. Ils sont difficilement perceptibles par une ouïe commune, mais de par sa nature et son entraînement il les entend.

En cet instant, il pense avoir trop chaud. Mais n'en est pas certain. À cette altitude dans les Monts du Forez les nuits d'août peuvent être très fraîches.

Hier soir, il est monté sous une lune timide, sans allumer sa lampe frontale, de crainte qu'on l'aperçoive de la vallée. Arrivé au sommet, à 1300 mètres, il lui a semblé marcher sur des éboulis, des morceaux de rochers. Il était probablement dans la gueule de l'ancien volcan, envahie par la végétation. Il s'est installé au milieu d'un carré de bouleaux, pour profiter de leurs feuilles tombées à l'automne. Il a choisi cette forêt, car dans un rayon de plusieurs kilomètres il n'y a aucune habitation. Et aucun sentier balisé pour randonneurs, vététistes ou cavaliers. Un instant il a eu peur en pensant au Techni'Trail. Cette course d'endurance de plusieurs jours attire des centaines de coureurs, mais elle a lieu en mai.

Hier soir, des hululements l'ont surpris au seuil du sommeil. Il a ensuite dormi comme un loir. Trop profondément, même, à son goût. Il lui faudra impérativement trouver un moyen d'être réveillé en cas de…

Cette nuit, vers 4 heures, il a senti. À ses pieds on grattait, on raclait. Très délicatement, il a ouvert son sac de couchage. Entre ses cuisses il a saisi son poignard. À un mètre, deux billes rondes et vertes. La lueur de la lune allumait une queue touffue. Le chat sauvage a soufflé, fait le gros dos, avant de s'enfuir. Il s'est rendormi, sa main serrant son arme. Et là, à

5 heures précises, alors qu'il vient juste de se réveiller, une course de pas légers. On s'approche.

Il renifle, respire à pleins poumons des effluves beaucoup plus intenses que celles du chat sauvage. Il ne tarde pas à les reconnaître.

Des chevreuils ! La mère est en train de le sentir. L'aurore naissante, les étoiles et la lune éclairent sa robe. Autour d'elle, tournent les petits culs-blancs de deux faons. Ils sont moins prudents que leur mère. Ils sont tout près.

Il remplit ses poumons de l'odeur du suint de leurs robes, du fumet de leurs jeunes chairs. Au risque de les alerter, il remue ses mâchoires. Ses dents crissent. Il salive. Sa main se crispe sur le manche de son couteau. Le contact peut le mettre en transe. *Non ! Pas ce matin ! C'est trop dangereux !* La dernière fois, il a dû découper le petit chevreuil à la lueur des étoiles. Il n'y avait pas de lune. Il lui a fallu envelopper les morceaux de viande dans un plastique, et tout enfouir dans le coffre. S'il était tombé sur la Douane volante…

Il parvient à réfréner son envie. Les bêtes s'enfuient en bondissant, dans les senteurs de résineux. Il quitte sa position couchée. Il repousse de ses mains le tapis de feuilles mortes, il sort sa tête du sac de couchage, et s'assied.

Son visage est reposé, son regard paisible. Ses cheveux châtain clair sont retenus par une queue-de-cheval. Il s'extrait de son duvet. Sur sa gauche il perçoit un envol. Des geais des chênes ? Il a vu leurs corps brun rosé, les traînées noires, les petites plumes bleues sur les ailes.

Il lève son mètre soixante-dix. Le pantalon de toile marron laisse deviner des jambes fines mais extraordinairement musclées. Les pectoraux roulent sous le polo gris parsemé de feuilles mortes. En chaussettes épaisses, il s'éloigne de son duvet, s'agenouille, sort une bouteille isotherme et des barres énergétiques de son sac à dos. À genoux, il boit deux gobelets de café sucré. La bouche et la gorge réchauffées, il mange, mâchant lentement.

Face au soleil levant, son visage est d'une extrême dureté. La lumière du matin ne l'adoucit pas. Sous de fins sourcils, elle affirme l'éclat de ses yeux bleu turquoise soulignés de khôl. Il avale un dernier gobelet de café, attrape sa gourde, fait couler un peu d'eau dans le creux de sa main droite, et s'en frictionne le visage.

Du fond du duvet il extrait une paire de chaussures de marche, et les enfile. Il s'écarte de quelques mètres. Debout, il pisse contre un arbre et crache dans les fougères.

Dans son comportement et ses gestes, il y a une puissante résolution. Il met ses lunettes noires, regarde le soleil en face, marche autour de ce qui fut son terrier pour la nuit. Lorsqu'il a le soleil dans le dos, celui-ci éclaire à la base de sa nuque, visible à travers sa queue-de-cheval, une cicatrice, trace d'un coup de lame.

Il regarde sa montre. Il se penche sur son sac de couchage, en sort un couteau de survie avec coupe-fente et brise-vitre. Il s'assure de l'aigu de la lame en le frôlant longuement du bout de l'index. Puis il le glisse dans une poche latérale de son pantalon, dans une autre il range le poignard de chasse.

Il se livre maintenant à des étirements. Ensuite, du bout des doigts il frappe ses joues, son front, sa nuque, et plus fortement du plat des mains ses bras et sa poitrine.

Il grogne : *Non... Non...* Il tousse. Il grogne encore en un long frisson. Alors il enlève ses chaussures de marche, puis son pantalon, et enfin son polo. Il est en slip, en chaussettes, torse nu. De la paume de ses mains il se frictionne énergiquement, s'attarde sur ses muscles et sur sa poitrine. Il a des seins nettement formés, très fermes, aux aréoles larges et foncées.

Il plie les vêtements qu'il vient de quitter, les roule autour de ses chaussures, et met le tout dans un sac. Il étale maintenant au sol le contenu d'un autre pochon : une perruque de longs cheveux ondulés châtain clair tirant sur le blond. Puis un miroir, qu'il pose au pied d'un arbre. Il place le postiche sur sa tête puis ouvre un coffret de maquillage, une palette *Multilooks Nuit Scintillante*, et quatre bâtons de rouges à lèvres. Il se maquille, fait rouler ses lèvres l'une sur l'autre et esquisse un sourire de satisfaction. Ensuite, il enfile et boutonne un chemisier à grands carreaux, bleu ciel et gris. Dessous, pointent ses seins.

Il se relève, et c'est le tour de ce vêtement qu'il affectionne tout particulièrement pour la randonnée : une jupette bleu roi avec cuissard rose. Il glisse ensuite ses pieds dans une paire de chaussures bleu, jaune citron et rouge.

Il s'observe encore dans le miroir. Quelques pas, à droite, à gauche, en arrière. Il se penche, se masse les cuisses et les mollets. Il apprécie sous ses doigts la finesse de ses jambes et sa peau extraordinairement lisse. Il est content d'avoir un corps totalement dépourvu de poils.

Il a conscience d'être belle, il sait qu'elle est beau.

Une silhouette de femme sportive. Un visage aux traits fins, dont de brèves mimiques extraordinairement dures accentuent le charme. Une belle chevelure ondulée. Un buste serré dans la chemise de randonnée tendue par des seins fermes et pointus.

Elle s'éloigne un peu, baisse sa jupette, puis son slip. Elle prend toujours, comme en cet instant, un plaisir extrême à caresser longuement ses cuisses. Le plaisir qu'elle ressent à exciter son intimité la mène à l'orgasme.

Sac à dos, cartes et topo-guides sous pochette retenue par un cordon passé autour du cou, bâtons de marche en mains, la très sexy randonneuse a quitté la forêt pour emprunter le chemin de Saint-Jacques-de-Compostelle.

La prochaine étape, très risquée, ne l'effraie pas. Il le sait : pour elle, la peur n'est qu'illusion. S'il n'est jamais fatigué, est-ce parce qu'elle n'a ni mère ni père ? Si elle est étrangère à la grande fatigue, est-ce parce qu'il n'a jamais connu ses parents ?

Celui qui s'est toujours présenté à elle tantôt comme son oncle, tantôt à lui comme sa tante, a-t-il, a-t-elle, eu, des parents ? Réponse, un jour, *Bien sûr !* Puis dans un immense éclat de rire : *Je les ai peut-être tués, s'ils m'étaient inutiles*...

Il marche vite, elle est pressée, sûr de lui, elle grogne : *Prochaine étape : Montareilles*.

52

Vendredi 2 août, 5 heures du matin.

Dans les bois de la Chapelle-Lirac, Haut-Forez.

— T'es accro aux barreaux de chaises, dis donc ! lance Tréboul en mettant pied à terre.

Assis sur le seuil de son camping-car, le hacker aspire une grosse taffe.

— Et ne jette pas ton mégot par terre. Pas seulement pour les risques d'incendie, mais tu laisserais des traces de ta présence. T'es fiché, n'oublie pas.

L'autre rajuste ses lunettes fumées :

— Un 4x4 neuf ? La police se mouche pas du coude.

— Je l'ai loué pour venir te conter fleurette, Biquette.

— Je vous interdis de m'appeler comme ça !

Tréboul pouffe.

— T'es pas en situation de m'interdire quoi que ce soit, et puis c'était ton surnom en taule, non ?

— C'est du passé ! Huit ans, j'ai payé, j'y ai même bossé dans un atelier de meubles.

— Commencer à bosser à quarante ans… Tu t'es remis du traumatisme ?

— Maintenant je suis nickel.

— Je sais, tu gagnes ta vie honnêtement, la France salue tes efforts surhumains.

— C'est pour le plaisir de me faire chier que vous m'avez filé rancard ici à 5 heures du mat' ?

— Je veux pas qu'on nous voie ensemble.

— Une heure plus tard, je me demande qui nous aurait vus…

— Des gens qui apprécient la fraîcheur des matins d'été avant la chaleur… En plus, j'en ai fait l'expérience récemment, tout au bout de la piste forestière, par temps clair et ciel bleu comme aujourd'hui, on voit toute la chaîne des Alpes et le mont Blanc. Ça attire les amoureux de la nature.

— Je m'en tape, ça remplit pas ma gamelle.

— Toujours aussi délicat… D'après ton SMS, tu as du nouveau !

— Je suis retourné dans les ordis de Lugano.

Tréboul le coupe :

— J'insiste, fouille proprement. Qu'il soit impossible de t'identifier, autrement certains me soupçonneraient d'être à la manœuvre. Je ne peux pas me payer le luxe d'attendre que la juge décide de placer Lugano sous surveillance. Vu ?

— Ouais. Donc, depuis longtemps, la Lugano et l'anonyme communiquaient par Telegram.[3]

— Tu as pu retracer leurs échanges ?

— Oui.

— Chapeau !

— C'est mon boulot.

Tréboul éclate de rire.

— Enfin, c'était mon boulot… Bref, l'anonyme en sait très long sur la mort, et les raisons de la mort, de Paluel. C'est un filou de haut vol, d'une intelligence supérieure. Ce qui l'intéresse dans l'inven-

---

[3] *Application de messagerie instantanée sécurisée.*

tion de Paluel, ce sont ses potentialités dans l'intelligence artificielle et ses applications militaires. Et je confirme aussi qu'il s'intéresse de très près au clonage humain.

— Lugano était au courant. T'as une idée de ses sources ?

— Via Telegram, elle a souvent été contactée depuis Moscou. L'origine est impossible à identifier. Mais cette source moscovite est limite-limite.

— Une relation d'affaires liée à une mafia ?

— Sans doute.

— Ça ne prouve pas que la nouvelle PDG soit elle-même liée à une mafia.

— Ni, non plus, qu'elle est blanche comme neige. Les relations commerciales avec les Russes peuvent revêtir des aspects inattendus et spectaculaires. La source moscovite a opéré comme moi. Elle a fouillé les échanges Telegram entre Lugano et l'anonyme, et ceux reçus et envoyés précédemment par Paluel, sur Telegram également.

Tréboul est perplexe :

— Pour lire les mails reçus et envoyés sur Telegram par Paluel, le Moscovite a dû pénétrer son ordi perso. Soit quand l'industriel utilisait Telegram, soit, après sa mort, quand nous, les flics, connections cet ordi à Internet pour les besoins de notre enquête. Conclusions : Lugano était déjà en contact avec le mystérieux Moscovite quand elle était numéro deux d'Industic, et j'aimerais savoir pourquoi ; et après la mort de son PDG, elle a immédiatement informé le Moscovite qu'on avait saisi son ordi perso.

— Exact.

— Quelle salope !

— Oh… Je continue. Le Moscovite a affirmé à Lugano que l'anonyme qui l'a contactée plusieurs fois pour acheter l'invention de Paluel était déjà entré en contact avec l'ex-PDG, mais par un intermédiaire.

— T'as identifié l'intermédiaire ?

— Non. Paluel a refusé catégoriquement ses propositions. Selon le Moscovite, en refusant ces offres, il signait son arrêt de mort. Le Moscovite a aussi la preuve que l'anonyme s'intéresse de très près et depuis longtemps au clonage humain. Et il est très connu dans le milieu. Ces milieux, c'est le grand banditisme international. Selon certains détails, j'en ai déduit que l'anonyme serait un caïd de la drogue. Il aurait investi dans l'immobilier, notamment à Paris et sur la Côte d'Azur. Son fief serait en Espagne, en Andalousie, sur la Costa del Sol, une grosse propriété gardée par une flopée de types armés jusqu'au…

Tréboul l'interrompt :

— Un caïd avec une propriété sur la Costa del Sol ?

— Oui. Pourquoi ?

— Continue.

— Et il est spécial et apparemment très violent. Et insaisissable. On ignore toujours où il se trouve, dans son fief andalou, ou en France, en Hollande, ou ailleurs… Et y a un truc incroyable à son sujet. Plusieurs fois, on a signalé sa présence au même moment en deux lieux différents éloignés de centaines ou milliers de kilomètres. Comme s'il avait un sosie.

Tréboul réfléchit. *Comme s'il avait un sosie... Un clone ? Un caïd, avec une propriété sur la Costa del Sol. Sûrement à Marbella... L'anonyme en contact avec Lugano, c'est Adel Benoite !*

— Comme s'il avait un sosie ? répète-t-il.

— Oui.

C'est pas un sosie, c'est un clone. Adel Benoite a un clone !

L'autre ajoute :

— Selon la source moscovite de Lugano, il ne serait pas impossible que l'anonyme cherche à la rencontrer. Pas impossible non plus qu'il veuille les rencontrer toutes les deux.

— Qui, toutes les deux ?

— La PDG, et la veuve. J'ai compris qu'à partir du moment où il a décidé quelque chose il est prêt à tout. Il n'a peur de rien. Sa réputation est d'agir non pas en être humain, mais en fauve très dangereux.

— Il voudrait les rencontrer toutes les deux, mais où ?

— Ici. Dans votre putain de Haut-Forez.

Tréboul est sous tension. *Adel Benoite cherche à rencontrer la PDG mais aussi Chantal Paluel, membre du conseil d'administration de la société, et majoritaire au capital... Toutes les deux sont en danger !*

— Je me casse. Si t'as du nouveau, tu m'envoies un SMS. Tchao !

53

Vendredi 2 août, 9 heures.

Bourg de Montareilles, Haut-Forez.

Martinod jette son gobelet dans une poubelle.

— Cette daube, j'en donnerais même pas à mon chien.

Tréboul s'assied face à lui.

— Vous avez un chien ?

— Non, mais je pourrais en avoir un, si Justine n'en avait pas peur.

— Les chiens boivent du café, maintenant ?

— Ils en boiront bientôt. Il faut s'attendre à tout. Au train où ça va, les vaches feront des œufs, pour avoir du lait on traira les poules, les CRS interviendront en minijupe, talons hauts et bas résilles, pour former le gouvernement on sortira des singes des zoos, et la police sera dirigée par le ministre du tourisme.

— Eh ben, ça promet… Et nous, dans l'histoire ?

— On fera des rappels à la loi à nos clients en leur offrant des bouquets de fleurs et des boîtes de chocolats. C'est pour tout ça qu'aux élections, pour voter, je mets des moufles.

— Quoi ?

— Pour voter, je mets des moufles. Comme ça, je n'arrive pas à glisser mon bulletin de vote dans l'enveloppe.

— Qu'est-ce que vous racontez ?

— C'était ma minute politique.

— Ah d'accord, lâche Tréboul en riant.

Ce matin, Martinod porte un polo violet avec de grosses bandes horizontales jaune canari.

— Vous avez joué au foot, dans le temps ?

— Non, pourquoi ?

— Rien… Alors, ces immondes vidéos ?

— Impossible d'identifier qui que ce soit. Je voulais vous avertir tout de suite, mais vous aviez disparu. Ça vous arrive souvent de vous volatiliser ?

— J'étais pas loin. Mais j'aurais dû vous appeler.

— Oui, j'ai appris à me servir d'un portable, et j'ai même un numéro. Justement, j'ai causé avec un flic parisien. Là-haut aussi, de temps en temps, vous disparaissiez.

— Vous avez enquêté sur moi ! Quel culot !

— Prenez pas la mouche. Hier, j'ai voulu avoir des nouvelles d'un collègue que j'ai connu à Saint-Étienne, et maintenant en poste à Paris. Voilà qu'il me demande comment ça se passe avec mon nouveau chef. J'ignorais qu'il avait travaillé sous vos ordres. On a parlé de vous, et de votre manie de vous volatiliser. Il m'a dit : *Il est étrange, mais c'est un excellent flic, dommage qu'il nous ait quittés.*

— Qui est-ce ?

— Un mec bien, très bien même, qui vous appréciait beaucoup… En ce qui concerne les enregistrements, Mop et moi on y a passé du temps, mais impossible d'aller plus loin dans les identifications.

— Vous avez travaillé là-dessus avec notre jolie lieutenant ? Si votre Justine l'apprend…

— Hé ! Mop a l'âge de notre fille. Et s'il me prenait la folie de me dégoter une maîtresse, ce serait pas la reine des sauteuses. Je suis pas un vieux bouc, mais si j'arrivais à la séduire je deviendrais vite chèvre. Et j'ai jamais vécu le guignol à la main.

— Oh là là… Comment vous parlez ? Vous le fan du pape.

— Je me répète : avec ma religion, faites pas chier. Ensuite, on est en août. D'habitude, à cette époque, je suis en congé et en bermuda. Alors, comme là je suis obligé de bosser et que je suis pas en bermuda, je parle comme je veux.

Tréboul manque s'étouffer.

— Vous avez un bermuda ?

— Plusieurs, mêmes, et à fleurs. Ma femme adore Antoine, le chanteur. Alors j'ai acheté des bermudas à fleurs.

— Antoine, c'est la chemise.

— Je sais, et moi, en vacances, ce que j'ai à fleurs, c'est mon bermuda. J'ai pas envie que moi, officier de police, on me prenne pour Antoine.

Tréboul regarde la grosse tête de Martinod, la boule à zéro, et rasé de près.

— Y a peu de risques, mais vous avez raison, vaut mieux prévenir que guérir… De son côté, la Scientifique a eu le temps de comparer les voix féminines des enregistrements vidéo avec celle de Chantal Paluel captée lors de ses communications téléphoniques.

— Parce que…

— J'ai oublié de vous avertir : à ma demande, la juge l'a mise sur écoute.

— Vous ne m'en avez pas informé. C'est vrai que je ne vous ai jamais montré mes papiers. Donc, je ne suis pas chef du rayon casseroles au supermarché, mais capitaine de police, et je suis votre adjoint. On ne vous l'a pas dit ?

— Ça va, ça va, mille excuses.

— Pouvez m'en mettre dix mille ?

— OK.

— Chez moi on parle Français. On dit : D'accord.

— D'accord. Ah, la voilà. Nos lieutenants sont allés la chercher.

Chantal Paluel est assise devant le téléviseur et le lecteur de DVD. Apparaît à l'écran le groupe en tenue de soirée.

— C'est quoi, ça ? demande-t-elle.

Quand la caméra zoome sur une femme à plat ventre inerte sur une table, elle crie presque :

— Mais enfin, c'est quoi ?

Gros plan sur le masque vert. La veuve se triture les mains. Son regard est flou, il quitte souvent l'écran pour fuir au plafond, comme si elle ne le maîtrisait plus. À l'écran, un participant commence à torturer la jeune femme.

— C'est dégoûtant ! Pourquoi me montrez-vous ça ?

Brusquement elle se lève et se dirige vers la porte. Arty la ramène sur son siège. Elle cligne des yeux, ne cesse de renifler.

— Regardez, ordonne Tréboul.

Sur le DVD, une voix féminine lance : *Arrête ça, Adel, arrête ! On déconne complètement !* Et l'on voit le dénommé Adel saisir les doigts de la jeune femme.

— Arrêtez ça ! hurle-t-elle en se ruant vers l'écran, stoppée par Mop qui la force à se rasseoir.

Tréboul met le DVD sur pause.

— Vous savez ce qu'on voit et ce qu'on entend après ! Un homme s'adresse à plusieurs reprises à une certaine Chantal. Et un autre propose : *Hé, Chantal, on se fait la brouette ?* Cette Chantal, c'était vous !

Krava désigne l'ordinateur posé devant elle. Il est connecté par Skype avec un technicien de l'antenne stéphanoise de la PJ. Celui-ci commente alors les documents sonores qu'il a transmis au groupe tôt ce matin.

— Écoutez bien, Madame, intime le policier.

Le technicien passe plusieurs fois le passage où la femme s'adresse à Adel.

Tréboul dit à la veuve :

— À présent, écoutez votre propre voix enregistrée par nos services lors de plusieurs de vos communications téléphoniques.

— Vous n'avez pas le droit ! proteste-t-elle.

— Vous êtes sur écoutes. Vous allez vous entendre, au téléphone, discuter avec une de vos employées, votre coiffeuse et un électricien.

Au bout de quelques minutes, Tréboul coupe la communication Skype. Il dit :

— Vous avez entendu notre collègue ? Votre voix actuelle et celle de l'enregistrement vidéo sont rigoureusement les mêmes. Vous participiez à la… fête, pendant laquelle l'employée de vos parents a été martyrisée.

— J'étais très jeune ! Je faisais n'importe quoi…

Elle se tait, consciente de cet aveu implicite. Elle demande à aller aux toilettes. Chrystèle l'accompagne. À son retour, elle est livide.

— Je fréquentais ces jeunes, mais ils étaient…

— Dépravés ? lance Martinod. Des jeunes dépravés qui se croient tout permis parce que leurs parents sont pleins aux as ? Ils se camaient ?

Tréboul enchaîne :

— Même cokés à mort, la plupart des gens ne commettent jamais ce genre de saloperies.

La veuve fixe ses pieds, puis :

— Vous avez entendu, j'ai protesté contre…

— Vous protestez bien mollement, dit Tréboul. À aucun moment vous n'essayez de protéger l'employée de vos parents.

Mop intervient :

— Vous connaissiez très bien Myriam Philippe, future Myriam Lantier. Voilà quelques jours, vous apprenez sa présence à Montareilles, vous craignez qu'elle vienne vous demander des comptes et dénoncer à qui de droit les barbares qui l'ont torturée. Vous avez tué Myriam Lantier.

— Non !

— Et Adel ? Qui est cet Adel auquel vous vous adressez sur cet enregistrement ? C'est lui qui a incité votre groupe à ses immondes agapes. Je comprends votre attitude lorsque vous avez reçu le boudin. Ça vous a rappelé cette soirée sanglante ?

Elle ne dit mot.

— Vous ignorez toujours qui vous a envoyé ce colis ?

Tréboul se concentre sur l'écran de son Smartphone. Puis il rempoche l'appareil, et demande :

— Qu'il y ait des liens entre Myriam Lantier et votre époux, vous vous en doutiez ?

— De quels liens parlez-vous ?

— Myriam est la fille de votre mari.

54

Vendredi 2 août, 11 heures.
Montareilles.

Le sous-officier, chargé de surveiller le domaine Paluel, a donné rendez-vous à Tréboul au cœur d'un bosquet de bouleaux, à quelques dizaines de mètres de la maison. Il détaille le commandant de pied en cap. Il ne l'a encore jamais vu sans une de ses sempiternelles chemises à jabot.

Le ciel est gris, le crachin a cessé voilà quelques minutes, l'air est frais.

— Vous n'avez rien voulu me dire au téléphone. Pourquoi ? demande Tréboul à l'adjudant.

— Cette affaire est super malsaine, du pourri de chez pourri. Elle pue. Alors je me méfie.

— De qui ?

— Cette affaire pue.

— Donc, vous l'aviez déjà vue une première fois, et vous m'aviez prévenu, parce qu'elle vous semblait bizarre. Mais là, vous l'avez vue trois fois en trois jours ?

— Oui. Elle marchait sur le sentier de Compostelle. Je suis certain que c'est la même. C'est une randonneuse, avec toujours le même sac à dos. Elle était derrière d'autres marcheurs, mais elle ne faisait pas partie de leur groupe. Elle les suivait. Avant-hier matin, vers 9 heures, et hier vers 16 heures. Deux fois en deux jours. Bizarre, non ?

— Entre-temps, répond Tréboul, elle a peut-être fait demi-tour pour une raison quelconque, vous ne vous en êtes pas rendu compte, et elle est repassée.

— Peut-être. Mais je l'ai revue ce matin encore, à 10h40, et cette fois elle marchait en sens inverse. Elle tournait le dos à Compostelle.

— Vous êtes sûr que c'était la même ? Décrivez-la moi plus précisément.

— Elle a une espèce de chapeau ou de casquette immense rose et blanche, avec une grande visière. Ses cheveux doivent être ramassés sous son couvre-chef. Elle porte des lunettes de soleil énormes. Avec la visière de son couvre-chef et ses lunettes, on ne peut pas voir son visage. Je suis certain que c'est bien elle que j'ai vue trois fois, avec son espèce de cuissard de cycliste rose, et, par-dessus, une minijupe bleu roi. En fait, c'est un cuissard-jupette, rose et bleu roi. Impossible de me tromper. C'est bizarre, non ? Mais ce qui n'est pas normal… c'est que quand je dis que je l'ai vue plusieurs fois en trois jours, finalement, je n'en suis pas si sûr.

— Comment ça ? Expliquez-vous mon vieux…

— À chaque fois, seul le polo changeait, mais j'ai vu le même sac à dos, la même tenue, la même silhouette. C'est inexplicable, mais j'ai eu l'impression que les premières fois elle avait une soixantaine d'années, alors que ce matin, vu sa démarche, elle paraissait beaucoup plus jeune.

— Comme si c'était deux femmes différentes, avec une grande différence d'âge ? Et ce matin, la plus jeune marchait en sens inverse de la plus âgée ? C'est ça ?

— Comme si celle de ce matin était la fille de l'autre.

— Vous avez pourtant mal vu leur visage.

— Oui, mais malgré tout, j'ai eu l'impression que c'était la mère et la fille. C'est quand même bizarre, le même accoutrement, à part le polo, l'une passe deux fois sur le sentier, et l'autre, qui lui ressemble de manière incroyable, marche dans la direction inverse.

— Selon vous, c'était donc bien deux femmes différentes, mais on pouvait facilement les confondre.

— Oui. Enfin… deux femmes… je crois… mais, en fait, je sais plus trop.

— Comment, vous savez plus trop ?

— Ben oui, maintenant j'en suis plus très sûr. Elles avaient toutes les deux des jambes fines, de belles jambes fines de femmes, mais leurs jambes étaient super musclées, super costaudes, comme si… j'ose pas vous le dire… comme si c'était des jambes d'hommes.

— Elles vous faisaient penser autant à des femmes qu'à des hommes ?

— Oui, c'est exactement ça.

55

Vendredi 2 août, 14 h 10.
Costirac, Haut-Forez.

Elle nage dans une large et triste chemise marron en toile. Malgré la chaleur, elle s'astreint à la garder boutonnée jusqu'au cou. Elle flotte tout autant dans son démesuré et informe jean bleu. Ainsi affublée, elle paraît austère, bien davantage que la moyenne des gens que l'on rencontre sur le chemin de Compostelle. Avant de rejoindre cette voie légendaire, précisément la partie qui traverse le Haut-Forez, elle s'était équipée d'une grande croix en bois qui pendait sur sa poitrine, retenue par un ruban passé autour du cou. *Peut-être un peu exagéré. Quoique...* Elle a finalement opté pour une croix de dimensions plus modestes. Voilà une heure et demie qu'elle progresse, avec dans son sac à dos quelques sandwiches, deux bouteilles d'eau, son arme de poing et deux chargeurs.

Elle n'est plus sur le territoire de la commune de Costirac, mais déjà sur Montareilles. Soudain au loin, cette silhouette. Quelque chose dans sa démarche, elle ne saurait dire quoi, l'alerte.

Elle braque ses jumelles. Ce chapeau, cette casquette. Ce n'est pas la première fois qu'elle voit pareil couvre-chef. Elle a déjà vu un randonneur en porter un comme celui-ci, ou semblable à quelque chose près. Quand ? Tout à l'heure ? Oui, c'était tout à l'heure, mais le randonneur était trop loin pour qu'elle le détaille, il n'est pas resté longtemps dans le champ de ses jumelles, et il a aussitôt disparu. D'ailleurs, qu'il disparaisse ainsi, ça l'avait étonnée. Mais là, maintenant, cette silhouette… c'est la même démarche. Cette manière de balancer les épaules, les pouces passés sous les bretelles de son sac à dos.

Mop la voit bien maintenant. Un chapeau, plutôt un chapeau-casquette avec une très longue visière lui cache l'essentiel du visage, mangé aussi par ses lunettes de soleil. Impossible de discerner sa figure. Et ce vêtement : jupette bleu roi et cuissard rose. Le randonneur de tout à l'heure portait exactement la même, elle en est sûre. Mais il n'a pas le même polo.

Voilà trente secondes encore, la lieutenant aurait juré que c'était un homme. Mais non. Des seins pointent sous la chemise. Il, elle, n'a pas un polo, mais une chemise.

La randonneuse qui va bientôt approcher du Domaine Paluel ralentit son allure, et regarde l'imposante maison. Soudain, elle fait volte-face, et part en sens inverse ! La voilà qui se met à courir ! Très vite elle disparaît.

Mop a tardé à réagir. Maintenant elle aussi court. Elle allonge au maximum sa foulée. Elle sprinte et réussit à rattraper une partie de son retard sur l'étrange randonneuse qui s'engage sur un petit sentier.

Vrombissement de moteur. La policière se dissimule. À quelques dizaines de mètres, attend un 4x4 vert olive. La randonneuse ouvre la portière et monte. Le véhicule démarre, prend de la vitesse et disparaît.

56

Vendredi 2 août, 14 h 35.
Col des Pradeaux, Livradois-Forez.

Le camping-car stationne entre trois Harley rutilantes, une antédiluvienne Juvaquatre piquée de rouille, et un tracteur John Deere vert. En terrasse, un couple d'amoureux, des familles avec des enfants en bas âge, et des bikers, le front ceint d'un foulard multicolore, les bras lourdement tatoués.

Tréboul s'avance. Il frappe à la porte du camping-car surmonté d'une antenne parabolique.

— Entrez, traînez pas, dit l'ex-hacker.

Il accueille le policier avec, comme d'habitude, un cigare aux lèvres :

— Sans votre costume et votre putain de chemise à jabot, vous avez l'air suspect. Je serais flic, je contrôlerais vos papiers.

— C'est vrai que comme ça, je me sens nu, répond Tréboul en scrutant l'épaisse tenture qui sépare en deux l'intérieur du véhicule. Tu caches ton matos derrière ?

— Y a des malhonnêtes…

— T'as remarqué ?

— Hé… Je venais juste d'arriver, j'étais dehors, les trois motards sont venus garer leurs bécanes tout près. Le plus jeune m'a demandé à quoi me servait une aussi grosse antenne. Je lui ai dit que j'étais abonné à des chaînes de télé du monde entier, je suis rentré, et je lui ai claqué la porte au nez.

— T'aurais pas dû. Ils vont se poser des questions.

— Être emmerdé même en pleine jungle !

— C'est pas la jungle, c'est la campagne.

— Un peu plus haut, y a un sentier avec une flèche et un panneau : *Évitez de cueillir les fleurs sauvages et de déranger la faune.* C'est quoi ce délire ?

— Le respect de la nature. T'en as jamais entendu parler ? Comme tu as déserté la crapulerie, profites-en pour vivre intelligemment… J'ai reçu ton SMS.

— J'ai du lourd. Mais à l'avenir, faudra être plus généreux avec moi. J'ai charge de famille, moi.

— T'auras rien de plus, dit Tréboul. Ce que j'ai sur toi peut te réexpédier en cabane pour au moins cinq ans. Alors ?

— Pfff… Alors, au début de notre… collaboration… vous m'avez demandé de fouiner partout. Il m'arrive d'aller me balader dans le système informatique d'Interpol.

— Tu te fais gauler, tu te démerdes, je te connais pas. D'accord ?

— J'ai pas le choix. Donc, en fouillant dans le système d'Interpol, j'ai appris un truc. À la demande de magistrats européens, la police espagnole surveille une ferme qui pourrait abriter un laboratoire de clonage. Des scientifiques y bosseraient, grassement payés. L'Espagne autorise le clonage humain, mais seulement à des fins thérapeutiques. Dans ce labo, ces types auraient pour tâche de tenter de reproduire des humains à l'identique. Du clonage humain intégral, quoi. Ce serait financé par un truand de grande envergure, mais qui n'a encore jamais été inquiété, faute de preuves, et à cause aussi de son extraordinaire mobilité. Les flics et la justice ont l'impression qu'il est à plusieurs endroits en même temps.

Tréboul hausse un sourcil.

— Je vois que ça vous branche, se réjouit le hacker.

— Continue.

— Ce caïd touche à tout a monté une secte. Ses fidèles sont tous bourrés de blé, et bien entendu il les fait raquer.

Tréboul retient sa respiration.

— Ça vous excite de plus en plus.

— Il se trouve où, ce labo ?

— En Andalousie, du côté de Marbella.

— Tu es sûr ?

— Foi d'Interpol… Ah, j'oubliais : la police espagnole a prévu d'intervenir très prochainement.

57

Vendredi 2 août, 14 h 40.
Saint-Étienne, Institut médico-légal du CHU.

Martinod est à quelques centimètres des corps de Simon Paluel et Jacques Suzin. Face à lui, le légiste, l'air catastrophé. C'est lui qui a tenu à ce qu'un équipier de Tréboul le rejoigne à Saint-Étienne, toute affaire cessante.

— Je vous ai demandé de venir pour que vous voyiez ce que j'ai constaté, cet après-midi. Ce serait bien que le commandant Tréboul soit là.

— Viendra, viendra pas, j'en sais rien. J'ignore où il est. Je lui ai laissé trois messages. On ne va pas attendre cent sept ans. Allez, Toubib, montrez-moi.

Celui-ci se frotte le menton, et :

— C'est la première fois de ma carrière qu'une affaire me bouleverse autant. Mais je ne vous ai pas fait venir pour vous exposer mes états d'âme… J'ai fait une sacrée découverte.

Il ouvre les housses enveloppant les cadavres, saisit la main gauche de Simon Paluel, et la retourne de manière à montrer la paume au policier.

— Observez ce qu'on nomme les lignes de la main. Ici, vous voyez cette griffure ?

Le légiste relève maintenant la tête de Suzin. Il saisit l'arrière du crâne, et du bout des doigts il écarte quelques cheveux.

— Regardez ici. Vous voyez ? Là aussi c'est une griffure.

— Ils ont tous les deux été griffés, relève Martinod. Et ?

— J'en étais sûr, mais j'ai préféré demander l'avis d'un vétérinaire. Lui et moi, nous sommes formels : ces griffures ont été causées par un chat, par un gros chat.

— Beaucoup de gens ont été griffés par des chats.

— Oui. Mais j'ai fait analyser les chairs qui ont été griffées. Vous savez ce que le labo y a décelé ? Des restes de tubocurarine.

— Hé mais, fait Martinod, quand on a découvert le cadavre du retraité, d'après l'expression de son visage on avait l'impression qu'il était mort terrifié. Vous êtes certain que ces griffures n'ont pas été causées par… je sais pas, un tigre, par exemple.

— Le véto a effectivement pensé à un fauve, du genre tigre ou panthère échappés d'un cirque. Mais après observation, il a été catégorique : ce sont les griffures d'un gros chat. Si Suzin portait sur le visage les marques de la terreur, c'est sûrement parce que le félin qui l'a attaqué devait être furieux. C'est terrible, un chat furieux, ça peut faire très très peur… Donc, raisonnablement, on peut penser que le curare qui a causé la mort de ces deux hommes a été injecté dans leur organisme par les griffes d'un gros chat.

58

Vendredi 2 août, 15 h 30.
Livradois-Forez.

Après avoir quitté son informateur et le col des Pradeaux, Tréboul gare son 4x4 sur un terre-plein en retrait de la route. Il en descend. La circulation automobile est inexistante. Le silence l'impressionne. En contrebas, un vallon, et sous le soleil une rivière telle une coulée d'étoiles. Il réfléchit. *Voilà trente-trois ans, un morceau du cadavre de Fernand Buisson a été arraché à coups de dent par un être humain. Les empreintes dentaires prouvent que le même être humain a arraché à coups de dent une partie du foie de Myriam Lantier, et a fait la même chose sur le cadavre d'un chevreuil qu'il venait d'égorger. Le légiste a découvert le cadavre du faon dans la forêt domaniale des Calebasses.*

Tréboul consulte la carte Michelin.

C'est pas loin. C'est donc là que ce sinistre individu a sévi pour la dernière fois. Les collègues de la Scientifique n'y ont rien trouvé d'intéressant. Un élément a pu leur échapper.

La route grimpe, sinuant entre forêt de sapins et prairies étonnamment vertes malgré la sécheresse. Au détour d'un virage en épingle à cheveux, le bleu minéral du ciel sans nuages fait ressortir sur le vert ambiant une ribambelle de taches acajou : des vaches et des veaux Salers.

Étrangement revigoré, Tréboul reprend la route. Selon le GPS, il n'est qu'à une vingtaine de minutes de la forêt des Calebasses. Il s'engage sur une piste forestière puis opte pour une voie plus étroite encore et beaucoup plus bosselée qui traverse un long replat. Surgit devant lui un tout-terrain qui se rapproche à grande vitesse. Pour ne pas être percuté, il donne un brusque coup de volant, les roues de droite de son 4x4 glissent dans le fossé.

Alors qu'il note l'immatriculation du Suzuki vert olive qui vient de le frôler, son téléphone tinte. Martinod et Mop ont laissé des messages sur la boîte vocale. Il va pour les consulter. Plus de réseau. Il s'éloigne, levant son téléphone vers le ciel. Une barre seulement. La voix hachée de Mop : *... danger... danger... 4x4 vert foncé...*

59

Vendredi 2 août, 16 heures.
Monts du Forez.

La piste que suit Tréboul est si étroite qu'il a dû se livrer à de périlleuses manœuvres pour faire demi-tour. Profitant d'une amélioration de la couverture du réseau, il écoute à nouveau le message : *Suspect : un 4x4 Suzuki Jimny vert foncé, avec à bord...* Puis il appelle ses troupes :

— Krava ?

Il lui donne l'immatriculation du 4x4.

— J'attends.

Peu après :

— Inconnue au fichier. L'immat' est fausse.

— Merci.

Il est au cœur de la forêt domaniale des Calebasses. Il stoppe, étudie le sol sur une vingtaine de mètres. Aucune trace identifiable. Alternent des zones de sapins, de mélèzes et de bouleaux. Ici et là, des troncs marqués de rouge. Son tout-terrain cahote sur un chemin fortement raviné par de récentes pluies.

Un virage débouche sur un amoncellement de rochers. Sur sa gauche, il emprunte un chemin qui parait plus large, bordé de fougères et de ronciers. Mais celui-ci s'avère marécageux. Il lui faut parfois brutalement accélérer pour éviter l'enlisement. Plus loin, le bas de caisse racle le sol caillouteux.

Manquerait plus que je casse la bagnole et que je reste en rade ici...

Et un cul-de-sac ! Au-delà, une vaste zone de hautes fougères, puis une clairière. Il met pied à terre, lorsqu'il discerne un mouvement. Il prend ses jumelles. C'est bien ça. Dans la clairière, un individu, au téléphone. Son portable est massif, avec une antenne caractéristique. Un téléphone satellite. Un forestier ? Apparemment non, car il n'y a aucun véhicule. Un promeneur avec un téléphone satellite… ? Peu probable.

Tréboul pénètre dans le massif de fougères. Il trouve une petite sente, probablement le passage de chevreuils ou de sangliers.

L'individu apparaît plus nettement. Sauf son visage. Il parle toujours dans son téléphone satellite. Un homme ? Pas sûr. Un mètre soixante-dix, très mince, de longues jambes fines musclées, comme celles d'un homme rompu aux pratiques sportives intensives, mais son habillement n'est pas masculin. Un polo foncé, et un vêtement constitué d'une jupette bleu roi sur un cuissard rose. Un vêtement féminin.

La silhouette se dirige d'une démarche souple, tête haute, vers une tente et y pénètre. Tréboul entend des miaulements ! Des miaulements tellement rauques qu'ils pourraient passer pour des aboiements, si en baissant d'intensité ils ne trahissaient des cris de chats. Il entend maintenant des paroles, incompréhensibles, entrecoupées par de nouveaux feulements. Soudain un hurlement :

— Vos gueules !

Les bruits cessent aussitôt. L'individu ressort de la tente. La façon dont il traverse la clairière respire la force, mais une sorte de grâce lui confère une touche de féminité. Il s'approche d'un arbre. Un magnifique oiseau, de la taille d'un corbeau y est posé. Un geai des chênes.

L'individu bondit sur le volatile, et lui plante brutalement ses dents dans sa gorge.

Il recrache des plumes, et attaque à nouveau : coup de dent après coup de dents, avec délectation, il dévore sa proie. Son menton est maculé de sang.

Tréboul se retient de vomir. *Le petit chevreuil, c'est lui qui l'a égorgé ! Et il a bouffé un bout de son cadavre ! Les morceaux de boudin reçus par Chantal Paluel, c'est lui qui les a envoyés !*

Surgit un 4x4 vert sombre, qui stoppe près de la tente. Le conducteur en descend et rejoint l'individu au visage dégoulinant d'hémoglobine. Tous deux portent la même curieuse jupette.

Tréboul les entend discuter. Il est frappé par leur extraordinaire ressemblance physique. Il émane d'eux une réelle assurance, une grande puissance physique, sans qu'il puisse identifier leur sexe. Seule diffère leur chevelure châtain clair : très longue et retenue sur la nuque en queue-de-cheval pour celui qui finit de dévorer le geai, très courte pour l'autre. Ils ont aux pieds des baskets, le vêtement qui leur est commun, cette jupette bleu roi et cuissard rose, renforce leur apparence androgyne.

Tréboul va entrer dans la clairière lorsqu'il entend, puis voit arriver la Mégane de son équipe. Les « campeurs » s'avancent vers la voiture. Celle qui en descend les surprend autant que Tréboul qui jaillit des fougères, arme au poing :

— Police ! On ne bouge pas ! Mop ! Danger !

Les deux visages qui se tournent vers lui le fixent, il s'en souviendra sa vie durant. Des visages incroyablement semblables, fins, hâlés, imberbes. Deux visages en lame de couteau qui ne trahissent aucune peur. Deux visages d'acier aux mêmes yeux bleu turquoise, au même regard glacial, une même bouche au rictus méprisant et haineux, avec cette allure hautaine, tête haut levée, buste très droit. Seules quelques rides distinguent les créatures, on les croirait jumeaux, tant leur physique et leur maintien peuvent se confondre.

Les menaçant de son revolver, Tréboul s'approche. Tout se déroule très vite. Le plus âgé se précipite dans la tente et en ressort brandissant une arme qu'il braque sur Mop.

Tréboul, appuyant le bout du canon de son pistolet sur le crâne du jeune, hurle :

— Lieutenant, non ! Il a un Skorpion !

À l'autre il ordonne :

— Rends-toi !

Faisant peu de cas de la sommation, l'individu armé lâche une rafale qui soulève des gerbes de terre aux pieds de Mop, puis grimpe dans son 4x4 et disparaît.

Tréboul maintient en joue le jeune :

— Tu bouges, t'es mort.

Celui-ci, visage lisse et figé, ne cille pas, le regard fixé sur le chemin par où l'autre a disparu.

Tréboul ordonne :

— Poignets, chevilles.

Menotté et entravé par Mop, l'individu reste coi. Elle dit :

— C'est l'un, ou l'une, des deux, que j'ai surpris en début d'après-midi sur le chemin de Compostelle. Bon, je le course et je le rattrape !

— Et son Skorpion vous coupe en deux, répond Tréboul. Lancez plutôt une alerte pour boucler la région et l'intercepter. Ce connard va nous prêter son satellitaire.

Tréboul s'empare du téléphone et le tend à Mop.

— Pas verrouillé, se réjouit-elle en s'éloignant.

À son prisonnier, Tréboul demande :

— Ton pote, c'est Adel Benoite ?

Le type plante dans ses yeux son regard bleu glacial. Tréboul recule. Il a senti la menace, l'extrême dangerosité de l'individu.

— La région est bouclée, annonce Mop en revenant.

Les miaulements rauques en provenance de la tente reprennent.

— Allez voir, dit Tréboul, je le surveille.

La lieutenant s'approche de la tente, lorsque dans son dos retentit un feulement angoissant.

— Tais-toi ! hurle Tréboul.

Elle se retourne. Tendu à l'extrême, leur prisonnier miaule à pleins poumons.

— Tais-toi ! répète le commandant, sidéré par le spectacle ahurissant de l'individu miaulant comme un chat.

Mop est près de la tente lorsqu'en sort une énorme bête. C'est le plus gros chat qu'elle ait jamais vu. Un demi-mètre. Un pelage noir de jais légèrement moucheté, de très longues pattes, des yeux semblables à des billes d'or, de grandes oreilles dressées.

Elle ne réagit pas immédiatement lorsque toutes griffes dehors la bête bondit sur elle. Ses poils hérissés, il grimace horriblement, et lance d'abominables cris. Elle se protège le visage de ses bras alors qu'il griffe sauvagement son blouson.

Elle parvient à prendre du champ, et pivotant sur elle-même lui décoche un fulgurant coup de pied dans la tête. L'énorme bête se met à couiner, un peu sonnée. Mop lui décoche un autre brutal coup en pleine tête, mais il revient à la charge et la mord sauvagement au bras gauche, restant pendu à la manche de son blouson. Du tranchant de la main elle frappe violemment son crâne, il lâche prise, retombe au sol, et alors qu'il bondit de nouveau sur elle, elle dégaine et fait feu. Le fauve s'écrase, et après quelques spasmes, s'immobilise, les yeux glauques.

Nouveau feulement !

Mop s'approche de l'entrée. Une cage occupe une partie de l'espace. À l'intérieur un chat, similaire à celui qu'elle vient d'abattre, la fixe.

— N'entrez pas ! lance Tréboul.

À celui dont il est persuadé qu'il est un clone d'Adel Benoite, il demande :

— À quoi vous servent ces monstres ?

Le prisonnier regarde Tréboul, et son rire tonitruant et cristallin éclate dans la clairière.

Mop revient vers Tréboul avec le téléphone satellite, et à son oreille chuchote :

— Martinod cherchait à nous joindre. Selon le collègue qui écoutait la ligne de la veuve Paluel, elle a reçu voilà une heure l'appel d'un type qui lui a seulement dit : *Il faudra bientôt régler le dossier de votre mari.* Elle a aussitôt raccroché. Impossible d'identifier son interlocuteur, mais il appelait d'un téléphone satellite…

60

Vendredi 2 août, 20 heures.
Bourg de Montareilles, Haut-Forez.

— Il a parlé ? demande Tréboul. Enfin… il ou elle…

— On n'a pas entendu le son de sa voix, répond Krava. Pourquoi il se balade sans pièce d'identité ni argent, ce qu'il faisait dans cette forêt avec ces deux gros chats noirs, qui est l'individu armé d'un pistolet-mitrailleur, s'il a l'habitude de manger cru des oiseaux… on ne sait rien. Ses empreintes digitales ne sont pas au fichier national. Pour l'ADN, surprise, il s'est laissé faire. Avec Arty, on l'a testé. On lui a demandé : *T'es un salopard ? T'es une ordure ? Un assassin ? T'aimerais qu'on te tabasse ?* Là, il a eu une attitude menaçante. Mais il est resté muet. Donc, il comprend très bien le français mais il a délibérément refusé de répondre à nos questions.

— Laissons-le mijoter en cellule. Concernant les deux félins, vous avez des infos je crois, Martinod ?

— Oui, selon le légiste, la tubocurarine, qui a causé la mort de Paluel et de Suzin, leur a été injectée par les griffes d'un gros chat.

Mop intervient :

— Quand la bête m'a attaquée, sur le coup moi aussi j'étais terrifiée.

— Dans la tente, on a trouvé un poignard de chasse à dents de scie. Selon le légiste, la lame est celle qui a causé les blessures de Myriam Lantier et avec laquelle on lui a coupé les cheveux…

L'individu a été placé en garde à vue. En arrivant dans sa cellule il a défait sa queue-de-cheval et lissé du plat de la main sa jupette. Depuis, il n'a pas changé de position. Tréboul l'a observé. Leurs regards se sont croisés. Dans les yeux bleu turquoise, ce message : *Sans menottes, dans la clairière, je te tuais.*

— Et le fuyard au pistolet-mitrailleur ? questionne Tréboul.

— Toutes les routes dans un rayon de cinquante bornes sont surveillées. La bestiole, à côté, vous êtes sûr que c'est un chat ?

— Oui ! répond le vétérinaire en entrant dans la salle. Je viens de l'examiner. C'est un Black savannah mélanistique, comme celui que votre collègue a flingué…

Mop l'interrompt :

— Je me suis défendue ! Si je ne l'abattais pas, j'étais salement amochée.

— Je l'ignorais. Excusez-moi, Lieutenant. Le savannah est le plus gros des chats, issu du croisement entre le chat et le serval. Il est très musclé, et peut mesurer jusqu'à 70 centimètres. Il a un caractère proche du chien. Ses miaulements sont très rauques. Normalement, il est très sociable. Mais celui-ci est une sale bête. On l'a dressé, et pas à des fins pacifiques.

— C'est-à-dire ? demande Arty.

— Il a les réflexes d'un animal très agressif. Il est très dangereux. Je l'ai endormi avec une cartouche hypodermique… À présent, je suis obligé de vous quitter.

Tréboul attend que le vétérinaire ait disparu pour ajouter :

— Dans la forêt, le suspect a miaulé exactement comme les deux savannah. Et ils lui obéissaient…

Une voix de femme le coupe :

— Il est super coopératif !

La petite brunette qui surgit avec le légiste est une technicienne de la Scientifique.

— Votre loustic en garde à vue. Je n'en menais pas large, mais j'étais avec deux gendarmes. Je lui montre qu'il doit ouvrir grand la bouche, il l'ouvre, et il me laisse prendre sans problème une empreinte de sa denture… Par contre, je doute qu'il ait saisi le but de la manœuvre. Il m'a l'air très primaire, très con.

— Avec moi aussi, il a été sage comme une image, et muet, dit le légiste. Je l'ai examiné. C'est bien un homme. Il a environ vingt ans. Mais son comportement et son allure m'intriguent. Il me semble avoir une intelligence très limitée et très peu de capacités de réflexion. J'ai eu l'impression d'avoir affaire à un robot.

— Commandant, vous nous l'aviez présenté comme très dangereux, glisse la technicienne.

— Il l'est, affirme Tréboul.

Lorsque les trois policiers entrent dans la pièce dédiée aux auditions, le suspect est assis derrière une table rivée au sol. Le factionnaire qui veillait sur lui s'en va. Tréboul vérifie qu'il est bien menotté, et s'assied face à lui, imité par ses collègues.

— Regardez-moi, ordonne-t-il.

L'autre semble ne pas avoir entendu. Le policier reprend :

— Nous ignorons votre identité et votre nationalité, mais nous savons que vous comprenez notre langue. Nous vous avons rencontré dans la forêt des Calebasses, dans une clairière où était plantée une tente, qui abritait une cage retenant deux gros chats noirs. Dans cette tente nous avons trouvé deux chapeaux-casquettes identiques à grande visière rose et blanc, et une perruque aux longs cheveux châtain clair tirant sur le blond. Cette perruque ressemble beaucoup à votre chevelure lorsque vous la laissez pendre sur vos épaules. À qui servait cette perruque ?

Le type fixe la table, muet. Mop intervient :

— Aujourd'hui, sur le chemin de Compostelle, près d'ici, avec un équipement de randonneur, c'était vous ou votre comparse ?

Pas de réponse.

— Arrivé à la hauteur de la demeure Paluel, pourquoi l'avoir longuement observée, et avoir fait demi-tour pour repartir en courant ?

Pas de réponse.

Tréboul insiste :

— Si vous vous êtes intéressé à la maison de l'industriel Simon Paluel, c'était pour contacter sa veuve ?

Agacé par le mutisme de l'individu, Krava se lève, se rapproche du gardé à vue et contourne la table. Il montre la jupette.

— Pourquoi portez-vous un vêtement de femme ?

L'autre avance brusquement sa tête vers l'avant-bras du lieutenant, y plante ses dents et lui arrache un bout de chair.

Krava hurle de douleur, Tréboul se précipite sur le type qui se met à mâcher…

61

Samedi 3 août, 6 h 05.
Col des Supeyres, Livradois-Forez.

— Comment va mon hacker préféré ? lance Tréboul.

D'un geste ample, il montre les prairies vertes qui embrassent le ciel d'azur, un troupeau de vaches qui paît, les veaux qui batifolent. Il ajoute joyeusement :

— Col des Supeyres, 1366 mètres. Le soleil, l'air pur revigorant et frais du matin, les parfums de résineux, et toute cette nature, toute cette beauté…

— N'en faites pas trop, flicard.

— On est dans le Parc naturel régional Livradois-Forez. Comme toi, je ne connaissais pas la nature. Depuis que je suis à Saint-Étienne, j'utilise plus intelligemment mon temps libre. Dans les Monts du Forez, dans le Pilat, j'ai découvert les beautés de la campagne. J'entame une nouvelle existence, tu vois, et sur des bases beaucoup plus saines. Je respire la vraie vie, quoi…

— C'est pour me casser les couilles avec ces conneries que vous m'avez donné rendez-vous aussi tôt dans ce trou perdu ? Sur cette putain de départementale, mon camping-car a failli verser dans le fossé.

— Tu me désespères !

— C'est bien parce que…

— Parce que je te tiens, oui. Je sais que tu as longtemps fricoté avec ta sœur. Tu lui as fait un gamin qu'elle a gardé, que le pauvre gosse, lourdement handicapé, est dans un institut spécialisé. Si j'en parle à ton épouse, les dommages dans ton couple, auprès de tes enfants et de ta famille…

— Salaud !

— Bon. Ton message d'hier soir, c'est pour quoi ?

— L'ancienne ferme d'Andalousie, on pensait qu'elle abritait un labo clandestin de clonage humain et appartenait à un caïd de la pègre. La police espagnole a perquisitionné les bâtiments hier matin, après les avoir pris d'assaut. À l'intérieur, y avait des sbires armés jusqu'au trou du cul. Les flics étaient plus nombreux et avec des véhicules blindés. Seulement quelques blessés. Une flopée d'interpellations, dont deux médecins, interdits d'exercice. Mais le propriétaire de tout ça, absent. J'ai son identité : Adel Benoite.

— C'est ce que je craignais.

— En l'évoquant, les toubibs chiaient dans leur froc. L'un d'eux a accepté de jacter sur lui et les activités du labo, mais après que le magistrat présent lui ait promis un aménagement de peine et une protection policière.

— Qu'est-ce qu'il a balancé ?

L'ex-hacker rapporte en détail tout ce qu'il a intercepté illégalement.

Malgré la fraîcheur matinale, Tréboul ruisselle.

62

Samedi 3 août, 9 heures.
Bourg de Montareilles, Haut-Forez.

— Il a mordu votre collègue et lui a arraché un morceau de chair qu'il a avalé ? commente, effaré, le major.

Tréboul confirme.

— C'est un monstre !

— Oui, mais comme je vous l'ai déjà demandé hier soir : motus et bouche cousue. Rappelez à votre équipe qu'il doit rester seul dans sa cellule, et que quand on lui apporte à manger ou à boire on doit se tenir loin de lui.

— Compris. Comment va le lieutenant Krava ?

— Il a été transporté au CHU de Saint-Étienne. On va devoir lui faire une greffe.

63

Lundi 5 août, 9 heures.
Montareilles.

— Et ce dimanche avec votre épouse, Martinod ? s'enquiert Tréboul, un œil sur son ordinateur.

— On s'est baladé toute la journée dans la campagne. À midi, on s'est offert une entrecôte de Salers accompagnée d'un gratin dauphinois exceptionnel. Le tout accompagné d'un exquis saint-joseph.

— C'était un bon moment alors ?

— Toujours avec Justine ! s'exclame Chrystèle. Mais ce café est vraiment infect.

— Je vous ai vu pousser le bouton cacao, dit Martinod rigolard. Vous n'avez pas les yeux en face des trous. Votre dimanche, c'était lèchi-lècha, acrobaties et cavalcades débridées ?

— Gagné ! lance Tréboul.

Mop rabat sa longue tresse rousse sur sa poitrine et son nouveau blouson bariolé.

— Vous devenez lourds, tous les deux.

— Je ne faisais pas référence à ce qui vient de se dire, rétorque Tréboul, mais à ce qu'on vient de recevoir. J'ai passé le dimanche matin avec la juge d'instruction.

— Eh bé, dit Chrystèle. Proche de la retraite, divorcée, je savais. Mais cougar, j'ignorais. Comment estelle, en pleine action ? Efficace et acharnée, comme dans son boulot, ou nulle et timorée ?

— Chrystèle, que vous ayez passé le dimanche au pieu avec un homme, une femme, les deux, ou à plusieurs, ou à mijoter des confitures, à chanter des cantiques, ou à traire des puces pour faire des fromages, je…

Elle le coupe, les yeux ronds.

— Qu'est-ce que vous racontez ?

— Oui, l'autre jour, vous avez oublié un roman sur la table du salon de l'hôtel. Je l'ai feuilleté. Une littérature masturbatoire centrée sur les petites humeurs de l'auteur, sans aucune imagination. Je me suis dit : l'auteur doit être du genre à traire des puces pour faire des fromages.

— Moi, j'aime bien. Chacun ses goûts.

— De toute façon, ce que vous faites dans votre vie privée, je m'en tape. Moi j'ai passé mon dimanche matin avec la juge qui me reprochait de ne pas l'informer des avancées de l'enquête. Hier matin, je l'ai donc invitée à zyeuter notre cannibale, et je l'ai emmenée dans la clairière où vous avez failli vous faire dévorer.

— Excitant, commente Mop, un poil sarcastique.

— Trêve de plaisanteries. On vient de recevoir les réponses des labos. La tente et le sac à dos : ADN et empreintes digitales de deux individus, dont ceux de l'anthropophage, inconnus des fichiers nationaux. Sur le tapis de sol et la cage, sur les griffes des deux savannah, et sur le blouson de Chrystèle, on a trouvé des traces de tubocurarine. Sur le poignard, on a décelé l'ADN et les empreintes digitales de notre gus. La lame a été nettoyée, mais mal, on y a décelé d'infimes restes de sang, et c'est celui de Myriam Lantier. C'est donc notre anthropophage qui l'a tuée et massacrée… Martinod je vous laisse la parole.

— Le labo a épluché son téléphone satellite. Le dernier appel sortant a été pour Chantal Paluel. Il lui a dit, et en bon français : *Il faudra bientôt régler le dossier de votre mari.*

Tréboul reprend :

— J'ai eu aussi des renseignements en provenance d'Espagne. Je les ai évoqués hier avec la juge. Outre ce que je vous ai déjà raconté sur la propriété de Benoite, nos collègues espagnols ont découvert, dans une dépendance, un élevage de chats et un congélateur rempli de… chairs humaines.

— Notre gardé à vue en est friand, rappelle Arty.

— Il est quasi certain qu'Adel Benoite est actuellement en France, avec un comparse qui lui obéit au doigt et à l'œil. Et tous les deux se ressemblent étrangement.

— Notre type serait un clone d'Adel Benoite ?

— Pourquoi pas… ? Je vous ai gardé le meilleur pour la fin : L'empreinte de sa denture a été comparée avec des empreintes de dents consécutives à trois morsures : sur le foie de Myriam Lantier, sur le faon égorgé et sur le cadavre de Fernand Buisson. Elles sont identiques. Mais il y a un hic. Le paysan de Montareilles a été mordu voilà trente-trois ans. Et selon le légiste, notre cannibale n'a pas plus de vingt ans.

Martinod dit :

— Le cadavre de Fernand Buisson a donc été mordu par un individu plus âgé mais possédant la même denture ?

Tréboul répond :

— Si notre anthropophage est bien un clone d'Adel Benoite, on peut en conclure que celui qui voilà trente-trois ans a mordu le cadavre de Buisson est Adel Benoite lui-même.

64

Lundi 5 août, 16 heures.
Palais de justice de Saint-Étienne.

Tréboul s'apprête à frapper, lorsque la juge d'instruction ouvre la porte. La magistrate pose sur lui ses yeux maquillés. D'un geste gracieux, sourire vermillon aux lèvres, elle rejette en arrière sa chevelure auburn, et minaude :

— Vous allez bien, Commandant, depuis hier ?

Découvrant celui qui l'accompagne :

— Capitaine… ? Je… Entrez… Je reviens.

— C'est pas l'extase, de me voir, glisse Martinod en observant la magistrate s'éloigner dans le couloir d'une démarche chaloupée. Vous avez vu, ça tangue, hein, ça tangue… Jusqu'à présent, seules les secrétaires se fagotaient ras la moune. Voilà t'y pas que notre juge s'y met. Escarpins-échasses, corsage avec du monde au balcon, jupe fendue. Si elle se baisse, on voit sa culotte. Si elle en porte une. Et ses mirettes… Je l'avais jamais vue comme ça et sans son chignon tristounet. Elle devait croire que vous seriez seul.

— Martinod, je vous en prie… murmure Tréboul.

— C'était bien, hier, la balade dans la nature ? Vous avez profité de sa verdure ?

— Alors là, arrêtez, un peu de retenue… souffle Tréboul.

— Oh, mais c'est sûr qu'avec vous, elle n'a pas envie d'en avoir, de la retenue. Chrystèle a raison, c'est une cougar. Je connais ce genre de femmes. Si vous ne répondez pas présent, vous allez voir, elle va en remettre une couche, et là, elle risque de ressembler à…

On entend glousser. Tréboul, très gêné, fait les gros yeux et tend le menton vers une pile de dossiers derrière laquelle se cache la jeune greffière.

Les deux flics sont assis face à la magistrate. Elle s'avance au bord de son fauteuil et, les coudes sur sa table, se penche en direction de Tréboul, lui offrant un aperçu vertigineux de son décolleté.

— Messieurs j'ai reçu des informations en provenance de la gendarmerie d'Ambert, dans le Puy-de-Dôme. Hier après-midi, dans un bois proche du Haut-Forez, un vététiste a découvert un véhicule 4x4 Suzuki vert olive dissimulé sous des branchages. Carrosserie endommagée, portes non fermées à clés, personne à l'intérieur. Fausse immatriculation, numéro de série du moteur effacé. C'est à l'évidence le véhicule utilisé par l'individu qui a ouvert le feu sur vous. Les gendarmes y ont trouvé le Skorpion et un flacon de tubocurarine, qui portait les empreintes digitales de votre anthropophage.

— Le pilote a laissé son arme et le curare parce qu'il a dû l'abandonner en catastrophe, commente Tréboul.

— Oui. Et tout près, on a repéré des traces de pneus d'un autre 4x4, précise la juge.

65

Lundi 5 août, 16 heures.
Col des Cheminas, Puy-de-Dôme.

Une brume tenace s'est attardée sur le col, comme soufflée par la forêt de résineux qui borde la départementale. Puis le soleil s'est imposé. En longues traînées, la brume est alors descendue dans la vallée où s'égrènent des grappes de prairies vertes et de villages. Ici, à 1200 mètres d'altitude, le temps est capricieux.

Le vol agité et les croassements stridents de corneilles n'ont pas distrait les militaires disséminés le long de la route. Ces gendarmes sont bien équipés : pistolets-mitrailleurs, fusils à pompe à canon court. Des motards patientent près de leurs engins.

Apparaît soudain au bout de la ligne droite un Range Rover au pare-buffle rutilant. À l'approche des gendarmes, son conducteur lève le pied. À ses côtés, une femme à la longue chevelure blonde et aux larges lunettes noires se met du rouge à lèvres en se regardant dans le miroir du pare-soleil. Parvenu à la hauteur des premiers uniformes, le véhicule ralentit. Puis, ayant dépassé les derniers militaires, il amorce la descente sur la vallée.

Après une succession de virages en épingle à cheveux, le Range aborde un terre-plein et se gare derrière un coupé BMW bleu marine.

La porte passager du 4x4 s'ouvre. La femme qui en descend n'est plus blonde, elle a une longue chevelure noir de jais jusqu'aux épaules. Elle court vers la porte avant droit de la BMW déjà ouverte, dont sort une femme à la longue chevelure blonde qui se précipite dans le Ranger Rover, tandis que l'autre femme prend sa place dans le coupé.

Les deux véhicules démarrent en direction de la vallée. Le pilote de la BMW émet un long soufflement stressé. Il saisit un paquet de cigarillos, en porte un à sa bouche, et l'allume. Éclate à ses côtés un rire cristallin accompagné d'un vigoureux doigt d'honneur, l'autre main rajustant la longue perruque noir de jais qui dans la course a légèrement glissé sur un côté.

— Abrutis de flics ! lance la tête coiffée du postiche noir.

Le conducteur pouffe, et après une bouffée :

— On arrive à la camionnette. Vous montez dans la benne, vous vous glissez derrière le tas de merdouille, vous vous planquez sous la bâche. Vous y trouverez le matos et des munitions de 9 mm. OK, Adel ?

66

Mardi 6 août, 11 heures.
Bourg de Montareilles, Haut-Forez.

Ce matin, la juge a mis la veuve en examen et l'a placée sous contrôle judiciaire. Dans sa robe grise informe, Chantal Paluel, qui a refusé la présence d'un avocat, est encore plus livide qu'à l'ordinaire. Elle jette des coups d'œil nerveux sur l'appareil l'enregistrant et sur Tréboul assis derrière le bureau. Martinod est resté debout.

Tréboul commence l'audition :

— Notre enquête nous a menés à un certain Adel Benoite. Une fausse identité. Français, fiché au grand banditisme, résidant officiellement en Espagne. Nos collègues espagnols viennent de perquisitionner une de ses propriétés. Ils y ont notamment découvert des morceaux de chair humaine dans un congélateur.

La veuve se met à trembler.

Sur un signe de Tréboul, Martinod s'absente. Il revient peu après, suivi de quatre gendarmes encadrant l'anthropophage, menotté et entravé. Chantal Paluel s'écrit :

— Adel ?

Elle se lève et se réfugie derrière Tréboul. Martinod la ramène de force sur sa chaise.

*

Arty a reçu un fichier récupéré sur l'ordinateur de Robion. Il s'agit des confidences de sa mère biologique, Catherine. Cette dernière retrace sa vie, à son intention, en quelques notes à peine rédigées :

Je vivais d'expédients dans un quartier défavorisé de Saint-Étienne, j'ai eu un amant. Plus tard, je me suis mariée à Fernand Buisson, un alcoolique violent. Mon ex-amant, Adel Benoite, qui fréquentait le Milieu lyonnais, m'a recontacté. Je lui ai raconté l'enfer que je vivais. Il a décidé de résoudre le problème à sa manière. Mon tortionnaire est mort empoisonné et Adel m'a emmené à Ouessant. Au fil du temps j'ai découvert des choses stupéfiantes sur lui. Il a d'étranges lubies alimentaires et a monté un élevage de chats qu'il a dressés à l'attaque. Il s'est également procuré un produit très dangereux volé dans un hôpital roumain après la chute de Ceauşescu.

Mop, quant à elle, a reçu une information concernant un téléphone saisi chez Robion. Le mystère de certains appels vient d'être éclairci. Ils émanaient d'un individu résidant en France, soupçonné par la police d'être lié à un truand géorgien très actif dans l'Hexagone, Tariel Doumaschvili.

Arty dit à Mop :

— Si Robion tenait tant à ce contrat avec Paluel, c'est peut-être parce qu'il œuvrait en sous-main pour ce truand géorgien, qui devait lui aussi guigner l'invention de l'industriel.

67

Mardi 6 août, 12 h 30.
Bourg de Montareilles.

— Comment s'est passé le retour en cellule du cannibale ? s'enquiert Tréboul, profitant du fait que Chantal Paluel est allée aux toilettes, accompagnée par Mop.

— Sitôt dans sa geôle, il s'est couché et s'est endormi.

— On n'a toujours pas entendu le son de sa voix. À se demander s'il parle. Et puis il ne mange rien, il ne boit pas. C'est assez curieux !

Reprise de l'audition, Tréboul questionne :

— Vous venez d'être confrontée à un homme. Était-ce cet Adel ?

— Où est-il ? susurre-t-elle.

— Dans une cellule. Vous en avez peur ?

— Il ressemble tellement à Adel. Il a cette drôle de jupe. Adel porte aussi, de temps en temps, des vêtements féminins.

— Vous parlez d'Adel Benoite ?

— Oui.

— L'homme que vous avez vu, ce n'est pas lui ?

— Non. Adel est beaucoup plus âgé.

— Savez-vous pourquoi cet homme lui ressemble beaucoup ?

Elle fait des signes de dénégation.

— Parlez-nous d'Adel.

Elle se fait plus disserte. Lorsqu'elle vivait chez ses parents, elle fréquentait des jeunes issus de familles aisées. Lors d'une de ces fêtes, Adel Benoite a débarqué. Avec une nouveauté : de la coke. Elle en a pris.

— J'ai appris ensuite qu'Adel faisait beaucoup de choses que les gens normaux ne font pas. Un ami m'a dit : *Il a tué un vagabond, il en a découpé un morceau, il l'a mangé, et il a fait disparaître le reste du cadavre dans de la chaux vive*. Je n'y ai pas cru. J'étais persuadée que c'était une plaisanterie. C'était tellement énorme, tellement répugnant. Aujourd'hui ça ne m'étonne pas. Chaque fois que je l'ai rencontré dans nos fêtes, je l'ai trouvé malsain. Il s'habillait en femme.

— C'était un travesti ?

— Non. Il s'habillait en femme pour échapper à la police. Lui, c'était les femmes qui l'intéressaient. Il en a même…

Elle s'interrompt.

— Il en a même… quoi ?

— Forcé à se prostituer.

— Et longtemps après, il vous a contacté.

— Vous le savez ? fait-elle, ébahie.

— Comment avez-vous connu votre mari ? rétorque Tréboul.

— Euh… Nos parents nous ont présentés. Je voulais rompre avec ma vie de patachon. Je suis tombée amoureuse de Simon et on s'est marié… Longtemps après, un matin j'ai vu la tête d'Adel dans le parc de notre maison. Je souffrais de dépression, j'ai cru à une hallucination causée par mes médicaments.

Et puis non. Un autre matin où j'étais seule, il est apparu devant moi. J'ai cru mourir de peur. Il voulait acheter l'invention de Simon. Comme je suis majoritaire au capital d'Industic, il comptait sur moi pour le convaincre. J'ai refusé. Par la suite, mon mari m'a semblé de plus en plus inquiet. J'ai compris qu'il avait peur.

— Vous regrettez d'avoir participé à cette sinistre soirée avec Myriam ?

Elle donne soudain l'impression de manquer d'air, elle respire mal.

— Avez-vous mangé la chair de ses doigts ?

Elle éclate en sanglots.

— Oui ? Ou non ?

Elle opine, ravalant ses larmes.

— Et c'est pour cela que vous êtes entrée dans le mouvement religieux de Moïse.

— Oui.

— Vous n'avez jamais vu son visage ?

— Jamais. Aucun d'entre nous n'a jamais vu son visage.

— Qui est Moïse ?

Le regard de la femme s'éclaire.

— C'est un être supérieur. Il a tout compris du fonctionnement de nos sociétés humaines.

Tréboul attend quelques secondes, et :

— Vous avez connu Adel Benoite en Bretagne. Il est devenu un caïd de la pègre, trafiquant de drogues à la tête d'une bande très organisée. Mais il sait varier ses activités. Il s'est ainsi improvisé chef spirituel d'un mouvement religieux très fermé, et se fait financer par ses fidèles. Sa base est en Espagne, sur la Costa del Sol, à Marbella. Nous avons les preuves que Moïse et Adel Benoite sont une seule et même personne. Il a créé ce mouvement religieux pour soutirer de l'argent à ses riches fidèles. Quant à lui, il ne croit rien de ce qu'il vous raconte.

Elle paraît s'étouffer. Puis elle balbutie :

— Vous… Mais enfin… Que…

Le regard de la veuve devient glauque, ses mains se crispent sur les montants de son siège, elle perd connaissance.

— Martinod, où est-elle ? demande Tréboul.

— Les pompiers l'ont emmenée aux urgences.

— Elle se fout de notre gueule.

— Quoi ?

— Elle se fout de notre gueule, répète Tréboul.

— Elle s'est évanouie, dit Mop. C'est pas du pipeau, ça…

— Je parle de ce qu'elle nous a dit sur notre loustic, l'anthropophage. Y a un truc pas clair. Vraiment pas clair du tout.

68

Mardi 6 août, 23 h 30.
Bourg de Montareilles.

Il est dans le parc du Domaine Paluel depuis la tombée de la nuit, à plat ventre aux pieds du grand cèdre bleu du Liban. Il commence à s'ankyloser.

Dans la brise, une légère fraîcheur. La lune joue avec les nuages. Tréboul a réussi à échapper à la sagacité des gendarmes qui surveillent les alentours. Soudain, il aperçoit une silhouette qui sort par la porte de service, et s'engage dans le parc. Elle passe devant une rangée d'hortensias qu'elle contourne. Elle regarde derrière elle, se dresse sur la pointe des pieds, puis se baisse. Le policier se rapproche. Chantal Paluel est accroupie au pied d'un énorme rosier. Elle frappe le sol du plat de la main. Puis elle se relève, et d'un pas rapide retraverse le parc jusqu'à la maison. Il attend un peu, puis se faufile jusqu'à l'arbuste et s'agenouille. En plusieurs endroits, la paille est mêlée à de la terre. Comme si on l'avait ôtée pour la remettre ensuite. C'est ainsi sur un bon mètre. Il sort son couteau et creuse. Sa lame heurte quelque chose de dur. Il tend la main. À la faveur du clair de lune, il examine sa trouvaille et sourit. Il enfile des gants en latex, et continue de fouiller le sol. Il en extirpe deux autres objets qu'il glisse dans un sac plastique.

69

Jeudi 8 août, 9 heures.
Bourg de Montareilles.

— Où est-il ? demande Tréboul.

— Dans sa cellule, seul, répond Martinod.

— Et ce matin, à la maison d'arrêt, quand vous lui avez annoncé que vous le rameniez ici…

— Il est resté muet, comme d'habitude.

— Et le chat ?

— Dans sa cage. Chaque jour, un gendarme se dévoue pour lui donner des croquettes et de l'eau.

— Et elle ?

— Elle vous attend dans votre bureau et refuse toujours la présence d'un avocat.

— On va s'occuper d'elle. Allez prévenir Mop, vous m'accompagnerez tous les deux.

— Robion ! annonce Arty en les rejoignant. Du nouveau, et du dur ! Hier, à 11 heures, il était dans la cour de la prison pour la promenade. Il y a eu une échauffourée entre détenus. Des surveillants sont intervenus. Le temps qu'ils mettent un terme à la bagarre, ils ont découvert Robion à terre, inanimé. Il avait été frappé en plein cœur par une lame. Il est décédé ce matin vers 8 heures. L'arme n'a toujours pas été retrouvée. Il y a un suspect, mais aucune preuve. Un type qui a pris quatre ans ferme pour trafic de drogue. On le soupçonne d'être un sbire de Doumaschvili, le truand géorgien…

Sur la table séparant Chantal Paluel des policiers, un sac transparent.

— Que voyez-vous à l'intérieur ? demande Tréboul.

La veuve jette un coup d'œil à la caméra qui enregistre, puis à Chrystèle Mop et Martinod :

— Vous m'avez ramenée ici pour ça ? Je sors de l'hôpital, j'étais en observation et…

— Vous allez mieux, visiblement. On va pouvoir discuter.

Elle se renfrogne.

— Apprendre que votre leader spirituel, Moïse, est un imposteur, connu sous l'identité d'Adel Benoite, trafiquant de drogues, il y a de quoi être choqué. Je compatis. Je vous repose la question : Que voyez-vous dans ce sac de scellés ?

— Je ne sais pas ce que c'est !

— Ce sont des morceaux de verre qui étaient enfouis dans votre propriété, au pied d'un rosier. Ces tessons proviennent d'un flacon cassé. On y a relevé votre ADN. Et l'ADN de l'individu qui, selon vous, ressemble comme deux gouttes d'eau à Adel Benoite.

Elle a le visage fermé, les yeux baissés sur ses mains jointes posées sur ses genoux.

— Sur ces bouts de verre, on a décelé des traces de tubocurarine.

La veuve soudain s'exclame :

— Mais j'ai pas voulu le faire !

— Qu'est-ce que vous n'avez pas voulu faire ?

— Il voulait, mais j'ai refusé ! Je suis pas comme ça ! Je ne suis pas une…

Tréboul insiste :

— Que vous demandait-on ?

Sans réponse, il fait signe à Martinod, qui va chercher et ramène l'anthropophage. Chantal Paluel pointe son index.

— C'est lui ! C'est lui !

— Quoi, c'est lui ?

— C'est lui qui me l'a donné !

L'individu pose sur elle un glacial regard turquoise. Sa bouche émet alors une voix rauque, caverneuse :

— C'était l'ordre d'Adel. Adel me l'a donné.

— Enfin, on vous entend, dit Tréboul. Racontez-nous. Nous sommes tout ouïe.

Le cannibale regarde la fenêtre, sans ajouter le moindre mot.

Tréboul s'adresse à la veuve :

— C'est donc lui qui vous a demandé de faire quoi ?

— Je vous l'ai dit. Adel Benoite est venu chez moi pour me demander d'influer auprès de mon mari. J'ai refusé. Plus tard, un matin où je me promenais dans le parc…

Elle désigne l'anthropophage.

— … je me suis trouvé nez à nez avec lui… Je l'ai d'abord pris pour Adel. Il lui ressemble tellement. Je me suis vite rendu compte que c'était un sosie, ou… Avant que je puisse réagir, il m'a mis dans les mains une seringue et un flacon, en me disant : *Ton mari a refusé l'offre d'Adel. Personne n'a le droit de s'opposer à lui. Adel veut que tu piques ton mari avec ça*... Adel voulait que je tue Simon. Il savait que je m'étais mise à le haïr. Comment l'a-t-il su ? Vous m'avez appris que lui et Moïse ne font qu'un. Durant mes conversations avec Moïse, donc avec Adel, j'avais confessé ma haine pour mon mari, à cause de ce que j'avais découvert sur sa vie. J'avais pris conscience que pour lui je n'étais plus rien du tout. Il venait dans ma chambre seulement pour éviter d'aller voir des… prostituées ! Depuis longtemps je cherchais à savoir. Par notre banque j'avais réussi à savoir comment il dilapidait son salaire. Il fréquentait des salles de jeux et avait contracté d'énormes dettes. Un matin je l'ai surpris en train de respirer une poudre blanche. J'ai compris que c'était de la cocaïne. J'ai réalisé alors qu'avec la vie qu'il menait il risquait de mettre en danger notre société. C'est à partir de là que j'ai commencé à le haïr. Je ne le supportais plus. Je ne mangeais plus avec lui. Je lui parlais à peine. J'avais compris à certains de ses regards qu'il aurait bien fait de nos employées de maison ses maîtresses, ses putes. Avec sa vie dissolue, Simon risquait de tout détruire.

Elle se tait, à bout de souffle. L'anthropophage n'a pas pipé.

— Continuez, dit Tréboul.

— Empoisonner Simon, je n'en avais pas la force. J'ai détruit le flacon, j'ai enterré les morceaux de verre et la seringue à deux endroits différents dans le parc. Je ne voulais pas les jeter dans une poubelle. J'avais peur qu'une de nos employées les trouve.

Elle désigne l'autre du menton.

— Et un matin, il est revenu. Il portait ce curieux vêtement, une jupe, ou un cuissard, je ne sais pas trop. Il avait un sac à dos, on aurait cru une randonneuse. Il m'a fait une autre proposition.

Elle se tait, reprend son souffle. Puis elle ajoute :

— Je haïssais tellement Simon. Je suis devenu raisonnable.

— C'est-à-dire ?

— Un dimanche, mon mari se promenait dans le parc. Il a vu un énorme chat noir s'approcher très près de lui. Il a eu l'impression que ce chat le connaissait, alors que lui ne l'avait jamais vu.

Elle fixe l'anthropophage et poursuit :

— Un jour, Simon déjeunait seul chez nous, je l'ai vu, lui, sur le balcon de ma chambre, il tenait en laisse un gros chat noir. Il y a eu en moi comme un éclair. Je me suis douté que…

— De quoi vous êtes-vous douté ? intervient Martinod.

— De… J'ai ouvert la porte-fenêtre, il a enlevé la laisse, j'ai fait entrer la bête. J'ai entendu Simon crier qu'un chat était entré dans la maison… Et après… J'ai compris qu'il avait été tué par le chat, et… et par lui, ajoute-t-elle en désignant l'autre du menton.

Le cannibale a été reconduit dans sa cellule.

— Vous allez être poursuivie pour complicité de meurtre, annonce Tréboul à la veuve.

— Vous n'avez pas le droit !

Mop intervient :

— Vous avez laissé entrer le chat. Personne ne vous y obligeait. Vous pouviez appeler la gendarmerie.

— Cet individu est poursuivi pour plusieurs meurtres, reprend Tréboul. Il dressait ces savannahs à attaquer les cibles qu'il leur désignait, et enduisait leurs griffes de tubocurarine. Et il a assassiné et massacré Myriam Lantier.

Chantal Paluel, le visage inexpressif, a le regard dans le vague. Au bout d'une bonne minute, elle souffle :

— Et Adel ?

— Il fait l'objet d'un mandat de recherche international. On ignore où il se trouve. Voilà longtemps, la justice l'a déjà soupçonné de trafiquer du curare. Il aurait aussi dressé des chats à tuer. On pense qu'il y a trente-trois ans, avec un de ses félins, il a empoisonné un agriculteur de Montareilles. On a aussi les preuves formelles qu'il s'est attaqué à coups de dent au cadavre. À cette époque, il pratiquait déjà l'anthropophagie, et il y a ensuite initié son homme de main.

— Adel est un dégénéré ! Et Simon était aussi taré que lui !

— Calmez-vous, lâche Martinod.

— Vous les traitez de dégénérés, dit Mop. Et vous, comment vous décririez-vous ?

— Restez correct !

— Je le suis. Pendant cette fameuse fête, vous avez mangé de la chair humaine. Je me trompe ?

La veuve darde sur la lieutenant un regard si dur que celle-ci a l'impression qu'il va lui crever les yeux.

— Vous osez me traiter d'anthropophage. Vous avez des preuves ? Sur la vidéo ? Des témoignages ?

Elle a un bref ricanement.

— Non. Vous voyez…

— Vous avez laissé faire, reprend Mop. Vous n'avez pas cherché à empêcher quoi que ce soit, vous ne vous êtes pas opposée à cette barbarie. Vous en avez été complice du début à la fin.

— Vous ne voulez toujours pas d'avocat ? demande Martinod.

— Réfléchissez, renchérit Mop. Vous y avez droit.

Chantal Paluel fixe Martinod et son polo violet, s'appesantit sur Chrystèle et sa longue tresse rousse, puis ricane en s'attardant sur la chemise à jabot vert d'eau de Tréboul.

Les flics voient son regard se durcir et se charger de mépris :

— C'est vous qui me demandez de réfléchir, Mademoiselle ?

— Lieutenant, rectifie Mop.

— C'est ça... Restez à votre place, Mademoiselle. Chacun à sa place. Restez aussi à votre place, monsieur Martinod. Vous vous appelez bien Martinod ?

— Capitaine Martinod, rétorque-t-il sèchement.

— C'est ça... Oui, à présent, je désire être défendu. Je vais appeler notre avocat. Parce que, dans ma famille, voyez-vous, nous avons un avocat.

— Commençait à me gonfler, dit Martinod. Une fois en cellule, elle refuse d'ôter les lacets de ses chaussures, sous prétexte qu'elle n'a pas l'intention de se pendre. Je me dis : *Tu ferais mieux de te pendre, on gagnerait du temps et les contribuables feraient des économies*.

— S'il vous plaît, dit Tréboul. Ne partez pas dans vos délires...

— Oui, je sais ce que vous allez me dire, et vous aurez raison. N'empêche… Alors je lui réponds que c'est la règle pour les gardes à vue. Après, elle se plaint du manque de confort, elle voulait un coussin. Bien la peine d'être bourrée de pognon si on a le cul fragile. Vivement la taule !

— Justement, dit Tréboul. La juge a demandé aussi des expertises psychiatrique et psychologique. J'ai reçu les rapports pendant que vous rameniez la veuve en cellule. Notre cannibale n'est le clone de personne. Il souffre de maladie mentale sévère, de diverses névroses et de schizophrénie. Il a fréquenté intimement Adel Benoite, jusqu'à en devenir un admirateur inconditionnel. Parce que c'est un faible, attiré depuis toujours par la force et la brutalité, il est totalement tombé sous sa domination. Et le truand l'a conditionné pour qu'il lui obéisse. Ensuite, notre loustic a subi au visage une opération de chirurgie esthétique. Selon la veuve Paluel, il ressemble à s'y méprendre au truand, de corps comme de visage.

Tréboul marque une pause. Puis reprend :

— Au fait, on réintègre aujourd'hui Saint-Étienne. Votre Justine va être heureuse comme une canne.

— Heureuse comme une canne ? C'est une expression purement stéphanoise. Vous connaissez ?

— Oh, je m'informe, je me cultive. Comme vous me l'avez demandé l'autre soir, il serait peut-être temps que je m'intègre à la société locale.

— C'est bien. Mais avec votre manie de bouffer chinetok…

— Japonais pas chinois !

— Peu importe, d'après ce que j'ai vu dans votre gamelle, ça fait cher le riz.

— Une, j'ai pas de gamelle. Deux, y a des sushis sans riz, on appelle ça des sashimis.

— Vous chinoisez, là…

— Vous le faites exprès, Martinod !

Mop intervient :

— On quitte donc notre hôtel ?

— Pour réintégrer Saint-Étienne, ça me semble nécessaire, ironise Tréboul.

— À moins que vous préfériez conserver votre chambre pour des études techniques avec l'heureux élu du moment, murmure Martinod en riant.

— Commandant, c'est dégueulasse, dit Chrystèle, je vous ai fait des confidences et…

— Je n'ai rien répété du tout. Martinod ne fait qu'extrapoler au vu de votre nature volcanique. Nature, d'ailleurs, qui, selon un romancier contemporain… son nom m'échappe, est une ode à la vie.

Chrystèle s'incline, et, tout sourire :

— Comme c'est beau.

— Ou alors vous voulez garder votre piaule de manière à être sur le pied de guerre pour le prochain festival des *Poules à Crêtes* ?

— Des quoi ? s'étrangle Martinod.

— Le festival des *Poules à Crêtes*. Chrystèle est fan de rock atomique et transgressif et des rassemblements festifs propices à s'aimer les uns sur les autres.

— Ça y est, ça recommence. Vous ne pouvez pas vous empêcher d'être lourds, tous les deux.

— Mais non, on vous taquine. Si vous n'existiez pas, on serait obligé de vous inventer. Et Arty et Krava ?

— Comme ils ont quartier libre, ils sont à la pêche, répond Chrystèle. Ils m'ont promis de me rapporter quelques truites pour ma mère. Je vais passer le week-end chez elle. À ce sujet, je lui ai parlé de vous, elle souhaite vous connaître et vous invite à déjeuner dimanche.

— Moi ? s'étonne Tréboul.

— Vous êtes libre ?

— Vous m'aviez dit que vous détestiez, je cite : *Les dynamiques corporatistes*.

— Oui, ou non ?

— Eh bien… je dirais…

— Oui ?

— Mais vous me présenterez bien comme votre chef, hein, c'est tout ?

Chrystèle Mop fait un clin d'œil à Martinod, et rétorque d'un ton peu convaincant :

— Bien sûr !

AUX ÉDITIONS LAJOUANIE

ROMAN POLICIER MAIS PAS QUE…

Du passé faisons table rase, de Malik Agagna / (Poche)
Les oubliés, de Malik Agagna
Crystal Meth, de Malik Agagna
7 milliards de jurés ? de Frédéric Bertin-Denis
Matador, de Frédéric Bertin-Denis
Wahala, de Thierry Bonneau
L'Expatrié, de Thierry Bonneau
À mort le chat ! de Jérémy Bouquin
Sois belle et t'es toi ! de Jérémy Bouquin
Chasseurs d'esprit, de Isabelle Bourdial
Coups de Folie, de Dominique Bourgeon
Des Missives bien sulfureuses, de Dominique Bourgeon / (Poche)
Lettres mortes, Cécile Calland
Ouvre les yeux ! de Éric Chavet
La Sirène du jardin Massey, de Jean-Luc Cochet
Replay, de Jean-Luc Cochet
Je serai le dernier homme… de David Coulon
La Rascasse avant la bouillabaisse, de Gilles Del Pappas
Poubelle's Girls, de Jeanne Desaubry
On n'enterre jamais le passé, de Nicolas Duplessier
Comme des mouches, de Frédéric Ernotte & Pierre Gaulon
Rafale, de Marc Falvo
Banlieue Est, de Jean-Baptiste Ferrero
Au nom du père, de Jean-Baptiste Ferrero / (Poche)
Vengeance, de Jean-Baptiste Ferrero / (Poche)
Le Pacte, de Didier Fohr
Un temps de chien ! de Pascal Jahouel
Sous-pression, de Pascal Jahouel
Dur à cuire ! de Pascal Jahouel / (Poche)
Punk Friction, de Jess Kaan / (Poche)
En Chasse ! de Jess Kaan
Métastases, de Jess Kaan
Un charmant petit village, de Jean-Michel Lecocq / (Poche)
La caresse des orties, de Jean-Michel Lecocq / (Poche)
Disparitions, de Jean-Michel Lecocq / (Poche)
Trier les morts, de Jean-Michel Lecocq
Le roman oublié, de Jean-Michel Lecocq
Les deux pieds dedans, de François Legay
Grands boulevards, de François Legay / (Poche)

C'est moi qu'il veut ! de Daniel Martinange
Les Malfaisants, de Daniel Martinange / (Poche)
Dernière escale, de Sandra Martineau / (Poche)
Au-dessus des horizons verticaux, de Olivier Maurel
Fallait pas… de Olivier Maurel
Trouble, de Stéphanie de Mecquenem
Radiations, de Paul Merault :
– **(Lauréat du Prix du Quai des Orfèvres 2019)**
Cavale hongroise, de Waldeck Moreau
Une clinique si accueillante, de Waldeck Moreau
Le rouge n'est pas qu'une couleur, de Chris Nerwiss
Lacrima Corsica, de Stéphane Oks – **(Prix de l'Évêché, 2021)** / (Poche)
L'hiver finit toujours par arriver, de Stéphane Oks
Mortelle canicule, de Jean-François Pasques :
–**(Lauréat du Prix du Quai des Orfèvres 2023)**
Le seul témoin, de Jean-François Pasques / (Poche)
Je m'appelle Requiem et je t'… de Stanislas Petrosky
Dieu pardonne, lui pas ! de Stanislas Petrosky
Le Diable s'habille en licorne, de Stanislas Petrosky
Plusdeprobleme.com, de Fabrice Pichon
Retours amers, de Fabrice Pichon
Protocoles Fatals, de Fabrice Pichon
Greg Brandt, *Nuits nantaises 70's,* de Carl Pineau
L'Arménien, *Nuits nantaises 80's,* de Carl Pineau :
– **(Prix du Cercle anonyme de la littérature, 2017)**
Le Sicilien, *Nuits nantaises 90's,* de Carl Pineau :
– **(Prix du polar découverte, Les petits mots des libraires, 2020)**
Le Nantais, *Nuits nantaises 2000,* de Carl Pineau
Pour quelques millions ! de Carl Pineau
Les 9 jours du cafard, de Jean-François Pré / (Poche) :
– **(Prix du polar normand, 2020)**
Épisto, de Jean-François Pré
Mansour, de Jean-François Pré
Qu'un sang bien pur abreuve nos salons, de Jean-François Pré
Tu joues, tu meurs ! de Yannick Provost
Il ne rentre pas ce soir… de Yannick Provost
Lynwood Miller, de Sandrine Roy
Lynwood Miller II, *Pas de printemps pour Éli,* de Sandrine Roy
Lynwood Miller III, *Rivalités,* de Sandrine Roy
Lynwood Miller IV, *Le mur d'Hadrien,* de Sandrine Roy
Mitragyna, de Alain Siméon & Sandrine Zorn
La Fresque, de Alain Siméon & Sandrine Zorn

La Poule borgne, de Claude Soloy
20 manières de se débarrasser des limaces, de Jan Thirion
No problemo, de Emmanuel Varle
En cavale, de Emmanuel Varle / (Poche)
En main propre ! de Jérôme Zolma

ROMAN PAS POLICIER MAIS PRESQUE…

Mare nostrum, de Olivier Arnaud
Jackpot ! de Stéphane Boudy
Une nuit sans fin, de Éric Chavet
Ne sautez pas ! de Frédéric Ernotte
Le prodigieux détective, C.H. de Burgh – (**Prix Grandcamp-Maisy, 2022**) ; –(**Prix Lumière - Les Mines Noires, 2023**)
L'injustice des hommes, de André Fortin
Le squelette de Rimbaud, de Jean-Michel Lecocq
Le don d'Hélène, de Gérard Pussey
Turpitudes, de Gérard Pussey / (Poche)
La drolatique histoire de Gilbert Petit-Rivaud, de Frédéric Révérend
Travailler tue ! de Yvan Robin / (Poche)
L'appétit de la destruction, de Yvan Robin
La Fauve, de Yvan Robin

ROMAN JUDICIAIRE MAIS PAS QUE…

72 Heures, de Philippe Bilger / (Poche)

ROMAN EUPHORISANT MAIS PAS QUE…

Les passagers perdus, de Stéphane Bellat
Dehors la vieille ! de Géraldine Dubois

ROMAN QUI FAIT FRÉMIR MAIS PAS SEULEMENT

Les Lucioles, de Jan Thirion ***(Junior, de 10 à 110 ans)***

NOUVELLES

22 v'là les flics, ouvrage collectif. Préface d'Olivier Marchal / (Poche)

LAJOUANIE POCHE

ROMAN POLICIER MAIS PAS QUE …

Du passé faisons table rase, de Malik Agagna
Des missives bien sulfureuses, de Dominique Bourgeon
Au nom du père, de Jean-Baptiste Ferrero
Vengeance, de Jean-Baptiste Ferrero
Dur à cuire ! de Pascal Jahouel
Punk Friction, de Jess Kaan
Un charmant petit village, de Jean-Michel Lecocq
La caresse des orties, de Jean-Michel Lecocq
Disparitions, de Jean-Michel Lecocq
Grands boulevards, de François Legay
▶ ***Les Malfaisants***, de Daniel Martinange
Dernière escale, de Sandra Martineau
Lacrima Corsica, de Stéphane Oks – (**Prix de l'Évêché, 2021**)
Le seul témoin, de Jean-François Pasques :
–(**Lauréat du Prix du Quai des Orfèvres 2023**)
Les 9 jours du cafard, de Jean-François Pré :
– (**Prix du polar normand, 2020**)
En cavale, de Emmanuel Varle

ROMAN PAS POLICIER MAIS PRESQUE …

Turpitudes, de Gérard Pussey
Travailler tue ! de Yvan Robin

ROMAN JUDICIAIRE MAIS PAS QUE …

72 Heures, de Philippe Bilger

NOUVELLES

22 v'là les flics, ouvrage collectif. Préface d'Olivier Marchal

C'EST MOI QU'IL VEUT !

de

DANIEL MARTINANGE

De jeunes garçons sont enlevés, puis réapparaissent indemnes, enveloppés d'une couverture de survie. Sylvie, infirmière un peu *borderline*, est persuadée que le monstre impuni qui l'a terrorisée durant son enfance est l'auteur de ces rapts. Elle pressent l'imminence d'autres drames, d'autres morts. Près du lac où fut retrouvée la première jeune victime, vingt ans auparavant, des cadavres très récents de salamandres et de vipères sacrifiées sont découverts sur un étrange autel, tandis qu'un autre gamin disparaît…

Un polar qui penche vers le thriller.

Des dialogues savoureux, des retournements de situations astucieux, une tension psychologique parfaitement maîtrisée.

Saint-Étienne et les monts du Forez. Un coin riche en histoires de sorcelleries et d'amours chaotiques.

Un enquêteur séduisant, très télévisuel, commandant de police parisien récemment arrivé dans le département, qui sort de l'ordinaire puisque éternellement vêtu d'improbables chemises à jabot. Un cousin de Balthazar (Tomer Sisley, TF1) pourrait-on dire.

LaJouanie

Lajouanie
EDITIONS

Vous désirez recevoir, en avant-première,
les informations sur les Éditions Lajouanie
et être ainsi averti des sorties et des dernières parutions ?
Inscrivez-vous, sans aucun engagement de votre part,
sur notre site : www.editionslajouanie.com

Retrouvez-nous également sur Facebook :
www.facebook.com/editionslajouanie

À très bientôt.

Vous souhaitez discuter avec Daniel Martinange ?
Retrouvez-le sur Facebook :
www.facebook.com/daniel.martinange

Achevé d'imprimer en juillet 2023
©Éditions Lajouanie
www.editionslajouanie.com